DIE GEJAGTE

INTERSTELLARE BRÄUTE® PROGRAMM:
BAND 17

GRACE GOODWIN

Anmerkung des Verlags:
Dieses Buch ist für volljährige Leser geschrieben. Das Buch kann eindeutige sexuelle Inhalte enthalten. In diesem Buch vorkommende sexuelle Aktivitäten sind reine Fantasien, geschrieben für erwachsene Leser, und die Aktivitäten oder Risiken, an denen die fiktiven Figuren im Rahmen der Geschichte teilnehmen, werden vom Autor und vom Verlag weder unterstützt noch ermutigt.

INTERSTELLARE BRÄUTE® PROGRAMM

*D*EIN Partner ist irgendwo da draußen. Mach noch heute den Test und finde deinen perfekten Partner. Bist du bereit für einen sexy Alienpartner (oder zwei)?

Melde dich jetzt freiwillig!
interstellarebraut.com

1

Vizeadmiralin Niobe, Testzentrum für interstellare Bräute, die Kolonie

"Lauf. Du weißt, wie sehr ich die Jagd liebe. Ich werde dich fangen und dann ..."

Die tiefe Männerstimme war nur ein Flüstern, aber ich hörte sie durch die endlose Entfernung zwischen uns als würde er genau neben mir sitzen. Er brauchte den Satz nicht zu beenden. Ich wusste, was er tun würde, wenn er mich fangen würde. Meine Haut kribbelte vor Aufregung und meine Pussy zog sich vor lauter Sehnsucht zusammen.

Ich war schnell.

Er war schneller.

Ich war gerissen.

Er war skrupellos.

Ich war ein Jäger.

Ich war auch die Gejagte.

Ich war seine Beute. Das Objekt seiner Begierde. *Seine Partnerin.*

Und er würde mich nehmen. Mich beherrschen. Mich ausfüllen. Mich ficken und mich vereinnahmen. Voll und ganz.

Ich rannte nicht vor ihm davon, weil ich ihn nicht wollte.

Ich rannte einfach nur so.

Mein Herz hämmerte nicht vor Erschöpfung, sondern vor Erregung. Lust.

Also rannte ich schneller, denn die Jagd gehörte zur Paarung dazu. Ich würde mich nicht von einem Mann erobern lassen, der mir nicht ebenbürtig war. Und er würde mich nicht für sich beanspruchen, solange ich ihn nicht auf die Probe stellte.

Das Gelände war steil, die Vegetation war dicht und das Kronendach der Bäume blockte das Sonnenlicht ab. Die Luft war feucht und warm. Fast schon schwül.

Lächelnd wich ich einem großen Baum aus und sprang über einen umgestürzten Stamm.

"Du bist feucht für mich. Ich kann deine Pussy riechen."

Ich musste winseln, denn so war es. Ich war durchnässt und voller Bedürftigkeit. Ich war nicht einfach nur von der meilenlangen Jagd überhitzt. Ich verzehrte mich nach seinem Schwanz. Er bewegte sich schnell, seine Schritte setzten leichtfüßig auf dem Boden auf. Und doch konnte ich ihn genauso mühelos hören wie er mich. Seine

Atmung war flach, Schweiß stand ihm
auf der Haut. Ich atmete ihn ein und
hätte diesen düsteren Duft überall
wiedererkannt. Jederzeit, den Rest
meines Lebens.

Die meisten Frauen hätten
angehalten. Gewartet. Sich von ihrem
Mann fangen lassen. Verdammt, die
meisten Frauen wären gar nicht erst
weggerannt. Aber ich war nicht wie die
anderen Frauen. Ich war eine
Everianerin. Eine Jägerin. Eine
Kriegerin. Also rannte ich noch
schneller. Der Boden unter meinen
Füßen war verschwommen und mein
Haar wehte mir aus dem Gesicht.

"Liebling, sobald du unter mir
drunter liegst, wirst du genau wissen,
wem du gehörst. Wem deine Pussy
gehört. Auf mein Stichwort wirst du
kommen. Auf meinem Schwanz. Unter
meinem Mund."

Der Gedanke an seinen Kopf
zwischen meinen Schenkeln, seiner

Zunge auf meinem Kitzler, wie sie die dicke Knospe umkreiste und neckte, lenkte mich ab. Ich geriet ins Stolpern, kam aber nicht zu Fall.

"Ah, Liebling. Du willst meinen Mund auf dir drauf?" Er hatte das Wanken in meinen Schritten gehört. "Dann lass dich fangen."

Ich lachte und kniff die Augen zusammen, als ich auf eine Lichtung zustürmte. "Niemals."

Als ich sein frustriertes Stöhnen hörte, machte mein Herz einen Freudensprung. Er wollte, dass ich mich wehrte. Er wollte meinen Kampfgeist und meine Stärke testen, ehe ich mich unterwarf. Denn das würde ich. Ich würde in seiner Dominanz schwelgen. Seiner Stärke. Denn auch, wenn ich mich auslieferte, würde ich die Macht behalten.

Meine Gedanken hatten mich abgelenkt, denn plötzlich war alles still. Keine Fußschritte, keine Jagd. Nur die

Tiere des Waldes, der Wind. Er jagte mir nicht länger hinterher.

Er hatte seine Taktik geändert. Ich wurde langsamer und blieb stehen, als es völlig still blieb.

Ich drehte mich um und blickte in alle Himmelsrichtungen. Ich suchte. Lauschte. *Spürte.*

Dann hörte ich es wieder.

Herzschlag.

Atem.

Er atmete ein, was nur ihm gehörte.

Eine sinnliche Duftspur.

Ich wirbelte herum und da war er. Direkt vor mir. Ich musste den Kopf in den Nacken legen, um seinen hitzigen Blick zu treffen.

"Wie—"

Er grinste, sein Lächeln war ungehalten und süß zugleich.

"Unwichtig, Liebling." Seine Brust weitete sich, als er tief Luft holte.

Ich war angepisst. Ich würde mich nicht so einfach geschlagen geben. Also floh ich.

Er lachte.

Wieder stellte er mich. Keine Ahnung, wie er es zustande brachte, aber ich konnte ihn erst ausmachen, sobald er mich eingeholt hatte. Als hätte er einen Umhang, der ihn abschirmte. Der seine Bewegungen verschleierte.

Ich kannte diese Fähigkeit nicht. Sie war nicht zu leugnen, denn auf einmal wurde ich gepackt, umgedreht und gegen einen Baum genagelt. Er berührte mich, als wäre ich aus Glas, und zwar trotz der Aggression die durch seine Adern strömte.

"Gib auf," knurrte er.

Seine Hand war auf meiner Taille, die andere war neben meinem Kopf gegen den Baum gestützt. Seine volle Länge drückte in mich hinein. Jeder harte Zentimeter von ihm. Ich spürte seinen Schwanz, seine dicke Latte an meinem Bauch.

Ich war hin- und hergerissen. Der Paarungstrieb beeinträchtigte meine Konzentration. Ich wollte abhauen.

Rennen. Noch einmal gejagt werden. Mehr. Ich brauchte das ekstatische Gefühl. Aber ich sehnte mich auch nach ihm. Seiner Hitze. Seiner Härte.

Ich wollte vor ihm auf die Knie fallen. Ich wollte mich nackig machen, mich aufs Gras legen und die Beine breit machen.

Ich wollte auf alle Viere gehen, über meine Schulter blicken und zusehen, wie er mich von hinten bestieg. Mich beanspruchte. Derbe, genau wie ich es brauchte.

Eine mächtige Hand kam an mein Kinn und neigte mein Gesicht nach oben. "Sag es. Ein Wort und ich werde dich erobern."

Ich schluckte, dann leckte ich mir die Lippen. Er war hier. Er hatte mich gefunden. Mich gejagt. Es gab nichts, was ich sonst noch tun konnte, oder *wollte*.

"Ja."

Er fiel vor mir auf die Knie und zog mir die Stiefel und dann meine Hose aus, sodass ich von der Hüfte abwärts nackt vor ihm stand. Er war dabei genauso flink wie bei meiner Jagd. Einen Augenblick später waren meine Beine über seinen Schultern und sein Mund dockte auf mir an. Genau da.

Sein Körper presste mich gegen den Baum. Ich wurde in die Höhe gehoben, ohne Halt oder Bodenkontakt, mit nichts als seinem Kopf zum Festhalten und meine Finger vergriffen sich in seinem Haar. Er leckte mich aus, spreizte mich auseinander. Er fand meinen Kitzler und fing an ihn sanft zu umkreisen.

Ein primitives Geräusch tönte aus seiner Brust, als er mich zum Orgasmus schraubte. Mir war klar, dass es auf sein Gesicht tropfte, denn ich war so geil, der Höhepunkt dermaßen intensiv.

"Warum?" sprach ich, als ich wieder zu Atem kam. Er war gerade dabei die Innenseite meines Schenkels zu küssen und nur seine Augen blickten zu mir nach oben.

"Warum ich vor dir auf die Knie

gehe, wenn du diejenige bist, die sich mir unterwerfen wird?”

Ich nickte, mein Hinterkopf stieß gegen die raue Baumrinde.

“Dein Körper, dein Vergnügen gehört mir. *Du* gehörst mir. Ich mag zwar derjenige sein, der niederkniet, aber du gibst mir dafür alles.”

Ich konnte den fetten Umriss seines Schwanzes zwar nicht sehen, wusste aber, dass er steif war. Bereit, mich zu ficken.

“Was ist mit dir?”

Blitzartig wurde ich auf den weichen Boden gelegt und meine Beine baumelten über seinen Schultern.

Er machte sich an seiner Hose zu schaffen, zog seinen Schwanz raus, richtete ihn an meinem Eingang aus und rammte tief in mich hinein.

“Ja!” Ich schrie, als ich erfüllt wurde. Vom Gefühl ihn in mir zu spüren. Wie er mich ausdehnte. Mich eroberte.

“Dieses Wort. Deine Einwilligung. Deine Unterwerfung.”

Er zog heraus und ich winselte, aber binnen eines Sekundenbruchteils fand ich mich auch schon auf allen Vieren wieder und er war dabei mich zu besteigen. Er nahm mich. Tief. Feste.

Sein kräftiger Körper wölbte sich über meinen Rücken, sein Mund dockte an meinem Hals an und knabberte an meiner hämmernden Halsschlagader und biss die Stelle zwischen Nacken und Schulter. "Mir."

Ich klammerte mich am feuchten Untergrund fest, fand aber keinen Halt. Er rammelte uns über den Waldboden und nur das Klatschen unserer Haut und das nasse Flutschen seines Schwanzes war zu hören, als er aus meiner Pussy aus und ein glitt. Wir hatten sämtliche Tiere verscheucht.

Wir waren wie Tiere. Wild und entfesselt. Er rammte in mich hinein und ich schrie auf; bereit, noch einmal zu kommen.

"So eine gierige Pussy. So feucht.

Perfekt für mich. *Du bist* perfekt für mich. Du gehörst mir."

"Ja."

"Gib's mir."

Ich wusste, was er damit meinte. Nicht nur meinen Orgasmus, sondern meinen Körper. Meine Seele.

Meine Pussywände ballten sich straff zusammen und zogen ihn tiefer hinein. Sie wollten ihn, brauchten jeden stämmigen Zentimeter von ihm.

Ich kam mit einem Schrei und das Geräusch hallte durch den Wald und über das Land, auf dem er mich gejagt hatte.

Er stieß tief in mich hinein. Versteifte sich. Ächzte. Dann musste er kommen. Ich spürte die Hitze seines Samens, als er mich ausfüllte, mich vereinnahmte.

Und er gehörte mir, denn auch wenn er mich bezwungen hatte, so hatte ich ihm doch das ultimative Vergnügen bereitet. Ohne mich wäre er nicht mehr vollständig.

Und ich … ich lieferte mich ihm aus. Bereitwillig. Gerne. Voll und ganz.

Ich riss die Augen auf und musste nach Luft schnappen.

"Nein!" brüllte ich und das Wort hallte von den sterilen vier Wänden wider.

"So gut, hm?"

Ich blinzelte und erblickte Kiras süffisantes Gesicht. Meine Freundin war über mich gebeugt, sie sprang aber zurück, als ich mich abrupt aufsetzte.

Ich rieb mir die Augen. Meine Fresse, das war vielleicht scharf. So echt. Aber es war nur ein Traum. Ein alberner Testtraum für Bräute.

Rachel, eine andere Erdenfrau, die mit dem Gouverneur der Kolonie verpartnert war, blieb still, aber ihr Mundwinkel war nach oben gebogen. Oh ja, sie lachte sich ins Fäustchen.

Doktor Surnen, der für alle Testverfahren des Planeten verantwortlich war, stand jetzt mit seinem Tablet neben mir. Ich war nicht sicher, ob er so ruhig war, weil die Tests intensive Sexträume beinhalteten oder weil ich die erste Frau war, die er getestet hatte und bei der er nicht sicher war, was er sagen sollte. Soweit mir berichtet wurde, war ich gegenwärtig die einzige unverpartnerte Frau auf dem Planeten, abgesehen von Kristins Mutter, noch einer Erdenfrau. Dieser Doktor testete normalerweise keine Frauen. Er testete nur integrierte Krieger, die hierher transferiert wurden, nachdem sie der Gefangenschaft entkommen waren.

Meine Nippel waren hart, aber das würde ich nicht dem Doktor gegenüber erwähnen. Ich hatte keinen Steifen, immerhin hatte ich keinen Schwanz, aber meine Pussy sehnte sich nach genau dem Sex, den ich mir eben so bildhaft vorgestellt hatte ... den ich aber nicht gehabt hatte.

Ich war aufgegeilt. Aufgereizter als in meinem gesamten Leben. War der Test absichtlich so grausam? Um uns total wuschig und spitz zu machen, ohne

Aussicht auf Erlösung? War es so, damit die getestete Person dringend kommen wollte und folglich immer dem Match zustimmte, und zwar nur um garantiert Sex zu haben?

Momentan, mit diesen verräterischen Nippeln und meiner leeren, zuckenden Pussy, die sich verzweifelt nach einem dicken Schwanz sehnte, hätte ich wohl auch einem Match mit einem Planeten zugestimmt, dessen Typen blau waren und zwei Pimmel hatten.

"Ich bin hierhergekommen, um dich und Angh zu besuchen, nicht um mich testen zu lassen," rief ich ihr in Erinnerung, und zwar nicht zum ersten Mal.

Sie rollte mit den Augen: "Du hast beides erledigt. Also ein überaus erfolgreicher Trip."

Ich stieg vom Teststuhl runter und streckte mich. Schlechte Idee, da meine Nippel an meiner Uniform scheuerten. Ich wimmerte leise.

17

Rachel lachte.

"Ich mag dich nicht," grummelte ich und warf ihr den bösen Blick der Akademiechefin zu, bei dem sich die jungen Kadetten normalerweise in die Hosen pinkelten. Sie lachte nur noch lauter.

2

Elitejäger Quinn, Latiri 4, Integrationszentrum der Hive, Sektor 437

AN MEINEM HALS UND MEINEN Handgelenken waren schwere Schellen angebracht, mein getrocknetes Blut war der einzige Hinweis auf das, was die Integrationseinheiten mir antun wollten.

Sie wollten mich zu einem von ihnen machen.

Hive.

Mich übernehmen. Meine Kraft und

meine Fähigkeiten übernehmen. Meinen Geist übernehmen.

Eher würde ich sterben, als diesem summenden Gedröhne in meinem Schädel nachzugeben. Mit jeder Injektionsrunde wurde das Rauschen intensiver. Ich verlor ein weiteres Stück von meinem Verstand, auch wenn ich spürte, dass mein Körper kräftiger wurde.

Ich hatte mitangesehen wie zwei lebenslange Freunde, beide Elitejäger wie ich, in ihren Zellen dahingesiecht waren. Aber sie hatten sich nicht in den Feind verwandelt. Bis zum Schluss hatten sie gekämpft und den Hive das verweigert, was sie wollten. Mehr Krieger. Elitekrieger.

Meine Kumpels hatten dem blauen Chef dieser Basis nicht das gegeben, was er wollte. Ich war der letzte von uns. Der letzte Elitejäger in diesen unterirdischen Zellen. Seine letzte Aussicht auf Erfolg.

Die anderen hatten sich bis zum

Schluss zur Wehr gesetzt. Und das würde ich auch tun.

"Wie ich sehe, bist du wach, Jäger." Der dunkelblaue Alien war ein Flickwerk aus Silber und kräftigem, leuchtendem Blau. Seine Augen waren fast schwarz. Sie waren völlig undurchsichtig, hinter den Augäpfeln gab es nichts, kein Schimmer von Gefühl, keine Seele. Kein Himmelblau, sondern etwas Dunkleres und sehr viel Unheimlicheres. Ich wusste, dass ich dem berüchtigten Nexus gegenübersaß, einem der geheimnisvollen Anführer— oder Schöpfer—der Hive-Systeme. Meine Informationen kamen direkt vom Geheimdienst. Weniger als eine Handvoll von ihnen waren je gesichtet worden und das nur von Frauen von einem neuen Koalitionsplaneten namens Erde.

"Was willst du? Ich stehe nicht auf Männer und ich stehe auch nicht auf Blau, also krieg dich wieder ein." Der Nexus kniff die Augen zusammen, zeigte jedoch keine weitere Reaktion. Aber er wusste, was ich gemeint hatte. Ich konnte seine Gereiztheit spüren.

"Ich habe nicht die Absicht, mich mit dir zu paaren."

"Den Göttern sei Dank."

Das ärgerte ihn sogar noch mehr: "Du versuchst es mit Humor, Jäger, aber das wird dir nichts nützen. Am Ende wirst du mir gehören."

Ich schüttelte den Kopf und starrte ihm in die Augen. Die Geste ließ das Rauschen in meinem Kopf zu einem Brüllen anschwellen und der Schmerz bohrte sich wie Nadeln in meine Augen, aber ich wandte nicht den Blick ab. Sollte er mich doch töten. "Nein. Ich werde nur noch ein toter Krieger sein und du wirst versagt haben."

Der Nexus fauchte, hob seine Klaue und verpasste mir eine Ohrfeige.

Die Nexus-Kreaturen waren anders als ihre Drohnen. Sie zeigten Reaktionen. Sie sprachen von sich in der ersten Person, nicht in der dritten.

Sie waren *lebendig*. Sie waren Individuen.

Sie konnten manipuliert werden. Erschreckt werden.

Verhöhnt.

Ich lächelte die blaue Kreatur an, als sie die Hand hob und einer ihrer Drohnen ein Zeichen machte mit einer weiteren Runde Injektionen fortzufahren. Die Nadeln bohrten sich tief in meine Hals- und Handgelenkadern und pumpten mich mit mikroskopisch kleiner Hive-Technologie voll; Nanozyten, die so winzig waren, dass die Ärzte der Koalition keine Hoffnung hatten, sie jemals von kontaminierten Kriegern wie mir zu entfernen. Sollte ich überleben, wären meine Tage als Jäger wohl gezählt. Je nach Ausmaß der Integrationen könnte ich als unbrauchbar und vergessen in die Kolonie verbannt werden.

Es gab keine Hoffnung mehr für mich, aber ich lächelte trotzdem, als der

Nexus sich von mir entfernte. Sobald er weg war, sackte ich wieder zu Boden. Sie hatten mir meine Uniform gelassen, allerdings hatten sie mir meine Waffen abgenommen. Der Anzug hielt zwar meine Körpertemperatur stabil, konnte aber nichts ausrichten, um meinen Geist vor der krassen Realität dieser Höhle abzuschirmen. Die gesamte Basis. Die Transportstation in Sichtweite meiner Zelle. Ich sah dutzende neue Gefangene eintreffen: Prillonen, Viken und Menschen, Atlanen und Xerimianer— wenn auch nur wenige von letzteren beiden; sie waren zu gefährlich, um sie in großen Mengen zu holen. Noch seltener waren Everianische Jäger wie ich. Die Tatsache, dass der Nexus genau hier, unter Kommandant Karters Nase eine Integrationsanlage betrieb, war mehr als verstörend. Wahnsinn sogar. Niemand wusste, dass wir hier waren. *Hier*, wo sie nicht nach uns suchten, weil angenommen wurde, dass das Gebiet von den Hive befreit war.

Der Gedanke machte mich stinkwütend und das Adrenalin in meinen Adern ließ den Lärmpegel in meinem Schädel einmal mehr ansteigen. Ich konnte mir jetzt keine Gefühle leisten. Ich musste die Ruhe bewahren, wenn ich der Hive-Technologie in meinem Körper widerstehen und meinen Verstand wahren wollte. Dieser blaue Mistkerl wollte mich brechen und ich musste diesen Kampf gewinnen.

Also atmete ich tief durch, verlangsamte meinen Puls und stellte mir vor, wie mein narbenübersäter Kumpel Zee und seine neue Partnerin auf Everis ein friedliches, erfülltes Dasein lebten. Wenn Zee Glück hatte, dann würden zwei oder drei Knirpse um ihn herumtollen und seine hübsche Erdenfrau Helen würde sich Nacht für Nacht seinen Berührungen hingeben.

Ich hatte auf eine eigene Partnerin für mich gehofft; eine liebliche, unterwürfige Frau, die eine starke Hand brauchte, um ihr sowohl Trost zu spenden als auch Vergnügen zu bereiten. Ich war sogar zum Programm für interstellare Bräute gegangen und hatte ihren Auswahltest mitgemacht, ihre Protokolle durchlaufen. Das war jetzt Jahre her. Keine Braut war eingetroffen, um mein Leben zu teilen, keine Frau war mir zugeordnet worden. Vielleicht war ich zu kaputt. Innerlich zu ramponiert. Zu zornig. Ich wusste, dass ich nicht mehr hundertprozentig fit war und dennoch hatte ich die Hoffnung nicht aufgegeben. Als ich aber in den vergangenen Tagen in die kalten, schwarzen Raubtieraugen des Nexus' gestarrt hatte, hatte ich die Hoffnung auf eine Partnerin schließlich begraben. Ich brauchte keine Hoffnung, jedenfalls nicht hier. Was ich brauchte, war Stärke. Entschlossenheit. Willenskraft.

Der Nexus würde mich nicht bezwingen. Er würde mich vielleicht töten, aber er würde mich nicht brechen.

———

Niobe, Testzentrum für interstellare *Bräute, die Kolonie*

Kira kam zu mir herüber und umarmte mich völlig überraschend, worauf ich verkrampfte. "Doch, das tust du," sprach sie. Wir mochten zwar in der Akademie und auf Geheimmissionen gearbeitet haben, aber das bedeutete nicht, dass ich von ihr geknuddelt werden wollte. "Es ist vorbei. Wie eine Impfung beim Kinderarzt. Die Vorstellung war schlimmer als der eigentliche Pieks. War der Test nicht klasse?"

Sie konnte es einfach nicht lassen, denn auf die Frage folgte ein unmissverständliches Zwinkern.

"Du weißt genau, was ich von Männern halte. Ich bin sechsunddreißig und bis jetzt sehr gut ohne klargekommen, also hört es sich jetzt irgendwie albern an."

"Und doch hast du dich aus freien Stücken auf den Stuhl gesetzt. Wir haben dich zu nichts gezwungen," sprach Rachel schließlich.

Sie lag richtig. Und dafür hasste ich sie auch. Ich seufzte. In der Akademie waren jetzt Ferien, aber ich hatte keine Familie, die ich besuchen konnte. Obwohl ich halb Everianerin war und vor meiner Karriere bei der Koalition zwei Jahre auf dem Planeten gelebt hatte, fühlte ich mich dort nicht heimisch. Ich würde niemals auf einem der äußeren Planeten mal eben Urlaub machen und ich wäre auch nicht zur Kolonie gekommen, hätte Kira mich nicht eingeladen. Es war nicht ihre erste Einladung und bis jetzt hatte ich immer abgewiegelt—nicht, weil ich sie nicht gern hatte, sondern weil es mir widerstrebte, meinen Job liegenzulassen—und jetzt hatte ich nachgegeben und war in diesem dämlichen Teststuhl gelandet. Ich war nicht betrunken, dank meiner russischen Gene mütterlicherseits und meiner Vorliebe für Vodka konnte ich den größten Atlanen unter den Tisch saufen.

Was mir nicht sonderlich in den Genen lag, war der Kinderwunsch. Eine Familie. Alles, was ein Partner von einer Braut erwarten würde. Ich hatte zwar einen Uterus, aber der stand fürs Fortpflanzungsbusiness nicht zur Verfügung. Keine Chance.

"Ich weiß," entgegnete ich und strich mit den Händen über meine Uniform, um imaginäre Knitterfalten zu glätten. Sie hatten mich zwar nicht gezwungen den Test zu durchlaufen, aber ich hatte ihn ohne jeden Enthusiasmus hinter mich gebracht. Was sollte dabei schon für mich herausspringen? Ich war halb Mensch, halb Everianerin. Auf der Erde hatte ich als Kind nie wirklich dazugehört und auf Everis war ich die Erdentussi. Ich war ungewöhnlich, anders. Ich hasste es, aus der Rolle zu fallen oder die Kontrolle zu verlieren und jetzt gerade fühlte ich mich so zerzaust, schwitzig und durcheinander als hätte ich gerade Sex gehabt. Hatte ich aber nicht. Gott, wer war dieses Pärchen, von dem ich geträumt hatte? *Die* hatten aber eine Beziehung. Die Verbindung war intensiv gewesen, unglaublich. Aber die Art und Weise, mit der die Frau sich ihrem Partner unterworfen hatte? Nee, bei mir würde das nicht klappen. Ich war eine Vizeadmiralin und für die gesamte Koalitionsakademie verantwortlich. Ich brauchte keinen Mann, um mich herumkommandieren zu lassen.

Einen schönen dicken Schwanz könnte ich allerdings schon gebrauchen. *Damit* würde er mich bestimmt bei der Stange halten, besonders wenn er ihn mir genauso verabreichen würde wie dieser Typ aus dem Traum. Gott, ja. Aber ein Schwanz ohne Mann war nur ein Dildo und davon hatte ich schon mehr als genug zu Hause.

"Du bist nicht verpflichtet Kinder in die Welt zu setzen," rief Kira mir in Erinnerung, als ob sie Gedanken lesen konnte. Oder sie hatte mein andauerndes Gemotze gehört, *warum* ich keine Braut werden sollte, nachdem Rachel und sie mit dem Vorschlag aufgekommen waren.

"Ihr habt Kinder," konterte ich und blickte zwischen den beiden hin und her. Ich hatte nicht viele Freunde, denn in der Akademie musste ich zu den Studenten und den meisten Angestellten eine gewisse Distanz wahren. Ich war schließlich der Boss und konnte nicht einfach einen auf Kumpel machen.

Die Mädels hatten mich während meines Besuches unter ihre Fittiche genommen, auch wenn ich nicht allzu begeistert darüber gewesen war. Sie wussten, dass ich leicht reizbar und oftmals nervig war, weil ich alles immer nur schwarz-weiß sah—nicht buchstäblich, aber im übertragenen Sinne. Aber sie stammten von der Erde und es tat gut über Erdendinge zu schwatzen. Wie Haartrockner oder echte Eiscreme. Kühe gab es nämlich nur auf der Erde. Ich hatte mich nicht ganz so ... anders gefühlt.

Irgendwie hatten sie mich die ganze Zeit auf mein Singledasein festgenagelt. Ich war ganze sechs Beförderungen drüber, um getestet und verpartnert zu werden. Ich war eine alte Jungfer und das war völlig in Ordnung so.

"Wir sind nicht wie du," erwiderte Kira. "Wir wollten Kinder."

Autsch.

"Dr. Surnen, erklären Sie der Vizeadmiralin, dass sie nicht verpflichtet ist, ihrem Partner Alienbabys zu gebären," verlangte Kira.

Der Doktor, der sich darauf auf einen gerädertern Stuhl setzte, blickte in meine Richtung: "Das muss ich der Vizeadmiralin nicht noch einmal erklären. Ich werde nicht ihre Intelligenz infrage stellen."

Kluger Prillone.

Ich lächelte und nickte ihm zu.

"Na schön," murrte Kira. "Dann werde ich es dir nochmal verklickern.

Du bist clever, aber was diese Sache angeht, liegst du daneben. Der Test wählt deinen *perfekten Partner* aus. Was bedeutet, der Test weiß genau, wenn du keine Babys willst. Er wird dich nicht mit einem Typen verpartnern, der sich zwölf Kinder wünscht. Es ist dein *perfektes Match*."

Ich blickte zum Doktor und er nickte.

"Ja, aber so ein Match ergibt sich nicht von jetzt auf gleich," erwiderte ich und ging Richtung Tür. "Ich werde zur Akademie zurückkehren und abwarten. Wie ich gehört habe, warten einige Krieger hier seit Jahren."

Der Doktor räusperte sich und wir alle blickten in seine Richtung. "Tut mir leid Sie zu enttäuschen, Vizeadmiralin, aber Sie haben ein Match."

Mir klappte die Kinnlade runter. Das Herz rutschte mir in die Hose. "Was?"

Kira und Rachel fingen an zu kichern und klatschten sich wie Cheerleader auf einer Wahlkampfparty in die Hände. Warum war ich mit ihnen befreundet?

"Sie haben ein Match."

"Ich habe Sie bereits beim ersten Mal gehört," fauchte ich den Doktor an. "Was soll das heißen?"

"Es bedeutet Sie wurden Everis zugeordnet. Einem Elitejäger."

"Natürlich wurdest du Everis zugeordnet," rief Kira. "Macht Sinn, immerhin bist du halb Everianerin und du hast eine Markierung."

Ich drehte meine Hand um und starrte auf das Zeichen in meiner Handfläche. Als ich auf der Erde aufgewachsen war, hatte ich gedacht, dass es sich um ein einfaches Geburtsmal handelte. Als ich aber nach Everis gegangen war, hatte ich erfahren, dass es so viel mehr bedeutete. Den anderen jedenfalls. Mir bedeutete es überhaupt nichts. Ich hatte die Hoffnung auf einen markierten Partner offensichtlich aufgegeben, schließlich war ich soeben getestet worden. Und erfolgreich zugeordnet. "Ich wusste nicht einmal, dass ich halb Everianerin war, bis mich mit vierzehn diese Jäger auf der Erde gefunden hatten. Für mich wäre es Hokuspokus, sollte meine Markierung zum Leben erwachen. Ich glaube nicht an solche Sachen. Ich bin ... realistisch."

Rachel neigte den Kopf zur Seite und warf mir einen milden Blick zu: "Realistisch? Das würde ich so sagen. Ich habe dich in der Kampfgrube gesehen."

Ich war mitgekommen, um mit ihnen zusammen die Spiele anzuschauen, allerdings hatte ich mich freiwillig gemeldet und selber mitgemacht. Es kam nicht oft vor, dass Jäger an den Kämpfen teilnahmen. Und schon gar keine Frau.

"Komm schon, ich kann mir vorstellen, was die Leute in der Schule alles über dich erzählt haben. Du warst im Leichtathletikteam, oder?"

Damals war ich mir wirklich nicht bewusst gewesen, dass ich nicht ganz menschlich war. Ich hatte einfach geglaubt, ich wäre eigenartig. Genau wie alle anderen, mit denen ich in Minnesota aufgewachsen war, besonders nachdem meine Mutter gestorben und ich bei einer Pflegefamilie gelandet war. Das Waisenmädchen, das die unmöglichsten Sachen vollbrachte. Als ich klein war, konnte ich Gespräche hören, von denen ich eigentlich nichts hätte mitbekommen sollen, und das hatte mir eine Menge Ärger eingebrockt. Ich dachte zurück an die wenig rosige Zeit in meinem Leben, als ich gelernt hatte mitzuhören aber Stillschweigen zu bewahren, als ich lächerlich schnell und athletisch wurde und nicht verstehen konnte, warum.

Plötzlich kam alles wieder hoch. Das Gefühl nicht dazu zu passen, die Unsicherheit, der Zorn. Ich war eine Außenseiterin gewesen, genau wie das Gothic-Girl, das tonnenweise schwarzen Eyeliner auftrug, nur um die Leute anzupissen. Ich hatte nie Eyeliner getragen, aber ich wusste genau, wie sie sich fühlte. Ich war damals die Vorzeigeathletin einer riesigen Schule, denn ich hatte sämtliche Leichtathletik- und Langlaufrekorde des Bundesstaats gebrochen und war zu einer Art Heldin geworden. Ich hätte mühelos die nationalen Wettbewerbe gewinnen können, aber ich hatte mich zurückgehalten, weil ich mich beim Sport kaum verausgabt hatte. Mein Puls war selbst nach einem acht-Kilometerlauf kaum angestiegen. Ich wollte den Ruhm damals nicht. Ich wollte keine College-Stipendien, wo ich mir dann hätte den Kopf zerbrechen müssen, wie viel genau ich von meinen Fähigkeiten zeigen konnte, ohne zu viel Aufmerksamkeit zu erwecken. Die Eliteunis der Ivy League oder die Olympischen Spiele waren mir egal. Damals hatte ich nur meine Mutter vermisst. Ich erinnerte mich an nicht viel, ihr Lächeln, ihren Duft, ihre Stimme, aber mir fehlte das *Gefühl* von ihr. Gott, wie es war von ihr in den Arm genommen zu werden. Ich war allein in der Welt und die einzige Person, die mich je akzeptiert hatte, war tot.

Ich wollte keine Aufmerksamkeit. Ich wollte Antworten. Damals wollte ich herausfinden, warum ich ein Freak war.

Jetzt wusste ich es. Ich hatte Everianisches Blut in meinen Adern. Ich hatte keine Ahnung, wie meine Mutter in Minnesota mit einem Everianer angebandelt hatte, aber das hatte sie. War mein Samenspender nach einem kurzen Fick auf der Erde wieder nach Everis zurückgekehrt? War er getötet worden? Ich würde es nie erfahren. Verdammt, wären diese Everianer nicht zur Jagd auf die Erde gekommen und hätten sie dabei nicht zufällig von meinem Sieg bei der Laufmeisterschaft gelesen, dann wäre ich jetzt wahrscheinlich noch auf der Erde. Sie hatten mir nicht wirklich die Wahl gelassen zu bleiben, nachdem sie meine Markierung entdeckt und mein Tempo gesehen hatten. Ich war gezwungenermaßen mit ihnen nach Everis zurückgekehrt, um als Everianerin zu leben. Was, obwohl es mir in den Genen lag, nicht wirklich einfach gewesen war. Thema Kulturschock.

"Ich werde unmöglich jetzt nach Everis zurückgehen und bis ans Ende meiner Tage glücklich und zufrieden mit meinem Partner zusammenleben," verkündete ich und funkelte dabei den Doktor an, damit er ja verstand, wie ernst ich es meinte. "Ich bin der Akademie verpflichtet und ich habe nicht die Absicht, mich zur Ruhe zu setzen."

"Das müssen Sie auch nicht, aber Sie *sollten* zu ihm gehen," entgegnete er darauf. "Die Details können Sie später gemeinsam klären ..."

Ich zog eine Augenbraue hoch und verschränkte die Arme vor der Brust. "*Ich* sollte zu *ihm* gehen? Morgen kehre ich zur Akademie zurück. Er kann selber transportieren und mich dort treffen."

"So ist die Tradition. Ich bedaure. Die Braut wird immer zum Mann transportiert. Sollten Sie sich weigern, dann würden sie seine Ehre verletzen."

Ich runzelte die Stirn. "Ich werde jetzt nicht auf Gründe eingehen, warum diese *Tradition* geändert werden sollte."

"Wollen Sie das Match ablehnen? Ihn entehren?"

Zum Teufel verdammt. Das war das Allerletzte, was ich einem edlen Krieger antun wollte. "Nein. Will ich nicht."

"Ausgezeichnet." Der Doktor hielt die Hände hoch, als wolle er meinen verbalen Angriff abwiegeln: "Sie transportieren zu ihm. Wie Sie sich dann entscheiden, wo Sie leben werden, bleibt allein Ihnen beiden überlassen."

"Du kannst die Hosen anbehalten," sprach Kira und zwinkerte mir zu. "Geh einfach zu ihm."

Ich verdrehte nur die Augen. Dann knurrte ich sogar. Denn ehrlich gesagt *liebte* ich diesen Testtraum. Jeden einzelnen Moment davon. Ich wollte überhaupt keine Hose anhaben. Ich wollte heiß, feucht und nackig sein, mit seiner Zunge—oder seinem Schwanz—tief in mir drin.

"Du wirst ganz rot, Frau Vizeadmiralin." Kira grinste wie die närrische Deppin, die sie auch war. Ich konnte es ihr nicht verübeln. Kriegsfürst Anghar war ein imposanter Krieger. Und ehrlich gesagt wäre niemand in der Lage gewesen, mich in den Teststuhl zu zwingen. Ich hatte mich bewusst von Kira und Rachel überreden lassen. Denn ich war es leid, länger allein zu sein.

"Gut." Ich warf die Hände in die Luft und wiederholte es nochmal: "Na gut!"

Alle drei atmeten aus und entspannten sich sichtlich, was mich nur noch wütender auf mich machte, weil ich mir überhaupt erlaubt hatte, Schwäche und Unsicherheit zu zeigen. "Ich werde zu ihm transportieren."

Der Doktor stand umgehend auf und

Kira und Rachel waren schnurstracks dabei, mich aus der Tür und Richtung Transportzentrum zu drängeln, damit ich es mir bloß nicht anders überlegte. Ich stand auf der Transportplattform und der Doktor war dabei, dem Techniker die Koordinaten mitzuteilen. Ich blickte an mir herunter und stellte sicher, dass meine Vizeadmiraluniform der Koalitionsflotte tadellos saß und ich meine Waffe an den Schenkel geschnallt hatte. Wenn ich schon die Kolonie verlassen würde, dann in voller Montur.

Doktor Surnen räusperte sich: "Es ist üblich, dass die Bräute in einer etwas feminineren Aufmachung eintreffen …"

Ich warf ihm einen bösen Blick zu: "Treiben Sie es nicht zu weit, Doktor. Mein potenzieller Partner soll genau wissen, mit wem er es zu tun hat."

Der Doktor grinste tatsächlich, was für einen Prillonen äußerst selten war, ganz besonders in der Kolonie. "Wie Sie wünschen, meine Dame."

"Ich bin keine Dame."

Noch mehr Grinsen, aber er sagte nichts darauf. Ein verdammt smarter Prillone.

"Gib's ihm, Niobe! Dann sorg dafür, dass er um mehr bettelt." Kira hatte die Hände auf die Hüften gestemmt und lachte. Der Doktor warf ihr für den unangebrachten Ratschlag einen finsteren Blick zu, ich aber ignorierte ihn und erwiderte ihr Lächeln.

"Das werde ich." Betteln. Pushen. Verführen. Mich quer durch den Wald jagen.

Meine Pussy zog sich zusammen, als die Erinnerungen wieder aufkamen. Gott, ich konnte es kaum erwarten.

"Mach bloß nichts, was wir nicht auch tun würden," sprach Rachel vom unteren Ende der kleinen Treppe.

"Ihr habt drei Tage, dann komme ich nach und will Einzelheiten hören. *Alle* Einzelheiten." Kira wackelte mit den Augenbrauen und ich funkelte sie an.

"Abgemacht." Hoffentlich würde ich auch ein paar *Einzelheiten* zu erzählen haben. Ich wandte mich wieder dem Doktor zu. "Wohin gehe ich überhaupt? Everis?"

Er blickte kurz auf, dann schaute er zurück aufs Transportpanel. "Nein, Vizeadmiralin. Elitejäger Quinn ist gegenwärtig mit der Kampfgruppe Karter im Sektor 437 stationiert. Den Aufzeichnungen zufolge leitet er von einer unterirdischen Basis auf Latiri 4 aus Aufklärungspatrouillen gegen die Hive."

Die Karter? Sektor 437? Der Doktor war dabei mich mitten in einen Kriegsschauplatz zu schicken. Ich wusste es. Kira wusste es scheinbar auch.

"Oh Gott. Das ist genau an der Front." Ihr Blick sprang von Doktor Surnen zu mir. "Vielleicht *solltest* du warten. Er ist nicht einmal auf dem Schlachtschiff, Niobe. Er ist auf Bodenmission."

Elitejäger Quinn.

Hübscher Name. Quinn. Meine Gedanken schweiften einen Moment lang ab. Er war ein Elitekrieger. Er würde stark sein. Schnell. Womöglich genauso schnell wie der Krieger aus meinem Traum …

"Niobe, nein! Das kann nicht dein Ernst sein. Du musst warten."

Ich war so sehr damit beschäftigt, mir Quinn vorzustellen, dass es einen Moment dauerte, bis ich Kiras Worte registriert hatte. "Stopp. Er ist auf dem Boden? Ich dachte, er ist auf dem Schlachtschiff Karter."

Doktor Surnen räusperte sich erneut, prüfte etwas auf seinem Tablet und wandte sich mir zu: "Normalerweise wäre ich nicht berechtigt es Ihnen mitzuteilen und ich könnte Sie auch nicht an seinen Standort transportieren. Aber wie ich sehe, verfügen Sie über ein sehr hohes Freigabelevel beim Geheimdienst."

"Das tue ich." Ich wusste über so ziemlich alles in diesem Krieg Bescheid. Nicht alles alles, aber fast. Meine Zusammenarbeit mit dem

Geheimdienst war umfangreich und langjährig.

Er seufzte. "Elitejäger Quinn ist zurzeit mit einer Jägereinheit im Einsatz und betreibt Aufklärung über die Hive. Seine Einheit ist in einer unterirdischen Basis hinter den feindlichen Linien stationiert."

"Was?" Mein Partner war jetzt im Hive-Gebiet?

"Der Kampf um Latiri 4 und Latiri 7 ist für diesen Krieg entscheidend. Diese beiden Planeten und ihre Monde sind perfekt positioniert, um als Angriffsbasis für mehrere Weltraumsektoren zu dienen. Die Hive sind nicht bereit, sie aufzugeben und wir ebenso wenig."

Das wusste ich. Ich wusste sogar, dass wir dem Beispiel der Hive gefolgt waren und mit dem Bau unterirdischer Stützpunkte begonnen hatten, um sie dazu zu bringen unser Territorium zu überlaufen. Wenn sie sich dann nichtsahnend auf der Oberfläche eingenistet hatten, sammelten unsere unterirdischen Aufklärungsteams wichtige Informationen über ihre Bewegungen, Pläne und technologischen Entwicklungen. Über die neuen unterirdischen Programme hatte ich vor ein paar Monaten in einem Briefing gelesen. Aber darüber zu lesen und in eine Untergrundfestung zu transportieren, die sich *unter* dem von den Hive kontrolliertem Gebiet befand, waren zwei sehr verschiedene Angelegenheiten.

Kira und der Doktor starrten mich beide an. Wollte ich lieber warten?

Nein. Nicht wirklich. Aber ich war auch nicht naiv.

"Ist der Stützpunkt gesichert?"

Der Doktor blickte wieder auf sein Tablet. "Ich bin sicher, dass Sie das mit besseren Quellen als mit mir abklären könnten, aber den gegenwärtigen Daten zufolge, ja."

Das musste erstmal einen Moment lang einsickern. "Und wie lange ist Quinn auf der Basis stationiert?"

Er verlautete ein langes, tiefes Seufzen und ich wusste, dass die Antwort mir nicht gefallen würde. "Unbegrenzt. Jägereinheiten arbeiten nicht wie die anderen Koalitionstruppen. Sie kooperieren mit der Koalitionsflotte solange es ihrer Agenda entspricht. Er könnte morgen wieder aufbrechen. Er könnte jahrelang dort bleiben. Es gibt keine festen Regeln, sondern unterliegt dem Elitejäger, der für die Einheit verantwortlich ist und ihren Gefolgschaften auf Everis."

Sicher, ich könnte zur Akademie zurückkehren und abwarten. Oder ich könnte transportieren und mich in ein wildes Abenteuer stürzen.

Ein aufgeregtes Kribbeln machte sich in mir breit. Ich hatte seit Jahren nicht mehr am Kampfgeschehen teilgenommen, aber die Vorstellung schreckte mich nicht ab. Was mich stattdessen zusammenzucken ließ, war die Vorstellung, in mein spärliches Büro in der Akademie zurückzukehren und noch einen einzigen Tag länger aus dem verdammten Fenster dort zu starren. Sicher, ich hatte eine wichtige Aufgabe. Ich bildete Kämpfer aus. Ich machte sie clever. Ich rettete Leben. Gelegentlich zog der Geheimdienst mich zu einer Mission hinzu. Heutzutage aber handelte es sich dabei eher um Diplomatie und Spionagetricks als offene Kriegstreiberei. Ich war ein Schreibtischjockey und dieses Dasein saugte mir regelrecht die Seele aus dem Mark.

Meine Hauptaufgabe bestand darin, neue Krieger auszubilden und dafür zu sorgen, dass sie sich da draußen auch zurechtfanden. Aber ich langweilte mich. Ich war einsam. Ein paar Tage Aufregung und schlüpfriger Sex klangen also echt toll.

"Ich habe über zehn Jahre bei der ReCon verbracht, ehe ich in die Akademie befördert wurde. Ich fürchte mich nicht, mir die Hände schmutzig zu machen, Kira."

Kira war beim inneren Geheimdienst. Sie und ihr Partner, der Atlanische Kriegsfürst, standen immer noch im Dienst. Sie kannte mich und sie wusste, dass ich es ernst meinte. "Ich weiß." Sie erwähnte nichts vom Geheimdienst, denn das war gegen das Protokoll, aber ihrem Blick zufolge wusste sie genau, wovon ich sprach. "Es sind nicht deine Hände, um die ich mir Sorgen mache."

Rachel lachte laut auf, als die Vibrationen der Transportplattform unter meinen Fußsohlen aufstiegen. Eine Sekunde später standen mir die Härchen auf den Armen zu Berge.

"Ihr Transport beginnt in drei ... zwei ... eins."

Dann waren meine beiden Freundinnen weg und ich fand mich auf einer anderen Transportfläche wieder.

Nicht in der Kolonie. Auf Latiri 4.

Statt von einem knackigen Elitejäger begrüßt zu werden, stand ich einem Hive-Trio gegenüber, das genauso geschockt war wie ich. Was zum Teufel war hier los?

Alle drei zückten ihre Waffen. Drei ehemalige Viken-Krieger, die jetzt mit Hive-Technologie überzogen waren. Da war keinerlei Licht in ihren Augen. Keine Seele. Sie waren wahrhaftig tot. Integriert.

Au Scheiße. Doktor Surnen musste seine Infos updaten.

Das hier war kein Koalitionsstützpunkt.

Das hier war die Hive-Hölle ...

3

Quinn, Latiri 4, Integrationszentrum der Hive, Sektor 437

MEINE WANGE LAG AUF DEN KALTEN, harten Zellenboden gepresst und die Vibration der nahen Transportfläche ließen meinen Schädel dröhnen. Bestimmt trafen gerade noch mehr Gefangene in dieser Hölle ein. Noch mehr Krieger, die ich nicht retten konnte.

Scheiß drauf, ich konnte mich nicht einmal selbst retten.

Die letzte Spritze, die der Nexus mir hatte verabreichen lassen, ätzte sich wie Säure durch meinen Organismus.

Schlimmer noch, ich konnte sie jetzt in meinem Schädel *hören,* ein Hintergrundgeräusch wie das ständige Geschwirre der Insekten auf den Bäumen von Everis. Ssss. Rassel. Summ. Der Lärm war konstant. Der Kopfschmerz ließ mich frustriert die Zähne knirschen. Aber ich kämpfte weiter gegen das Geräusch, egal wie sehr es auch schmerzte. Sollte ich aufgeben, dann würden sie mich übernehmen und lieber wäre ich tot.

Das Hive-Trio, das die Transportfläche leitete, bewegte sich wie lautlose Drohnen im perfekten Gleichklang. Zwar schmerzte es, Koalitionskrieger zu sehen, die voll integriert und in stumpfsinnige Maschinen verwandelt worden waren, aber der Anblick war lange nicht so grausig wie der Gedanke, genauso zu enden wie sie.

Leer.

Empfindungslos.

Eine Waffe, die der Nexus gegen meine Brüder richten konnte.

Diese Basis war eigentlich als Koalitionsstützpunkt gebaut worden. Latiri 4 und Latiri 7, beide im Sektor 437 und unter Kommandant Karters Schutz, verkörperten seit Langem die Frontlinie dieses Krieges. Seit Jahren. Dieser Weltraumsektor war für den Versorgungstransport und als Ausgangspunkt zu mehreren bewohnten Planeten unerlässlich.

Die Koalitionsflotte konnte es sich nicht leisten, die Kontrolle über diesen Sektor zu verlieren. Also war diese unterirdische Basis errichtet worden, heimlich, als dieser Felsbrocken noch uns gehört hatte.

Und dann hatten wir sie reingelassen. Hatten wir die Hive

glauben lassen, sie hätten unser Gebiet erobert.

In Wahrheit aber war es eine Falle, um hinter feindlichen Linien Informationen zu sammeln. Die Basis hatte fast ein Jahr gedient, um die Aktivitäten der Hive auszuspionieren. Das Wissen, das wir hier gewonnen hatten, hatte das Blatt langsam zu unserem Vorteil gewendet.

Bis vor etwa einer Woche, als wir von Hive-Soldaten und Drohnen überfallen und überrannt worden waren. Die Integrationseinheiten waren direkt hinter ihnen eingezogen und die Folter, der Tod und die *Integration* meiner Kumpels und Waffenbrüder hatte begonnen.

Der Nexus war am zweiten Tag eingetroffen. Seine Ankunft war das Ende der Elitejäger unter meinem Kommando. Wir wurden ausgesondert. Beiseitegestellt. Die Injektionen, die uns verabreicht wurden, machten das Werk der Hive für die Außenwelt unsichtbar.

Aber ich konnte spüren, was sie in meinem Inneren anrichteten. Die mikroskopisch kleine Technologie fraß sich wie ein Virus durch meine Zellen, sie brach Dinge auf und reparierte sie. Sie machte mich zu etwas *anderem*.

Ich hatte mitangesehen, wie sie diesen versteckten Zufluchtsort in eine Produktionsstätte für Hive-Soldaten umfunktioniert hatten und mich gefragt, warum niemand zu unserer Rettung kam.

Wie konnte es sein, dass das Schlachtschiff Karter nicht wusste, was hier passiert war? Wir mussten uns alle paar Tagen mit aktuellen Informationen bei der Koalition melden. Und ich saß seit acht Tagen in dieser Zelle fest.

Ich blinzelte benommen, als das Wummern der Transportfläche nachließ. Das Trio Vikenscher Drohnen vor meinen Augen erstarrte und richtete seine Waffen auf etwas, das ich nicht sehen konnte.

Ich rappelte mich auf und stützte

mich an der Wand ab, um mich aufzurichten, dabei ignorierte ich den brennenden Schmerz in meinen Beinen. Von früheren Erfahrungen wusste ich, dass der Schmerz nachlassen würde, sobald ich wieder aufrecht stand.

"Der Transport wurde nicht genehmigt, Frau. Wo sind deine Wachen?" Der Chef des Trios sprach langsam und deutlich, als ob er ein paar Momente brauchte, um ihre Anwesenheit zu verarbeiten. Hatte er gerade *Frau* gesagt? Was hatte verdammt nochmal eine Frau hier zu suchen? Es gab zwar nicht wenige weibliche Koalitionskrieger, aber die wurden bei einer Gefangennahme woanders hingebracht. Nahm ich jedenfalls an, denn ich hatte keine einzige durch den Transportraum eintrudeln gesehen. Oder wieder hinausgehen sehen, ohne Kopf und Verstand und mit voll integrierten Körpern, um ihre ehemaligen Freunde und Verbündete zu bekämpfen.

Ich trat so nah wie möglich an die Energiebarriere und erstarrte. Ich lauschte. Das Energiefeld würde einem Atlanen im vollen Bestienmodus standhalten. Das wusste ich; ich hatte zugesehen, wie sich mehrere davon blutig geschlagen hatten, als sie versucht hatten, auszubrechen. Ich konnte die Barriere zwar nicht durchbrechen, aber ich konnte mich vorbereiten. Irgendetwas stimmte nicht. Irgendetwas fühlte sich ... anders an und dabei handelte es sich nicht um das Gesumme in meinem Schädel. Alles, was die Hive aufmischte, war aus meiner Sicht gut.

Ich wartete auf die Antwort der unbekannten Frau, genau wie die drei Hive-Drohnen, die nebeneinander aufgereiht im Transportraum standen.

Statt eine Antwort zu bekommen wurden alle drei in rascher Folge mit Ionenschüssen ausgelöscht. Hatte sie sie getötet? War sie eine Kundschafterin vom Schlachtschiff Karter? Der erste Schlag eines ReCon-Teams? Hoffnung stieg mir zu Kopf und mir wurde schwindelig.

Sekunden später rannte eine Frau in einer seltsamen Panzerung hinter die Transportsteuerung, ihre Hände huschten so schnell über das Panel, dass ich mich anstrengen musste, um ihren Bewegungen zu folgen. Ich musste blinzeln. Sie war umwerfend. Langes, brünettes Haar, das zu einer einfachen Frisur zurückgezogen war, die ich noch nie gesehen hatte. Ihre Panzerung bedeckte jeden Zentimeter von ihr und saß wie eine zweite Haut, aber es war das Abzeichen an ihrer Brust, das mich schockte.

Ein Vizeadmiral? Allein?

Sollte das eine Art Witz sein?

Wer war diese Frau? Und warum war sie hier?

"Hallo! Hier drüben!" Ich rief ihr zu und seufzte erleichtert, als sie aufblickte. Sie drehte sich zu mir um und mir blieb die Luft weg, jede Zelle meines Körpers reagierte auf diese Frau vor mir. Ihr dunkelbrauner Blick bohrte sich in meinen wie ein Schlag in die Magengrube und alle Qualen, die ich in den letzten Tagen erlitten hatte, verpufften ins Nichts. Die Integrationen, die Folter, nichts davon war von Bedeutung. Das einzige, was mir jetzt noch etwas bedeutete, war *sie*. Ich musste überleben; nicht, damit ich auch nur einen weiteren Tag lang kämpfen konnte, sondern damit ich *sie* erobern konnte. Um meinen Schwanz tief in sie hineinzustecken, ihren Körper zu beherrschen, sie meinen Namen kreischen lassen. Ich hatte nie an Liebe auf den ersten Blick geglaubt, oder an Verpartnerungsprotokolle. Nicht einmal an die Markierung in meiner Hand. Ich hatte gesehen, wie andere Everianer ihre markierte Partnerin gefunden hatten und hatte die krasse Verbindung gesehen, die sie miteinander teilten, aber ich hatte es mir nie für mich so vorgestellt.

Meine Markierung fing nicht zu

brennen an, sie flackerte nicht auf. Sie war also nicht meine markierte Partnerin. Aber das war kaum überraschend. Einer von hundert, wenn überhaupt, fand seine markierte Partnerin. Die meisten Everianer wählten ihre Gefährten nach denselben Maßstäben wie auf vielen anderen Welten auch; Anziehung, Respekt, Gemeinsamkeiten.

Verlangen. Die wenig greifbare Verbindung zwischen Liebenden. Diese Frau mochte zwar nicht meine markierte Partnerin sein ... aber sie würde mir gehören.

Ich hatte mich vor einiger Zeit testen lassen. Und jeder Tag der verstrich, ohne das meine interstellare Braut eingetroffen war, hatte mir bewiesen, dass ich richtig lag. So etwas wie die perfekte Frau gab es nicht. Zumindest nicht für mich.

Jedenfalls nicht bis jetzt, bis ich sie erblickt hatte. Scheiße. *Sie.*

Ich dachte, sie würde zu meiner

Zelle eilen und mich befreien. Stattdessen neigte sie den Kopf zur Seite; wahrscheinlich hörte sie dasselbe wie ich—noch mehr Hive-Soldaten, die durch die Gänge gerannt kamen. War sie eine Everianerin? Ein Mensch? Vike? Definitiv keine Atlanin. Von hier aus konnte ich es einfach nicht erkennen, nicht, ohne sie aus der Nähe zu sehen, sie zu berühren, ihre Haut zu riechen. Und die verfluchte Energiebarriere verhinderte genau das.

Sie machte sich wieder an der Transportsteuerung zu schaffen.

"Stopp. Sie kommen!" warnte ich. Ich schloss meine Augen und zählte die Schritte. "Es sind nochmal drei. Schwer." Die Schritte wurden immer lauter, als größere, langsamere Kreaturen sich auf uns zu bewegten. Es musste sich entweder um Prillonen oder Atlanen handeln, die zu Kampfmaschinen der Hive integriert worden waren. Ich wusste, dass der Feind seine gefährlichsten Krieger in diesem Bereich unterbrachte, aber die Atlanischen Gefangenen waren auch auf dieser Etage und es brauchte eine Bestie, um gegen eine andere Bestie zu kämpfen. Die leichteren, schnelleren Soldaten wurden eine Etage drüber untergebracht oder bewachten die Landedecks. Mit einem Angriff so tief in der Basis hatten sie nicht gerechnet. Ich ebenfalls nicht.

War das überhaupt ein Angriff? Eine einzelne Frau rechtfertigte kaum einen größeren Gegenschlag. Allerdings hatte sie gerade eben drei ihrer Soldaten ausgeschaltet.

Die Hive hatten sich geirrt, wenn die gedacht hatten, dass sie hier sicher wären. Genau wie wir. Und ich würde ihnen die Hölle heiß machen, sollte ich je aus dieser Zelle rauskommen.

Die Frau ignorierte mich, also brüllte ich erneut: "Hier drüben! Du musst das Energiefeld von meiner Zelle deaktivieren! Ich kann helfen."

Das ließ sie aufhorchen. Sie beugte sich runter und riss einem der toten Hive die Ionenpistole aus der Hand. Ein integrierter Vike. Dann kam sie herübergerannt und hielt lange genug inne, um das Steuerpanel neben meiner Zelle zu zerballern. Das Energiefeld brach sofort in sich zusammen und ich preschte vorwärts und nahm ihr die Pistole aus der Hand.

"Was ist hier los? Ich dachte, das ist ein Koalitionsstützpunkt."

"Das war es auch, bis vor einer Woche. Die Hive sind reintransportiert und haben uns überrannt. Ohne Vorwarnung. Wir dachten, hier unten wären wir sicher."

"Gibt es noch mehr Krieger? Andere Gefangene?" wollte sie wissen. Allerdings schaute sie mich nicht an. Sie blickte auf den Flur, wo in etwa fünf Sekunden drei weitere Hive auftauchen würden. Größer dieses Mal. Stärker.

"Es wurden viele hereintransportiert. Ich habe jeden einzelnen von ihnen gesehen. Keine Ahnung, wie viele davon noch leben."

Ich lauschte wieder. Ein Atlane und zwei Prillonen, hätte ich raten sollen. Mist. Die würden nicht mit einem einzelnen Schuss niedergehen. Nein, sie wären sehr viel schwieriger totzukriegen.

Irgendetwas in meiner Stimme ließ sie aufhorchen, denn dieser dunkle Blick wanderte zu mir zurück und ich erblickte so etwas wie Trauer oder Mitleid in ihren Augen. Ich konnte nicht ausmachen, was genau von beiden es war und ich wollte weder das eine noch das andere.

"Geh in Deckung. Ich erledige sie." Ich brauchte keine Mitleidsorgie. Jetzt, als ich befreit war und mit einer Waffe an der Hand, konnte die schwirrende Hilflosigkeit in meinem Kopf sich gefälligst zum Teufel scheren.

"Drei von ihnen werden gleich da sein. Und einer davon ist ... war ein Atlane."

"Ich weiß."

Sie wusste es? Woher? Konnte sie ihn etwa auch hören?

Sie schaute mich nicht länger an, sondern war hinter der Ecke in Deckung gegangen, genau, wie ich es vorgeschlagen hatte, sodass nur ihre Schulter und ihre Ionenwaffe den Hive als Zielscheibe dienten.

Sie kniff die Augen zusammen und zielte.

Die Götter mochten mir helfen, sie war umwerfend. Wie zum Teufel hatte sie den feinen Unterschied in den schweren Schritten des integrierten Atlanen herausgehört? Mir war es klar gewesen, aber ich hatte Jägersinne. Sie war kein Elitejäger. Ich wusste nicht, was sie war, abgesehen davon, dass sie hübsch war—ich blickte kurz rüber auf die drei toten Viken auf dem Boden hinter ihr—und tödlich. Effizient. Skrupellos.

"Wer bist du?" Ich konnte mir die Frage einfach nicht verkneifen, auch wenn wir gerade auf den Feind warteten. Sie war ein Rätsel. Ein komplettes, totales Rätsel, das ich sehnlichst lösen wollte. "Und wie bist du hierhergekommen?"

Sie war offensichtlich hereintransportiert. Aber wo hatte sie die Koordinaten her? Woher wusste sie über das geheime Integrationszentrum der Hive Bescheid?

Natürlich ignorierte die vertrackte Frau die Fragen.

Mit dunklen, scharfen Augen blickte sie zu mir auf. "Wirst du wie eine Zielscheibe hier rumstehen oder wirst du mir helfen uns hier rauszuschaffen?"

Ich erkannte ihre Sprache als eine verbreitete Erdensprache wieder. War sie etwa ein Mensch? Und wenn ja, wie konnte sie die nahenden Soldaten hören? Wie hatte sie einen davon als Atlanen identifiziert? Menschen waren für ihre Hartnäckigkeit und ihren Mut bekannt, nicht für ihre überragenden Sinne.

"In Deckung, Krieger. Sofort."

Diesen Tonfall—der eines Kommandanten, der es gewohnt war,

dass man ihm gehorchte—hatte ich nur selten von einer Frau gehört, und ganz bestimmt nicht von einer, die so zierlich und hübsch war wie sie. Es war egal, von welchem Planeten sie kam. Hier, inmitten eines verfluchten Integrationszentrums, wurde ich hart. Mein Schwanz schien sich nicht darum zu kümmern, dass der Feind uns gleich einheizen würde. Ich wollte sie. Und ihre dominante Art. Oh ja, sie hatte Wirkung auf mich. Mein verborgener Jäger wollte ihr zeigen, wer wirklich das Sagen hatte. Vielleicht nicht präzise in diesem Moment, aber sobald ich erstmal diesen reizenden Körper seiner Uniform entledigt hatte, würde sie einsehen, dass ich der Boss war.

Ich grinste. Oh ja. Ich war der Jäger und sie würde schon bald herausfinden, dass sie die Gejagte war.

Ein Brüllen tönte durch den Korridor, die integrierte Atlanische Bestie gab uns eine Warnung. Bei den Atlanen war ich mir nie sicher, ob sie komplett den Hive-Implantaten erlegen waren oder ob sie immer noch dagegen ankämpften. Manchmal zögerten sie einen tödlichen Schuss hinaus, um einem ReCon-Kämpfer oder einem Krieger auf dem Schlachtfeld die Chance zu geben, sie auszuschalten.

Ein rascher Tod war in diesem Falle eine Gnade.

Ich positionierte mich so, damit ich die Stellung der Frau decken konnte und prüfte das Energielevel der Waffe. Sie war vollständig geladen und ich stellte die Ionenpistole auf maximale Feuerkraft. "Ich werde sie aufhalten. Kennst du dich mit der Transportsteuerung aus?"

Sie blickte über ihre Schulter und warf mir einen gereizten Blick zu, ihre Lippen waren schmal und fest. "Halt sie von uns fern und ich werde uns hier rausschaffen. Für die restlichen Gefangenen werden wir später zurückkehren."

"Verstanden."

Sie stand auf und drehte sich, sodass sie mit dem Rücken zur Wand war, während ich weiter den Korridor ins Visier nahm. "Wie lautet dein Name?" fragte sie.

"Quinn."

Sie blinzelte langsam, als ob mein Name sie verwunderte und ihr Blick musterte interessiert mein Gesicht. Mit etwas mehr als nur einfachem Kampfinstinkt. "Du bist Everianer? Ein Elitejäger?"

Ich nickte. "Ja." Sie schien viel über meine Spezies zu wissen. Ungewöhnlich. Die meisten Aliens von der Erde hatten kaum etwas von meinem Planeten gehört.

"Gut. Dann solltest du es schaffen, sie mir vom Leib zu halten."

Jetzt war ich auf einmal gereizt. "Selbstverständlich."

Sie grinste und am liebsten wollte ich sie küssen, als ich das Funkeln in ihren Augen sah. Scheiße. Im Ernst, ich wollte sie gegen die Wand nageln und meinen Schwanz in ihr vergraben. Aber das würde warten müssen, bis wir diesem Felsbrocken entkommen waren. Diese Unverfrorenheit würde ich ihr schon austreiben. Sie in heißes Keuchen verwandeln. In hauchiges, lustvolles Stöhnen.

Ohne noch ein Wort zu verlieren, stürmte sie zur Steuerung und ich wandte mich wieder dem Korridor zu, als auch schon der erste Angreifer auftauchte. Der integrierte Atlane war vorne in der Mitte. Die Decken in dieser Basis waren drei Meter hoch und trotzdem duckte er sich, als ob er fürchtete, er könnte sich den Kopf einschlagen.

Das würde er nicht, es sei denn, er würde zum Sprung ansetzen.

Ich feuerte nonstop, bis die Bestie auf die Knie fiel. Wie Wasser, das einen Felsen umströmte, liefen die anderen beiden um ihn herum und kamen näher. Prillonische Krieger, jedenfalls waren sie das einmal. Um sie machte ich mir kaum

Sorgen. Zwei Schüsse für jeden und sie waren außer Gefecht gesetzt; sie krümmten sich auf dem Boden, während sich der Atlane hinter ihnen wieder aufrappelte.

"Beeil dich," rief ich. "Die Bestie ist wieder im Anmarsch."

"Bin schon dabei." Die Frau war nach vorne gebeugt, ihre Finger huschten fanatisch über die Steuerung. Die Konzentration auf ihrem Gesicht war eine weitere, faszinierende Bereicherung ihres Repertoires, aber mir blieb keine Zeit, sie anzustarren. Ich speicherte den Anblick für später ab, wenn ich mir ausreichend Zeit nehmen und eventuell mit den Fingerspitzen ihre Lippen nachzeichnen könnte, während ich zusah, wie ihr Gesichtsausdruck sich unter meiner Berührung wandelte.

"Wir. Töten." Der integrierte Atlane war voll im Bestienmodus und scheinbar hatte er den Befehl bekommen mich zu töten. Wahrscheinlich würde er *sie* ebenfalls töten.

"Aber nicht heute." Ich feuerte, gründlich, und traf alle empfindlichen Stellen in der Panzerung der Bestie. Seinen Hals. Seine Knie. Sein Gesicht, sobald ich Zeit für einen Extraschuss hatte.

Ich hörte, wie sein Helm aufbrach und unterdrückte einen Triumphschrei. Vor meinen Augen nahm er den Helm ab und warf ihn gleichgültig beiseite.

Götter, er war verdammt nochmal gigantisch.

Ich wollte ihn nicht töten. Wirklich nicht. Ein Kopfschuss und er wäre erledigt, aber ich kannte ihn. Hatte die letzten Monate mit ihm zusammen gedient. Bevor wir gefangengenommen wurden. Seit dem Einmarsch der Hive in diese Basis hatte ich ihn nicht mehr gesehen. Bis jetzt. Bis er ausreichend integriert worden war, um von ihnen gesteuert zu werden. Um zu kämpfen, mich zu töten.

Er war ein anständiger Typ. Ehrbar. Ein wahrer Krieger.

"Scheiße verdammt, Zan."

Ich drosselte die Feuerkraft meiner Waffe und hoffte, die geringere Ladung würde ihn außer Gefecht setzen, aber nicht töten. Die Prillonen, die ich erschossen hatte, waren nicht von dieser Basis. Die waren nicht wie dieser Atlane eben erst integriert worden. Sie waren alte Bekehrte, ihre Persönlichkeiten längst verschwunden. Leere Hüllen, deren Körper mit so vielen Integrationen versehen waren, dass sie gänzlich zu Hive geworden waren. Durch und durch der Feind. Ich hatte gehört, dass die Hive ihre zuverlässigen, vollständig integrierten Soldaten wie diese beiden Prillonen zusammen mit den Atlanischen Bestien losziehen ließen, um sie im Zaum zu halten.

Da die integrierten Prillonen erledigt waren, bestand darauf keine Hoffnung mehr. Zan war jetzt dabei auf mich loszugehen, er war fuchsteufelswild.

Scheiße.

Ich hob meine Waffe und zielte. Feuerte einen Betäubungsschuss.

Sein Kopf flog zurück und er fiel um wie ein Baumstamm. Ich eilte zu ihm und prüfte seinen Puls.

Er atmete noch. Gut. Die Betäubung hatte gewirkt, sogar bei einer Bestie.

Ich hielt inne und lauschte, dann hörte ich das hastige Fluchen der Frau, als weitere Schritte auf uns zukamen. Sie konnte sie ebenfalls hören. Sie waren wahrscheinlich noch zwei Korridore von uns entfernt, aber uns blieben nur wenige Minuten. Höchstens drei. Und diesmal waren es mehr als drei Soldaten. *Sehr viel* mehr.

Und der riesige Atlane musste gerettet werden. Solange er eine Überlebenschance hatte, konnte ich ihn nicht einfach zurücklassen, selbst wenn man ihn in die Kolonie schicken würde.

Also packte ich notdürftig sein Bein und zog ihn in den Transportraum. Auf dem Boden lagen die drei Transporttechniker, die sie erledigt hatte. Tot. Vergessen. Die Frau blickte von der Steuerung auf, warf einen Blick auf den Atlanen und runzelte die Stirn.

"Er ist ein Freund von mir." Zan war ein anständiger Krieger, ich würde ihn nicht zurücklassen. Und sollte der blaue Mistkerl hier unten nach dem Rechten sehen, dann würde sowieso keiner von uns überleben. "Du musst uns hier rausschaffen bevor die Nexus-Einheit kommt. Gegen die hat Zan keine Chance."

Sie erstarrte. "In dieser Basis befindet sich eine Nexus-Einheit?"

"Ja." Ich wollte nachfragen, woher sie wusste, was ein Nexus war, schließlich war diese Information nur für hochrangige Agenten und Kommandanten bestimmt, aber ich war zu sehr mit dem überdimensionierten Leib der Bestie beschäftigt, um nachzufragen.

"Es gibt ein dringenderes Problem. Ein Transport kommt gerade herein und ich kann den Befehl nicht aushebeln. Es ist zu spät."

Ich ließ Zans Bein los und er blieb reglos auf dem Boden liegen. Es gab kaum Platz, denn er und die toten Transporttechniker nahmen fast den gesamten Raum ein. Ich drehte mich zur Transportfläche um. Wie sie angekündigt hatte, füllte sich der Raum mit elektrischer Ladung und unter meinen Füßen fing es an zu vibrieren. "Freundlich?"

"Nein. Ich glaube nicht." Sie schnappte sich die Waffen der toten Techniker und warf mir eine davon zu. Ich prüfte die Ladung, entsicherte sie. Eine zweite Waffe konnte nicht schaden. "Sie bringen mehr Koalitionskrieger ... Gefangene, um sie zu integrieren."

Sie machte ihre eigene Ionenpistole klar, ging auf ein Knie runter und hatte wie ich je eine Waffe in der Hand. Sie nutzte die Steuerkonsole als Deckung und wartete.

"Wie viele?" wollte ich wissen.

"Sieben."

Scheiße. Das war eine ganze Menge, sollte es sich ausschließlich um Hive handeln. "Die Hive arbeiten in Dreiergruppen. Immer. Sie sind verdammt konsequent. Sie würden nicht zwei Trios für einen Gefangenen losschicken. Es müssen drei Aufpasser mit vier Gefangenen sein. Das kommt mehrmals täglich vor. Ich weiß es." Leider wusste ich das nur allzu genau.

Sie nickte, blickte aber nicht in meine Richtung. Ich wandte mich wieder der Transportfläche zu, als sieben Gestalten auftauchten.

Es war einfach, die Hive von den Koalitionskämpfern zu unterscheiden. Wir zielten. Feuerten. Töteten. Die drei Hive-Soldaten hatten nicht damit gerechnet in ihrer eigenen Einrichtung angegriffen zu werden, genau wie ich es erwartet hatte. Gefangene konnten nicht ausbrechen. Schlugen nicht zurück.

Ich allerdings schon. Genau wie ... sie. Sie hatte zwei von ihnen fast genauso schnell erledigt wie ich einen. Sie war fabelhaft. Verdammt, und ich kannte noch nicht einmal ihren Namen.

Die vier Koalitionskämpfer fielen auf die Knie und duckten sich zum Schutz. Sie konnten nichts anderes ausrichten, hatten keine Waffen. Sie waren gefesselt.

Binnen Sekunden war es vorbei. Die Aufpasser waren tot. Die Gefangenen blickten verwundert auf.

"Wo zum Teufel sind wir?" fragte ein Prillone, weil er wahrscheinlich bemerkt hatte, dass er auf einer Transportfläche der Koalition angekommen war.

"Latiri 4. Den Rest erkläre ich später. Holt den Atlanen. Wir müssen raus hier," kommandierte sie.

Sie ignorierte mich bereits wieder und erwartete, dass ich ihrer Anweisung folgte, während ihre Finger über die Steuerung huschten. Verdammte Frau, ich wollte sie und ich wollte sie meinem Willen beugen, sie mit Leib und Seele erobern. Jetzt war aber weder der richtige Zeitpunkt noch der passende

Ort, um mit ihr zu streiten. Und sie hatte recht.

Ich nahm einem der toten Viken den elektronischen Schlüssel von der Hüfte und machte den vier Gefangenen ein Zeichen. Sie kamen prompt zu mir herüber und ich schloss ihre Handfesseln auf. Der nächste, ein grimmiger Prillonischer Krieger, dem die anderen zu gehorchen schienen, winkte die drei zu dem Atlanen rüber.

"Ihr habt den Befehl gehört, schafft den Atlanen auf die Transportfläche."

Die Frau hinter der Konsole blickte auf, als sie seine Stimme hörte. "Prax, schön dich zu sehen. Lang ist's her."

Der Prillonische Captain, Prax, grinste sie an. Sie grinste zurück, der Ausdruck war völlig neu und nicht für mich bestimmt. Ich blinzelte und versuchte sie nicht anzustarren. Götter, sie war ein verdammtes Prachtstück. Und wie kam es, dass dieser Prillone sie kannte *und* ohne zu zögern ihren Befehlen folgte? Der Prillone trug das

Abzeichen eines Captains an der Uniform und ich bezweifelte nicht, dass er die Lage einzuschätzen wusste. Sie kannten sich offenbar, aber woher?

Gehörte sie zu ihm? War sie seine Partnerin? Hatte er ein Auge auf meine Frau geworfen?

Meine Frau. Der Gedanke schoss mir durch den Kopf, als ich dem unbekannten Prillonischen Captain meine zweite Waffe überreichte und dabei half, den enormen Atlanen auf die Transportfläche zu schleifen.

Wir alle arbeiteten zusammen, um ihn auf die Plattform zu hieven. Sogar fünf kräftige Krieger hatten mit der Bestie ihre Mühe. Sobald wir ihn an der richtigen Stelle hatten, überließ ich meine Waffe einem der anderen Krieger und trat an die Frau heran. Ich nahm ihre Ersatzwaffe, warf sie einem dritten Krieger hin und las ihre kleine Ionenpistole auf, die sie griffbereit auf der Steuerkonsole abgelegt hatte.

Die Krieger gingen um den

bewusstlosen Atlanen in Stellung und ich stellte mich zwischen meine Frau und die offene Tür. Ich konnte die Hive kommen hören und mir war klar, dass die Männer bis zum Tod kämpfen und mehr als gerne jeden Hive erschießen würden, der sich jetzt mit uns anlegte.

"Kannst du uns hier rausbringen?" fragte ich sie. Sie hatte seit gefühlten Stunden an der Steuerung herumhantiert, ihre kleinen Hände hatten unaufhörlich schnelle, geschickte Bewegungen vollführt.

"Ja. Aber zuerst sperre ich die gesamte Basis."

Was sagte sie da?

Ich drehte mich zu ihr um. "Wie?"

Sie blickte nicht einmal auf, sondern sprach stattdessen mit der Steuerkonsole. "Lockdown-Protokoll einleiten. Befehlscode ..." Sie rasselte ein paar Worte in der Muttersprache von Prillon Prime runter und wartete. Dann ertönte ein Piepen und sie ließ erleichtert die Schultern sacken. "Sie sind nicht ins Hauptsystem eingedrungen. Meine Befehlscodes funktionieren noch."

Was war gerade passiert? Niemand konnte eine ganze Basis abriegeln. Das war undenkbar. "Das ist unmöglich."

"Ich habe Befehlscodes zweiter Stufe, Jäger. Niemand wird ohne meine Erlaubnis diese Basis betreten oder verlassen. Nicht mehr." Sie warf mir einen Blick zu, als sie sich von der Steuerkonsole entfernte und auf den Prillonischen Captain zuging. Ich zog mich von der Tür zurück und rückte näher, weil ich nicht mochte, dass sie diesem Krieger so nahe kam.

Befehlscodes zweiter Stufe?

Stufe eins war für Prime Nial persönlich, dem Anführer der gesamten Koalitionsflotte, Herrscher der interstellaren Koalition. Er kontrollierte alles. Wenn sie die Wahrheit sagte, dann konnte nur der Prime persönlich die Sperrung dieser Basis außer Kraft setzen.

Schlachtschiffkommandanten, wie Kommandant Karter, verfügten nur über Codes der Stufe vier. Meine waren Stufe fünf.

Scheiße. Wer bitteschön war sie nur?

"Lasst uns gehen." Captain Prax trat nach vorne. "Ich muss nach dem Rest meiner Männer sehen."

Ich brachte es nicht übers Herz, ihm zu sagen, dass sie höchstwahrscheinlich bereits in Zellen gesperrt und integriert worden waren. Vernichtet.

Die Frau sprang auf die Transportplattform und der Prillonische Captain stellte sich schützend zwischen sie und den Korridor, ohne aber Anstalten zu machen, ein hilfloses Weibchen verteidigen zu wollen. Dafür lag zu viel Wissen in seinen Augen. Respekt.

Wer *war* sie? Geheimdienst? Ich kannte keinen einzigen Kämpfer mit Befehlscodes. Es sei denn, das war alles nur ein Versehen und ein Transporttechniker hatte sie unbeabsichtigt zum falschen Ort geschickt.

Klar, nee. Sie war zu intelligent, flott und aufmerksam für eine solche Lächerlichkeit. Und falls ein solcher Zufall sie zu mir gebracht haben sollte, dann würde der Transporttechniker wahrscheinlich in einen Koalitionsknast wandern.

Ich spürte die Vibrationen, hörte das Wummern.

"Alle Mann bereit?" sprach sie und blickte zu uns rüber. Die Gefangenen waren gerade mal eine Minute hier und schon ging es für sie wieder weg. Glück gehabt.

So ein verdammtes Glück nochmal. Und der Atlane, der wie eine tote Masse zu ihren Füßen lag auch.

"Ja, verdammt," sprach ich. Die anderen fauchten und knurrten zustimmend. Sie waren besiegt worden, aber sie waren wieder im Rennen. Wir würden verdammt nochmal von hier verschwinden.

Mein Jägergehör nahm Fußgestapfe wahr. "Sie kommen," sprach ich.

Sie nickte, entweder weil sie mir glaubte, oder weil sie die Hive ebenfalls hören konnte. Jetzt blieb keine Zeit um das zu erörtern.

"Fünf Sekunden," sprach sie.

Ich gesellte mich schleunigst neben sie. Dann neigte ich ihr Kinn hoch, damit sie mich anblickte. Damit sie eine von diesen fünf Sekunden mir zugestand.

"Wer bist du?" fragte ich sie. Der bevorstehende Transport ließ mir sämtliche Haare am Körper zu Berge stehen.

Drei Sekunden.

Zwei Sekunden. Die Hive stürmten in den Raum. Aus dem Augenwinkel konnte ich ihre gezückten Waffen sehen. Die anderen Krieger eröffneten das Feuer, aber ich ignorierte alles um mich herum. Ich sah nur noch sie. Die Frau, die mein Leben gerettet hatte. Das Leben von sechs Kriegern.

"Ich bin deine Partnerin."

Eine Sekunde.

Und weg waren wir. Dabei, aus der Hölle der Hive hinauszutransportieren und zurück in Sicherheit. Mit meiner ...

Partnerin.

4

Niobe, Schlachtschiff Karter, Sektor 437

ICH HATTE WIRKLICH NICHT DIE ABSICHT gehabt, es ihm so unverblümt zu verklickern.

Ich bin deine Partnerin.

Nicht gerade das Genialste. Ich hatte ihm nicht einmal meinen Namen verraten.

Allerdings war ich *mitten* in ein Integrationszentrum der Hive hineintransportiert —ein *unbekanntes*

Integrationszentrum, das eigentlich einer unserer Stützpunkte sein sollte— und musste umgehend um mein Leben kämpfen. Und um sein Leben. Zum Glück hatte ich meine Waffe dabei. Zum Glück waren meine Instinkte und Reflexe in der Akademie noch nicht total eingerostet. Mein Vorgesetzter beim Geheimdienst hätte sich bei der Vorstellung kaputt gelacht.

Im Großen und Ganzen hatten sich meine Schlachtschiffjahre beim ReCon-Team bezahlt gemacht. Das alte Training war mir instinktiv wieder eingefallen, als ob ich nie aufgehört hätte, geschweige denn die letzten paar Jahre hinterm Schreibtisch zugebracht oder neue Koalitionskadetten ausgebildet hätte.

Das entsetzte Gesicht des Transportoffiziers überraschte mich ganz und gar nicht, als plötzlich sieben Krieger ohne Vorwarnung oder Genehmigung auf Kommandant Karters Schiff eintrudelten. Ich *hatte* ein Überbrückungsprotokoll eingeleitet und uns ins nächste Schlachtschiff befördert, so weit weg von den Hive, wie es in kürzester Zeit nur machbar war.

Ich hätte uns überall hin transportieren können. In die Akademie. Nach Everis. Prillon Prime. Nichts davon ergab Sinn, wenn man bedachte, wo wir gerade gewesen waren. Was wir wussten.

Die Karter war die perfekte Wahl. Sie befand sich nicht nur im selben Sektor wie der versteckte Hive-Stützpunkt, sondern sie war auch das einzige Schlachtschiff, das nahe genug dran war, um dort einen Angriff gegen die Hive zu starten. Sie machten sich *unsere* Basis zunutze, um *unsere* Krieger zu foltern und zu töten, genau unter unserer Nase, und je eher wir uns um das Problem kümmerten, desto mehr Krieger würden wir retten können.

Die Tatsache, dass die Koalition gar nicht wusste, dass der Stützpunkt vom Feind überrannt worden war, ließ mich Rot sehen. Ich kannte Kommandant Karter, den knallharten Prillonischen

Kommandanten. Ich hatte mit ihm und Kommandantin Chloe Phan auf zahlreichen Geheimmissionen zusammengearbeitet. Ich war sicher, dass Kommandant Karter schnell und konsequent handeln würde.

Ich hatte diese Geheimbasis abgeriegelt und alle verbleibenden Hive wie die Ratten in einem Fass eingeschlossen. Die Transportcodes würden jedes Ein- und Ausgehen verhindern, es sei denn ich würde selber den Transport autorisieren—oder Prime Nial persönlich würde meine Befehlscodes überschreiben. Nein. Nichts und niemand würde in diese Basis rein oder wieder herauskommen, solange wir nicht genügend Krieger versammelt hatten, um dorthin zu gehen und aufzuräumen. Um unsere Leute zu retten und diesen Schlamassel zu beseitigen.

Quinn wusste nicht, wie viele noch da unten waren, lebendig und mit den Hive gefangen. Wie sollte er auch genaue Zahlen nennen, immerhin hatte er hinter einer Energiebarriere in der Zelle gesessen und die Hive waren ein Haufen gewissenloser Arschlöcher. Wir mussten zurückgehen. Ich würde nicht riskieren, dass noch einziger Krieger in diesem Höllenloch landete. Er genauso wenig, wenn man bedachte, was die Hive ihm wohl alles angetan hatten. Wer wusste schon, was für Integrationen er hatte oder welche Qualen er überlebt hatte.

Der Krieger hinter der Steuerkonsole blickte mit offenem Mund zu uns auf, ehe er sich wieder fassen konnte. Das Vibrieren ließ nach, meine Haare hörten auf zu knistern. "Wer sind Sie?" fragte er verwundert. Er war definitiv verwirrt. "Sie sind nicht auf meiner Transportliste." Er blickte zum Prillonischen Captain hinter mir, einem Kadetten, den ich vor mehreren Jahren ausgebildet hatte. Ein feiner Krieger und ein ehrenhafter Mann. "Captain Prax? Sind sie das? Sie wurden auf Latiri 4 vermisst gemeldet. Wie sind Sie hier gelandet?"

Prax knurrte, als der Atlane zu unseren Füßen anfing sich zu regen, seine Ionenpistole war auf den Krieger gerichtet, der jetzt zwar wieder seine normale Gestalt angenommen hatte, aber immer noch gut dreihundert Pfund schwer und weit über zwei Meter groß war. Die Bestie hatte sich zurückgezogen. Wir wussten nicht, wie umfangreich seine Integrationen waren. Verdammt, wir wussten nicht einmal, ob er überhaupt noch zu retten war.

Ich stieg vom Block und die Stufen der Plattform herunter. "Ich bin Vizeadmiral Niobe. Ich muss sofort mit Kommandant Karter und Kommandant Phan sprechen."

Der Mann machte sich zügig daran, meine Identität zu überprüfen, wie das Protokoll es vorsah. Ich wartete voller Ungeduld, mein Stiefel tippelte auf dem Boden des Transportraumes herum, als der Bildschirm hinter ihm dieselben

Daten wie sein Steuerpanel anzeigte. Ein Bild von meinem Gesicht erschien, zusammen mit meiner Laufbahn und rechts oben einem großen Emblem, das bestätigte, dass ich eine Vizeadmiralin war—nicht, dass er meinen Rang beim Blick auf meine Uniform hätte übersehen können—sowie mein Status als Geheimdienstmitarbeiterin. Der Mann schaute zu mir, dann einmal nach unten und dann wieder zu mir. "Jawohl, Vizeadmiral. Ich werde die Kommandanten über Ihre Ankunft in Kenntnis setzen."

"Gut." Ich nickte und versuchte dabei, den Jäger hinter mir zu ignorieren, meinen *Partner*, der mir bereits auf die Pelle rückte. Er war zu nahe, wie ein Alphatyp. Ein überaus eifersüchtiger noch dazu. Ich ging ein paar Schritte zur Seite, denn ich musste die Kontrolle behalten. Ich atmete seinen Duft ein und spürte die Hitze, die von seinem Körper ausstrahlte, ich bemerkte seinen Blick ... es war pure

Ablenkung. Meine Nippel stellten sich auf.

"Alarmieren Sie die Krankenstation." Ich deutete auf die Plattform. "Ich habe hier einen integrierten Atlanen und vier Krieger, die aus einem Integrationszentrum der Hive gerettet wurden. Sie waren Neuankömmlinge dort und haben meines Wissens nach keine neueren Integrationen, aber sie müssen gründlich untersucht werden, nur für den Fall."

Der Techniker nickte. "Jawohl, Vizeadmiral."

Er erhob sich und starrte uns alle noch ein paar Sekunden lang an, er betrachtete die angeschlagenen Krieger, den Everianischen Jäger, den bewusstlosen Atlanen voller Hive-Technik und mich.

Ich zog die Augenbrauen hoch. Für solcherlei Schwachsinn hatte ich jetzt keine Zeit. "Sofort."

Er sprang wie von der Tarantel gestochen auf und wenige Sekunden später kam ein Rettungsteam in Grün in den Transportraum geeilt. Dem Atlanen wurde, so vermutete ich, ein starkes Beruhigungsmittel injiziert und der Rest wurde nach draußen auf die Krankenstation geführt. Captain Prax nickte mir zu, entweder zum Dank oder zum Abschied oder bis zur nächsten Gelegenheit. Ich war einfach nur froh, dass er sicher war. Wohlauf.

Ich hob die Hand und machte dem Arzt ein Zeichen, dass er warten sollte. Er nickte zaghaft und wartete auf meinen Befehl. Es gab da noch einen ziemlich sturen Everianer, der versorgt werden musste. Mir war außerdem klar, dass er es nicht erlauben würde, jedenfalls nicht, solange er nicht mit mir geredet hatte. Ihm kurz vorm Transport aus einer Folterbasis zu stecken, dass ich seine Partnerin war? Hallöchen, normalerweise lief es wohl nicht so.

Ich machte auf dem Hacken kehrt. Ich wusste, dass Quinn nicht mit den anderen gegangen war. Ich spürte seinen

Blick im Nacken, seine Augen waren regelrecht dabei mich zu verschlingen. Eindringlich. Sinnlich. Voller Verlangen.

"Wie lange warst du gefangen?" sprach ich. Ich wollte es nicht hören, und gleichzeitig doch. Mein Herz, das bis vor kurzem nicht einmal gewusst hatte, dass es ihn gab, schmerzte jetzt für ihn. Während ich mit Kira und Angh und den anderen in der Kolonie gewesen war, war er gefoltert worden.

"Ich weiß es nicht mehr genau. Eine Woche. Vielleicht länger."

Ich konnte es mir nur ausmalen. Die Basis war unterirdisch. Ohne Fenster. Ohne Licht. Ohne eine Möglichkeit sich irgendwie zu orientieren. Er trat näher, hob eine Hand an mein Gesicht und strich mit den Fingerspitzen über meine Wange. Für einen Jäger, und ich wusste, dass er zur Elite gehörte, war seine Berührung überaus sanft.

"Stimmt es, was du gesagt hast? Du gehörst mir?" sprach er leise.

"Ja." Es gab keinen Anlass unser

Match zu leugnen. "Und du gehörst mir." Ich wollte es von Anfang an klarstellen, denn ich war kein zart besaitetes, unterwürfiges Frauchen. Ich würde genauso viel einfordern, wie ich zu geben bereit war. Vielleicht sogar mehr.

"Bei den Göttern." Er lehnte sich an mich und schmiegte sich an meinen Hals, während ich gleichzeitig dem Arzt ein Zeichen machte. "Wie heißt du?"

"Niobe."

Er sprach meinen Namen nach, atmete mich ein. Seine Hände wanderten auf meine Hüften und ich geriet ins Schwanken, ein paar Sekunden lang wurde ich vom Adrenalin und der Wucht seiner Nähe überwältigt. Aber dann besann ich mich wieder. Er war gefoltert worden. Integriert. Er war verletzt. Abgemagert. Die Ringe unter seinen Augen zeugten von vielen schlaflosen Nächten. Die Furchen um seinen Mund spiegelten Schmerz wider. Und ich konnte mir nur vorstellen, was für mentale Qualen er durchgemacht haben musste. "Du musst auf die Krankenstation, Quinn."

"Mir geht's gut. Ich komme schon wieder in Ordnung. Ich brauche keinen Doktor, ich brauche dich."

Ich musste lachen und selbst ich war überrascht. Mein Partner war ganz schön forsch. "Ich habe befürchtet, dass du das sagen würdest."

Das ließ ihn aufhorchen und er hob den Blick, um mir in die Augen zu starren. "Niobe."

"Quinn."

"Ich möchte dich küssen."

Gott, ja. *Küss mich.* Ich nickte dem Doktor hinter ihm zu. "Na schön. Danach gehst du auf die Krankenstation."

"Danach werde ich dich erobern," brummte er.

Bevor ich darauf antworten konnte, pressten seine Lippen auch schon auf meine und raubten mir den Atem, sie brachten mich um den Verstand. Seine

Berührung ließ meinen Körper heiß auflodern und ich musste mich mit ganzer Kraft zusammenreißen, um meine Hand von seinem Rücken zu heben und dem Doktor ein Zeichen zu machen, dass er näherkommen und ihm eine Spritze verpassen sollte, um ihn außer Gefecht zu setzen.

Ich merkte, als es so weit war, denn Quinn sackte gegen mich zusammen, unsere Lippen berührten sich immer noch. Als seine Knie nachgaben, öffnete er die Augen und blickte mich an. Seine Hand lag auf der Injektionsstelle an seinem Hals. "Dafür werde ich dir den Arsch versohlen."

Ich lachte. Gott mochte mir beistehen, er war charmant. Und das war verdammt heiß. Niemand hatte mir je den Arsch versohlt—weder als Kind zu Bestrafung, noch als Erwachsene im Bett. Nie. Die Vorstellung aber, wie Quinn Hand anlegen würde? Mein Höschen war augenblicklich hinüber.

Zuerst aber musste er gründlich

untersucht werden und eine Weile im ReGen-Tank chillen. Er musste gesund werden und wenn er auch nur ansatzweise jedem anderen Mann im Universum ähnelte, der gerade seine Partnerin getroffen hatte, würde er sich nicht von seinen Verletzungen daran hindern lassen. Er gehörte mir und ich würde mich um ihn kümmern, ob er das nun wollte oder nicht. Ob er mir dafür nun den Arsch versohlen würde oder nicht.

Ich lächelte, als der Doktor ihn von hinten auffing und der Transportoffizier zur Hilfe eilte, um meinen Partner zur Krankenstation zu befördern. Er grinste mich an, sediert, aber immer noch bei Bewusstsein und sein Körper schien schneller nachzugeben als sein Verstand. Er starrte mich an und diese Bernsteinaugen gaben ein düsteres Versprechen preis.

Ich konnte nicht anders und musste ihn noch einmal necken.

"Leere Versprechungen, Liebster."

Er lächelte immer noch, als sie ihn fort trugen. Ich grinste wie eine Idiotin und spielte die ganze Szene noch einmal in meinem Kopf nach, als Kommandant Karter den Raum betrat.

"Vizeadmiral." Seine Stimme donnerte. "Was zum Teufel ist hier los? Und wie sind Sie auf mein Schiff gekommen?"

ZWEI STUNDEN SPÄTER

QUINN – KRANKENSTATION

NOCH EHE ICH DIE AUGEN ÖFFNETE, wusste ich, wo ich war. Der allzu vertraute Geruch des ReGen-Tanks rief mir dutzende unangenehme Erinnerungen ins Gedächtnis. Dennoch, es war besser als das unterirdische

Gefängnis, in dem ich festgesessen hatte. Ich war nackt, aber der Gestank des Nexus und seiner Schikanen war weg. Bestimmt hatte der Doktor auf der Suche nach Hive-Technologie jedes einzelne Molekül in meinem Körper auf den Kopf gestellt und versucht herauszufinden, ob ich für die Crew eine Gefahr darstellte.

Ich fühlte mich anders. Das Gesumme in meinem Schädel war zwar verstummt, mein Körper aber war hochsensibel und jeder Druckpunkt auf der Unterlage war meinen Sinnen akut bewusst. Ich konnte den Duft der Reinigungslösung riechen, mit der sie die Koalitionsschiffe putzten. Den weibliche Charme meiner Partnerin, die irgendwo in der Nähe war.

Es war bei Weitem nicht das erste Mal, dass ich in einem ReGen-Tank aufwachte, aber diesmal war es anders. Dieses Mal war *sie* hier. Ich konnte sie spüren, konnte ihr Herz schlagen hören. Ihre Stimme, als sie sich auf der anderen

Seite des Tanks angeregt mit Kommandant Karter unterhielt.

Sie war nicht von meiner Seite gewichen und diese Tatsache ließ mein Herz höher schlagen. Meine Partnerin war keine gewöhnliche Frau. Sie war eine Vizeadmiralin der Koalitionsflotte und mir vom Rang her weit überlegen. Ihrer Gestik und ihrer Sprache nach zu urteilen, vermutete ich, dass sie ein Mensch war ... und dennoch fühlte sich das nicht ganz treffend an.

Ihr Duft erinnerte mich an Zuhause, an Everis, und ich fragte mich, ob sie nicht doch von meiner Welt stammte. Vielleicht hatte sie lange auf der Erde gelebt und sich deren Bräuche und Sprache angeeignet. Everianische Jäger waren echte Chamäleons und verstanden es, verschiedenste Dialekte und Manieren nachzuahmen, jene Vielzahl an unbeschreiblichen Wesensmerkmalen, die einen *anders* machten.

Wenn sie eine Everianerin und kein

Mensch war, dann fragte ich mich, welcher Elitejäger sie gezeugt hatte. War ihr Vater auf meiner Heimatwelt eine Legende oder war er unbekannt?

Nicht doch, dass ihre Herkunft von Bedeutung war. Solange sie mit mir zusammen war, kümmerte mich ihre Vergangenheit herzlich wenig. Aber ich war nun mal ein Raubtier mit einer unersättlichen Neugierde, einer Neugierde, die sie mehr befeuert hatte, als irgendjemand oder irgendetwas zuvor. Ich wollte alles über sie wissen. Jede. Kleinste. Einzelheit. Von ihrer Geburt bis zu diesem Augenblick.

Sie gehörte mir.

Der transparente Deckel hob sich automatisch und meine Partnerin und Kommandant Karter kamen zu mir herüber. Ich setzte mich auf und rieb meine Hand über mein Gesicht.

"Wie geht es Ihnen?" wollte der Kommandant wissen.

Der Blick meiner Partnerin wanderte über meinen Körper. Jeden nackten

Zentimeter davon. Und natürlich bekam ich davon einen Steifen.

"Bringt dem Mann ein Laken," brüllte der Kommandant und fuchtelte dabei wild mit dem Arm herum. Wie er sehen konnte, war mein Penis noch intakt und wahrscheinlich hatte er keine Lust mit mir zu plaudern, während mein Schwanz ihn begrüßte.

Ich konnte einfach nicht anders. Meine Partnerin stand vor mir. Herrenlos.

Der Doktor kam herbei und reichte mir ein weißes Laken und ich legte es mir über den Schoß.

"Alles bestens, wie Sie sehen konnten." Ich wandte mich an den Doktor. "Wie sieht es mit den Integrationen aus?"

Er blickte auf das Tablet in seiner Hand. "Die Daten zeigen eine Vielzahl mikroskopisch kleiner Integrationen. Bis dato ist uns nur ein weiterer Krieger mit dieser Art von Integrationen bekannt, ein Prillone in der Kolonie. Sein Name ist Tyran. Ich habe mir seine Akte angesehen und diese Art Implantat scheint, solange keine vollständige Sättigung erreicht ist, das Bewusstsein nicht zu beeinträchtigen. Ihre Zellsättigung liegt bei fünfundachtzig Prozent."

Scheiße. Eine oder zwei Injektionen mehr von diesem blauen Mistkerl und er hätte mich geknackt.

Der Doktor sprach weiter: "Die Integrationen werden Ihre Muskeln sehr viel stärker und widerstandsfähiger machen als zuvor. Ihre Knochen ebenfalls. Der Prillone, Tyran, ist meines Wissens getestet worden und er ist stärker als die integrierten Atlanen. Solange Sie keinen zusätzlichen Integrationen ausgesetzt werden, geht es Ihnen gut. Sie sind stärker. Schneller. Aber in Ordnung. Was Ihren allgemeinen Gesundheitszustand anbelangt, so waren Sie dehydriert, unterernährt und haben unter Schlafentzug gelitten, aber das alles hat der ReGen-Tank bereits wieder ausgeglichen."

"Danke." Er sprach die Wahrheit. Ich strotzte nur so vor Vitalität. Leben.

Verlangen.

Ich blickte zu meiner Partnerin. Sie sah genauso aus wie zuvor. Aber wir waren nicht länger dabei gegen die Hive und um unser Leben zu kämpfen. Wir waren auf dem Schlachtschiff, in Sicherheit. Ich war wieder gesund. Nur der Kommandant stand noch im Weg, ehe ich sie erobern konnte.

Das und eine verdammte Dusche.

"Ich brauche eine Dusche. Kommandant, wenn Sie mich entschuldigen würden ..."

"Noch nicht. Seit wie vielen Tagen haben die Hive unseren Stützpunkt übernommen?" Der Kommandant blickte finster, unnachgiebig. Ich wusste, wie blanker Zorn aussah und der Kommandant kochte nur so vor Wut, jeder seiner Muskeln war gespannt und zitterte leicht, als er sich gerade noch so davon abhalten konnte, auszuholen.

"Seit mindestens einer Woche. Ich habe acht Tage gezählt, womöglich länger, womöglich weniger. Ich hatte weder eine Uhr, noch Tageslicht. Ich habe ihre Schichtwechsel beobachtet und so die Zeit abgeschätzt."

Er begann auf und ab zu marschieren, sodass er mir alle paar Schritte die Sicht auf Niobe nahm, aber sie war sowieso nicht länger auf mich fokussiert. Ihr Stirnrunzeln war fast genauso drastisch wie das des Kommandanten: "Kommandant, wie kann es sein, dass die Hive vor über einer Woche eine Koalitionsbasis erobert haben, ohne dass Sie irgendetwas von dem Angriff mitbekommen haben?"

Er knurrte und wirbelte zu ihr herum, sein Ton aber blieb respektvoll, auch wenn seine Stimme voller Wut war: "Vizeadmiral, wir haben in den vorgesehenen Intervallen Lageberichte von der Basis erhalten. Sie hatten die korrekten Passwörter und haben uns erwartungsgemäße Informationen übermittelt. Wir hatten keine Möglichkeit, es zu wissen. Die Hive haben unsere Abläufe perfekt imitiert."

Ihr Blick driftete zurück zu mir und die Hitze kehrte sofort zurück; als ob sie durch die Umstände gedämpft worden war. "Soll ich daraus schlussfolgern, dass das auch auf anderen Koalitionsstützpunkten der Fall sein könnte und wir keinen Hinweis darauf hätten, dass etwas nicht stimmt?"

Er trat zurück. Nickte. "Ja."

Meine wunderschöne Partnerin fluchte und ging Richtung Tür, um sich eine Illusion von Privatsphäre zu schaffen. "Das muss ich melden. Die Nexus-Einheit muss dafür verantwortlich sein."

Kommandant Karter erstarrte. "Was haben Sie da eben gesagt?" Er wandte sich zu mir um. "In dieser Basis ist ein Nexus gefangen?"

"Ja." Als ich die Nachricht bestätigte, wandelte sich Kommandant Karters Anspannung in kühle Berechnung: "Gehen Sie sich duschen, Quinn. Verbringen Sie etwas Zeit mit ihrer Partnerin. Sie haben zwei Stunden, keine Minute länger. Haben Sie mich verstanden? Sollten Sie sich eine Minute auf dem Kommandodeck für das Briefing verspäten, werde ich persönlich Ihre Tür einrammen, Vizeadmiral hin oder her."

Ich schmunzelte bei der Vorstellung, bis ich ins Gesicht des stinkwütenden Prillonen aufblickte. Er war bereit, die Fetzen fliegen zu lassen. Tick-Tack. Wenn er nicht erstmal die Angriffstruppen aufstellen müsste, dann würden wir wohl auf der Stelle in Angriffsformation in die Transporträume marschieren. "Verstanden. Da unten sind auch meine Männer. Er hat bereits meine gesamte Jägereinheit ausgelöscht. Niemand möchte ihn lieber tot sehen als ich."

Kommandant Karter neigte den Kopf zu Seite, als ob er Niobes Gespräch lauschen wollte. Sie hatte gesagt, sie würde einen Anruf tätigen. Den Überfall melden. Aber wem?

Der Doktor machte mir ein Zeichen: "Dort befindet sich eine Duschröhre."

Ich stieg aus dem Tank und ging mit dem Laken um die Lenden gewickelt zu meiner Partnerin. Sie beendete gerade ihr Gespräch. Keine Ahnung, mit wem sie da redete und es war mir auch egal. Ich strich ihr die Haare aus dem Gesicht, während ich jeden Millimeter ihrer Züge betrachtete. Dunkle Augen. Eine kecke Nase mit Sommersprossen. Volle Lippen, die aber zu einer strengen Linie gespannt waren. Sie wirkte angespannt. Besorgt. Oh, das würde sich schon bald ändern, denn ich würde sie gleich ficken. "Bis gleich, Liebling."

"Elitejäger, schwingen Sie Ihren Arsch in die Duschröhre," befahl Karter. "Und decken sie die Röhre vorher zu."

Nach so vielen qualvollen Tagen

fühlte sich diese unerwartete Wendung wie eine Wiedergeburt an. Ich hatte überlebt. Ich hatte eine umwerfende Partnerin und in wenigen Stunden würde ich mich rächen. Die Wärme, die ich empfand, sobald ich Niobe ansah, war ein Funken Hoffnung, den ich verzweifelt nötig hatte. Ich zwinkerte meiner Partnerin zu und lief ohne weiter auf den Kommandanten zu achten zur Duschröhre rüber. Ich konnte hören, wie meine Partnerin einatmete, konnte ihre Erregung riechen.

"Doktor, schicken Sie einen Techniker zur S-Gen, damit er diesem Krieger eine Uniform besorgt. Sofort."

Ich stellte mich unter den heißen Wasserstrahl und seufzte. Ich lachte. Scheiße, wie gut es sich anfühlte, frei zu sein. Zu wissen, dass meine Partnerin mich erwartete.

Fünf Minuten später war ich in eine nagelneue Elitejägeruniform gekleidet, die nicht länger nach Elend roch. Karter hatte sich nicht vom Fleck gerührt und stand mit verschränkten Armen da. Das konnte ich aus dem Augenwinkel sehen, denn ich blickte ihn nicht einmal an. Ich hatte nur Augen für meine Partnerin. *Niobe.*

"Zwei Stunden," wiederholte er.

Ich schenkte ihm keine Beachtung, denn er war nicht meine Frau. Ihr feingliedriger Körper war üppig und voll. Straff und durchtrainiert, selbst unter der gepanzerten Uniform. Ich wollte ihr jedes Kleidungsstück einzeln vom Leib schälen und Zentimeter für Zentimeter von ihr kennenlernen.

"Elitejäger," sprach der Kommandant.

"Ja?" erwiderte ich, als ich die volle Schwellung von Niobes Brüsten in mich aufnahm. Die Art, wie sie sich mit jedem ihrer Atemzüge hoben und senkten. Sie *war* erregt. Ich konnte es riechen. Ihre Wangen erröteten und das war das einzig sichtbare Zeichen dafür, dass sie noch irgendetwas anderes war als die strenge Vizeadmiralin. Ihre rosa Wangen verrieten mir, dass ich sie ertappt hatte. Sie war genauso scharf wie ich.

"Elitejäger," wiederholte Karter.

"Ja?" erwiderte ich erneut.

"Ich bin hier drüben." Er seufzte. "Wenn die Vizeadmiralin mir nicht gesagt hätte, dass Sie vor kurzem miteinander verpartnert wurden, dann würde ich Sie wegen Gehorsamsverweigerung in eine Zelle werfen."

"Danke sehr."

"Ich möchte nicht Ihre Wertschätzung; ich möchte, dass Sie mir zuhören."

Meine Augen trafen Niobes dunklen Blick. Hielten. Wie gebannt. "Bei allem Respekt, Kommandant, aber im Moment geht das nicht."

Er seufzte erneut: "Ja, das sehe ich auch. Sie haben zwei Stunden und danach erwarte ich Sie beide auf der Kommandobrücke."

"Wie lange wird Zan im ReGen-Tank bleiben?" fragte ich. Er hatte die gesamte

Basis gesehen, während ich nur in der Zelle beim Transportraum gehockt hatte. Er kannte sich dort besser aus als ich. Besser als jeder andere, der noch am Leben war.

"Zan?"

"Der Atlane, den wir mitgebracht haben."

"Noch sechs Stunden," antwortete der Doktor.

"Dann habe ich sechs Stunden für meine Partnerin. Zan wurde vollständig integriert. Während ich in meiner Zelle gehockt habe, hat er die gesamte Basis gesehen. Er wird Ihnen sagen können, wie viele Aufpasser sie haben, wo sie stationiert sind, wie viele Gefangene dort verbleiben. Wir brauchen ihn. Wir brauchen seine Informationen über die Basis. Zuerst muss Zan gesund werden. Dann machen wir das Briefing und gehen wieder runter. Dann retten wir die restlichen Männer dort."

Niobe machte ein skeptisches Gesicht. Oh ja, ihr widerstrebte es genauso, unsere Krieger in einer Hölle wie dieser zu lassen.

"Na schön. Sechs Stunden," bestätigte Karter. "Während Sie beide … sich kennenlernen, werde ich ein ReCon-Team damit beauftragen, sich die Pläne der Basis anzuschauen und die Angriffstruppen bereit machen."

Als keiner von uns auch nur in seine Richtung schaute, faselte der Kommandant leise vor sich hin; irgendetwas über Partner und Geisteskrankheit.

"Sechs Stunden, Vizeadmiral." Er redete jetzt mit meiner Partnerin; vielleicht in der Hoffnung, sie würde ihm zuhören. Falsch gedacht. "Ich verstehe. Erica würde mich umbringen, wenn ich Ihnen nicht mehr Zeit geben würde."

Aber er hatte uns nur mehr Zeit zugestanden, weil wir auf Zan warten mussten. Ich hatte verstanden. Die Eroberung meiner Partnerin würde warten müssen, bis die Rettungsmission vorbei war, aber solange die Götter mir heute gnädig waren ... würde ich sie wenigstens kosten dürfen.

Wir hatten sechs Stunden. Sechs. Stunden.

Er drehte ab und stapfte davon. Auf einmal waren wir allein im Saal—abgesehen von Zan, der in einem der Tanks schlummerte—aber mir wäre auch egal gewesen, wenn ein ganzes Kampfbataillon hinter uns gestanden hätte.

Niobe stand genau vor mir und der Kommandant musste erstmal seine Leute zusammentrommeln. Blieb mir also nichts anderes zu tun, als die Dame meines Herzens kennenzulernen. Es wurde Zeit sie zu ficken.

5

*N*iobe

"ICH HAB' LANGE AUF DICH GEWARTET," verkündete Quinn. Das allein sagte schon viel. Er war dabei, mir sein Innenleben preiszugeben, einen Teil, den sonst wohl niemand zu Gesicht bekam. Nur eine ...

Eine Partnerin.

Dabei kannten wir uns kaum, hatten wir uns erst wenige Stunden zuvor kennengelernt. Ich hatte einen langen

Tag hinter mir. Zuerst hatte ich mich in der Kolonie testen lassen, weil Kira und Rachel mich dazu gedrängt hatten. Dann war ich in ein geheimes Integrationszentrum der Hive transportiert und hatte meinen Partner und weitere Krieger gerettet. Noch ein Transport und wir waren auf der Karter gelandet, wo ich meinen Partner im ReGen-Tank betrachtet hatte, während ich gleichzeitig mit Kommandant Karter den bevorstehenden Angriff auf die Basis besprochen hatte.

Nach dem unerwarteten Gefecht, zwei Transporten, dem Adrenalinstoß und meinem *Partner* vor mir hätte ich eigentlich total erschöpft sein müssen ... war ich aber nicht. Im Gegenteil. Ich fühlte mich quicklebendig und auf unvorstellbare Weise beflügelt. Lag es an seinen bernsteinfarbenen Augen, die sich wie Laser in mich bohrten? War es die Art und Weise, wie seine Muskeln sich unter den Linien seiner frischen Uniform abzeichneten? War es unsere

Verbindung, jene unsichtbaren Fäden, die uns miteinander verwoben, egal wie instinktiv ich sie kappen und wegrennen wollte?

Allerdings war ich nicht dabei, ihm meine Seele zu offenbaren. Das machte ich nicht einmal mit Leuten, die ich seit Jahren kannte und schon gar nicht mit jemandem, den ich erst vor ein paar Stunden getroffen hatte. Ganz gleich, dass er mein ausgewähltes Match war und ich *eigentlich* alles mit ihm teilen sollte. Meinen Körper, mein Herz, meine Seele. Ich kannte ihn nicht. Noch nicht. Aber ich wollte ihn kennenlernen, denn ich sehnte mich nach einer tieferen Verbindung mit jemandem, der mir gehörte.

"Nein, ich hab' auf dich gewartet. Immerhin warst du derjenige, der bewusstlos im ReGen-Tank gelegen hat."

"Davor, Liebling. Davor habe ich viel länger gewartet," entgegnete er. Es waren nicht seine Worte, die mich am liebsten den Mund aufreißen und laut fluchen lassen wollten, nein, es war dieser Blick. So besitzergreifend. Hungrig. Ungeduldig. Ein Blick, der meine Beine kribbeln und meine Nippel hart werden ließ. Sein Blick war eine Herausforderung und die Everianerin in mir wollte sie annehmen. Um *wegzurennen*. Genau wie im Testtraum wollte ich ihn dazu bringen, sich zu beweisen. Er sollte mir zeigen, dass er schnell war. Stark genug, um mich zu fangen.

Mich zu erobern.

Scheiße. *Was* hatte ich da gerade gedacht?

"Du wusstest nicht, dass ich in diesem Gefängnis eintrudeln würde." Die letzten Worte spritzten wie Gift von meinen Lippen. Dieser Ort ... Gott, er war einfach nur grässlich. Ich wollte gar nicht daran denken, was ihm oder den anderen zugestoßen wäre, wenn ich nicht aufgetaucht wäre. In genau diesem Moment. Wie lange hätte er wohl noch durchgehalten, hätte ich mich nicht als Braut testen lassen?

"Ich habe nicht deinen Transport gemeint und das weißt du," entgegnete er. Er war so ruhig, so ... ausgeglichen. Ich atmete seinen frischen Duft ein, der unter dem scharfen Seifengeruch der Krankenstation hervortrat.

Jäger lösten Probleme mit Leichtigkeit und Zuversicht. Sie wurden nicht wie die Atlanen zu Bestien, hatten keinen zweiten Mann wie die Prillonen. Wir waren unabhängig. Elegant. Tödlich.

Mit Quinn aber kam ich mir alles andere als elegant vor. Ich war ... durcheinander. Unruhig. Aus dem Gleichgewicht. Mir war unbehaglich, weil ich nicht länger in meinem Element war. Nein, das war es nicht.

Sechs Stunden. Wir hatten sechs Stunden, um uns zu vergnügen. Um Liebe zu machen. Uns kennenzulernen.

Und auch wenn mein Körper vor Zustimmung regelrecht kreischte, so wollte mein Verstand doch nicht die Kontrolle abgeben. Und so langsam bekam ich ein schlechtes Gewissen, weil ich gesund und wohlauf und voller Lust auf meinen Partner war, während zahllose Männer in dieser Basis durch die Hölle gingen. Warteten. Auf mich.

Auf uns.

Quinn schien es leichter ausblenden zu können als ich. Er starrte mich an, als wäre ich sein Abendessen. Und mein Körper reagierte *darauf*. Ich bekam Panik. Ich hatte keine Kontrolle mehr. Eine Mission? Gerne. Ein Partner? Auf keinen Fall. Ich war dabei den Boden unter den Füßen zu verlieren und mich an die letzten Fetzen innerer Ruhe zu klammern und das warf mich völlig aus der Bahn.

"Liebling, du musst vor deinen Gefühlen keine Angst haben. Das haben wir gemeinsam." Seine tiefe Stimme klang unaufgeregt, fast schon beruhigend.

"Wir haben überhaupt nichts

miteinander gemeinsam." Ich hielt meine Hand hoch, damit er das Geburtsmal dort sehen konnte. "Wir sind keine markierten Partner. Wir wurden nur gematcht."

Allerdings glaubte ich diese Worte selber nicht. Wir hatten so einiges gemeinsam, nur verstand ich es nicht und es war ziemlich erschreckend.

Er ließ nur seine imposanten Schultern zucken und meine Nippel wurden umgehend steif. Verräter. Ich verschränkte die Arme vor der Brust.

Sein Mundwinkel bog sich nach oben. Er atmete tief ein und seine Nasenlöcher blähten sich regelrecht auf. "Du gehörst mir. Du weißt es. Ich weiß es. *Alle* auf diesem Raumschiff wissen es. Warum willst du es nicht wahrhaben?"

Warum ich bitte was? Ich brauchte keinen Typen, der mich herumkommandierte. Meine Pussy war in dieser Hinsicht zwar anderer Meinung, aber ich hatte immer noch das letzte Wort … zumindest, was meinen Körper anging.

Außer, dass meine Nippel zwickten und ich weiter unten klitschnass war. Und er wusste es. Konnte es riechen. Diese tiefe Stimmlage half ganz und gar nicht dabei, meine Libido in Schach zu halten.

"Ich kann dir nicht geben, was du willst," erklärte ich. Ich musste ihm ja nicht gleich meine Seele offenbaren, aber ich hatte meine Gründe. Das hier war ein Irrtum. Musste es sein. Ich wollte keine Kinder. Ich wollte nicht mein gesamtes Leben aufgeben, meine Freiheit, meine Karriere. Ich war wichtig in diesem Krieg. Ich bildete Kadetten aus und stellte sicher, dass sie mit den Hive klarkamen. Ich versuchte Leben zu retten und mein Job war mir wichtig, zu wichtig. Ich hätte nie schwach werden und dem Gefühl der Einsamkeit nachgeben sollen. Elitejäger Quinn von Everis wünschte sich wahrscheinlich eine brave kleine Frau und eine zehnköpfige Rasselbande, die durch die Bude tobte und in den Himmel schrie.

Dieses Leben war nichts für mich. Ich war nicht dazu bestimmt, es mit jemandem zu teilen. Scheiße. Ich hatte Mist gebaut. "Ich hätte mich nie testen lassen sollen."

Sein heller Blick wanderte noch etwas länger über mich, von meinem Scheitel bis zu meinen Stiefeln. Gemächlich, als ob er alle Zeit der Welt hatte. Als ob er das Recht hatte so zu tun.

"Das sehe ich anders. Du bist perfekt und ich kann's kaum erwarten meinen Schwanz in dir zu vergraben und dich kommen zu lassen. Dich zu erobern."

Oh Scheiße. Möglicherweise war ich gerade eben schon leicht gekommen. "Du kennst mich nicht."

"Stimmt, Liebling, aber das werde ich." Seine Worte klangen nicht nach einer Drohung, sondern waren ein Gelöbnis, ein Versprechen. Er war ein Jäger und so langsam wurde mir klar, was es bedeutete, im Fokus der

Aufmerksamkeit eines Elitejägers von Everis zu stehen. Er würde niemals aufhören. Niemals aufgeben.

Mein Kopf drehte sich wie ein Tornado. Das hier konnte nicht reell sein, oder? War er wirklich nur für mich?

Nee. Auf keinen Fall. Er kannte mich noch nicht einmal. Ich hatte dreißig Tage Zeit, um das Match abzulehnen und in mein altes, geordnetes Leben zurückzukehren. Dreißig Tage, in denen er sich für eine zehn Jahre jüngere Braut entscheiden konnte, die ein Dutzend Babys mit ihm machen wollte.

Wie auch immer. Das hier war Blödsinn. Mentaler, emotionaler, physischer Blödsinn. Ich hätte mich nie von Kira zu dieser Sache überreden lassen dürfen. Ich hätte nein sagen, wieder nach Hause gehen und mir eine Flasche Atlanischen Wein einschenken sollen. Ein Vibrator wollte weder Kinder haben, noch verlangte er

Unterwürfigkeit. Geheimnisse. Offenbarungen. Vertrauen.

Was hatte ich mir nur dabei *gedacht*?

Ich drehte ab und marschierte Richtung Tür. Sie glitt lautlos auf und ich ging nach draußen. Ohne anzuhalten, verließ ich die Krankenstation.

Er kam nicht hinterher. Unter allen Geräuschen des Schlachtschiffs, vom leisen Vibrieren der Motoren zum Klirren des Geschirrs in der Cafeteria ein Stockwerk unter mir konnte ich Quinn heraushören. Ich hörte seine Atmung, seinen langsamen Herzschlag. Er hatte sich nicht vom Fleck gerührt.

Am Ende des Flures angekommen, drückte ich den Knopf für den Aufzug. Ich wusste nicht, wohin ich gehen würde; ich musste einfach nur weg, um meine Kontrolle wiederzuerlangen. Je näher ich an ihm dran war, desto weniger davon hatte ich. Verfluchter Kerl!

"Lauf weg, Liebling, aber ich *werde*

dich fangen."

Ich schloss die Augen, als ich seine Stimme hörte und der schmerzliche, dynamische Drang *loszurennen* belebte meinen gesamten Körper. Er war immer noch im ReGen-Saal. Seine Stimme war kaum mehr als ein Flüstern, denn er musste nicht laut und deutlich sprechen, damit ich ihn hören konnte. Ein Wimmern entwischte mir, als ich mir vorstellte, wie er mich fangen würde. Ich hatte das einzige getan, das garantieren würde, dass es nicht vorbei war. Im Gegenteil—das war erst der Anfang, immerhin hatte ich ihm eine unwiderstehliche Herausforderung unterbreitet.

Ich war abgehauen. Für einen Jäger, der dabei war, seine Frau zu umwerben, hatte ich ihm die ultimative Herausforderung hingeworfen. Ich war gegangen, hatte ihn aufgefordert mich zu fangen ... nein, ich hatte *verlangt*, dass er mich einfing und sich unter Beweis stellte.

Er würde mir folgen.

Ich rieb gerade meine Schenkel aneinander, als mir klar wurde, dass mein Fluchtinstinkt dem Instinkt einer Everianischen Frau entsprach. Nämlich um einen potenziellen Partner auf die Probe zu stellen und sich zu beweisen. Um ihn zu zwingen bei der Jagd zu dominieren.

Es war eine Art Balztanz. Ich hatte Quinns Bestie herausgefordert, insofern er eine besaß. Ich war seine Braut. Ich war hier. Auf der Flucht. Und er würde mich finden und mich erobern und mich zu seiner Frau machen.

Als ich in die von den Hive kontrollierte Basis transportiert war, hatte er keine Möglichkeit gehabt, sich zu beweisen. Er war eingesperrt gewesen. Ich hatte ihn gerettet. Und ich wusste, wie dankbar er dafür war. Aber jetzt war er wieder sicher und der ReGen-Tank hatte ihn vollständig wiederhergestellt, also wurde es Zeit, dass er die Kontrolle übernahm.

Und ich hatte sie ihm bereitwillig übergeben.

Die Jagd gab ihm Macht.

Und das Ganze auf einem Schlachtschiff? Es war ein Kinderspiel. Ich konnte nirgendwo hin. Konnte nicht rennen. Konnte mich nicht verstecken.

Er *würde* mich finden.

Ich war nicht sicher, ob ich mich darüber freuen oder ob ich mich deswegen ärgern sollte.

Als die Tür aufging und ich in den Aufzug trat, tat ich beides.

"Ich will keinen Partner," sprach ich. Der Aufzug war zum Glück leer oder die Leute würden sich wundern, warum ich Selbstgespräche führte. Aber das tat ich nicht. Ich konnte Quinns Schmunzeln hören, worauf ich vor lauter Frust praktisch knurren musste.

"Du hast dich testen lassen. Nur Atlanen im Paarungsfieber werden dazu gezwungen. Und du bist *definitiv* kein Atlane."

Die Tür schob sich wieder auf und

ich trat aus dem Aufzug. Dem blauen Streifen an der Wand nach zu urteilen war ich auf der Techniketage angekommen. Ich lief nach rechts.

"Mein Platz ist an der Akademie. Ich *leite* den Laden. Ich werde nicht kündigen."

Ich hörte seine schweren Schritte und wusste, dass er jetzt auf der Jagd war. Auf der Jagd nach mir.

Es war wie beim Versteckspielen und er hatte bis hundert gezählt, ehe er mit der Suche anfing.

"Ich kann überall leben, Frau. Wo immer du bist."

Seine Worte gefielen mir und ein ungenehmigtes Lächeln machte sich auf meinem Gesicht breit. Verdammt, war er schmeichelhaft. Ich kam zu einer Stelle, wo sich zwei Korridore kreuzten. Ich bog links ab und beschleunigte mein Tempo. "Hör auf mir zu schmeicheln, Jäger."

"Ich habe gesehen, wie deine Nippel sich aufgestellt haben. Ich weiß, dass du erregt bist. Du kannst ruhig weglaufen,

Liebling. Versteck dich. Ich werde dich finden."

Der Testtraum kam mir wieder in Erinnerung und ich stellte mir vor, wie ich mit lodernden Haaren durch den Wald rannte und mein Körper in Flammen aufging, als mein Mann immer näher kam. Als er mich ertappte, mich herumwirbelte und mich mit seinem dicken …

Ich wimmerte leise. Quinn lachte.

Das Geräusch spornte mich weiter an. Er mochte zwar in der Lage sein mir nachzuspüren, aber einfach würde ich es ihm nicht machen. Zwei Prillonische Krieger traten aus einem Raum und ich schlich mich hinter ihnen vorbei, sodass die Tür sich hinter mir schloss. Ich blickte mich um. Irgend eine Art von Mechanik. Der Raum war blau erleuchtet, die Wände vom Boden bis zur Decke mit mechanischen Komponenten zugepflastert. Es erinnerte mich an eine Bibliothek—an die Abteilung mit Sachliteratur. Aber hier befanden sich keine Bücher, sondern Datenspeichereinheiten, die den Schiffsbetrieb gewährleisteten. Ein Wald aus lauter Maschinen.

Auf dem ersten Blick hatte es rein gar nichts mit dem Testtraum gemeinsam, in dem die Frau sich quer durch den Wald jagen ließ. Aber im Wesentlichen war es identisch. Sie hatte die Verfolgungsjagd genossen, sich regelrecht daran ergötzt. Sie wollte gefangen werden.

Ich etwa auch?

Scheiße. Die Antwort darauf kannte ich bereits. Ja, das tat ich.

Und er wusste es.

"Willst du wissen, was ich mit dir anstellen werde, wenn ich dich finde?" wollte Quinn wissen, als er gleichmäßigen Schrittes voranging. Er hatte es nicht eilig, sondern ließ sich Zeit und genoss das Ganze. Die Verlockung. Das Spiel.

Ich leckte mir die Lippen. Ich wollte es wissen.

"Ich möchte dein Gesicht sehen,

wenn ich dein Uniformhemd aufknöpfe und meine Finger über deine runden Brüste streiche. Ich möchte hören, wie dein Puls erstarkt. Ah, Liebling, ich kann ihn jetzt hören."

Ich atmete tief durch und versuchte meinen Puls wieder zu beruhigen, er raste gerade. Sein versautes Gerede schien mir zu gefallen und er war noch nicht einmal im Raum. Gott, was würde nur aus mir werden, wenn er erstmal vor mir stand?

Au ja, ich würde zu einer Pfütze dahinschmelzen.

"Ich kann deine Erregung riechen. Mit jedem meiner Schritte wirst du feuchter."

Das wurde ich.

Das fast lautlose Gleiten der Tür bewirkte, dass ich die Luft anhielt.

Er war hier.

"Liebling," sprach er. Diesmal kam die Stimme vom anderen Ende des Raums. "Atme."

Ich atmete aus.

"Gutes Mädchen."

Eigentlich hätte ich mich über sein Süßholzgeraspel ärgern sollen, tat ich aber nicht. Es war ... beruhigend. Zärtlich. Tatsächlich *gefiel* mir das Lob.

Was war nur mit mir los?

Au ja. Meine Pussy war offiziell außer Kontrolle.

Und da war er. Er trat ans Ende des Mechanikregals, stemmte die Hände in die Hüften und stierte mich an. Er betrachtete mich. Wartete.

Er war so groß. So ... maskulin. Ich konnte ihn riechen. Er roch nach Pinien und düsterer Männlichkeit. Keine Ahnung, warum mir ausgerechnet das in den Sinn kam. Ich kam mir vor wie in einem albernen Aftershave-Werbespot auf der Erde. *Düstere Männlichkeit* hatte keinen Geruch. Aber da war er und Quinn roch genau so.

"Du solltest deine markierte Partnerin finden," sprach ich.

Er schüttelte den Kopf, ansonsten rührte er sich aber nicht. "Wir wurden füreinander ausgewählt. Du gehörst mir."

"Tue ich nicht."

Darauf lachte er. "Noch nicht."

"Ich bin ein Vizeadmiral. Ich habe in dieser Beziehung die Hosen an."

Ich sah, wie sein Blick auf meine Beine fiel. Ich blieb regungslos stehen, auch wenn ich mich am liebsten winden wollte.

"Offensichtlich. Du hast Hosen an."

Ich verdrehte die Augen. Der Erdenslang war etwas zu hoch für ihn.

"Ich werde mich nicht von dir herumkommandieren lassen," legte ich nach, damit er es verstand.

"Doch, das wirst du," konterte er unbeeindruckt. Dann krümmte er einen Finger und lockte mich zu sich heran.

Ich blieb reglos stehen und starrte ihn an. Es gab keinen Ausgang für mich, jedenfalls nicht, ohne ihn dabei außer Gefecht zu setzen. Das wollte ich nicht. Ich *wollte* ihn wie ein notgeiler Affe besteigen.

Er tat nichts, außer weiter den Finger in meine Richtung zu krümmen.

Als ob wir an einer Strippe zogen, machte ich einen Schritt auf ihn zu.

Seine Miene blieb ungerührt. Er blickte nicht triumphierend. Lachte nicht. Er wollte mich einfach nur vor sich haben.

Und mein Pussygeführter Körper ging dorthin, wo er mich haben wollte. Zu ihm.

Sein Jägerarm bewegte sich dermaßen schnell, dass ich nicht einmal keuchen konnte. Auf einmal war er um meine Taille geschlungen und ich konnte jeden harten Zentimeter von ihm spüren. Er senkte den Kopf und küsste mich.

Ich war nicht überrascht. Mir war klar gewesen, was kommen würde. Ich war keine Vollidiotin. Ich nicht überrascht, weil er mich küsste. Ich war vom Kuss an sich überrascht.

Heilige Scheiße.

Heilige. Verdammte. Scheiße.

Anders als erwartet küsste er mich sanft und zärtlich. Seine Lippen streiften meine, sie strichen vor und zurück, als ob sie mich kennenlernen wollten. Als er mich auf den Mundwinkel küsste, blitzte seine Zunge hervor. Leckte die Stelle.

Ich schnappte nach Luft. Er fing an mich zu plündern. Binnen einer Sekunde ging er von zwanzig auf hundertachtzig. Er war nicht einfach nur dabei, mich zu küssen, *ich küsste ihn.* Meine Hände vergriffen sich in seinem langen Haar und die seidigen Strähnen wickelten sich um meine Finger.

Er schmeckte nach Minze und nach Mann, heiß und lecker. Ich konnte nicht genug von ihm bekommen.

Ich war längst keine Jungfrau mehr. Ich war mit einigen Männern zusammen gewesen. Aber die Leitung der Akademie hatte mich von den Männern ferngehalten. Ich konnte nicht eben mal mit einem Kadetten ausgehen. Ich würde nicht mit einem Mitarbeiter etwas anfangen. Das einzige Mal, dass ich ein One-Night-Stand hatte, war im Weltraum nach einer Geheimdienstmission.

Noch nie hatte ich so etwas gefühlt. *Nie.* Und das war nur ein Kuss.

Im Nullkommanichts wurde mein Uniformhemd geöffnet und ich spürte die kühle Luft auf meiner Haut.

Er blickte auf. Dann trat er zurück, um mich zu betrachten. Mein BH war weiß, schmucklos. Keine Spitze. Kein Satin. Keine tiefen Einblicke. Und doch blickte er meine Brüste an, als würde ich die edelste, verführerischste Lingerie tragen.

"Zieh das Hemd aus." Das war ein Befehl.

Noch ehe ich nachdenken konnte, machten meine Hände sich auch schon an die Arbeit.

Es dauerte eine Sekunde, bis der robuste Stoff von meinen Schultern und über meine Arme glitt. Das Hemd fiel hinter mir auf den Boden.

Er machte einen Schritt auf mich zu.

Ich wich zurück. Er machte noch einen Schritt vorwärts und ich wich zurück, bis ich mit dem Rücken gegen die Wand stieß. Sein Körper presste gegen meinen und am Bauch konnte ich seine harte Länge spüren. Ich war nicht die einzige, die das hier unbedingt aufs nächste Level bringen wollte. Unser Atem vermischte sich und mit jedem Atemzug stießen meine Nippel gegen seine Brust.

Ich hielt still, als er meine Hose öffnete und sie zusammen mit meiner Unterwäsche hinunterstreifte. Seine Finger fanden sofort meine Mitte.

Ich keuchte, dann stöhnte ich.

"Liebling," knurrte er. Er hielt seine Hand hoch und ich konnte meine Erregung an seinen Fingern glitzern sehen. Dann sah ich zu, wie er sie sauber leckte.

Mein Pussygeruch erfüllte die Luft um uns herum. Alle Geräusche verstummten, bis auf das, was sich in diesem Raum abspielte.

Er wirbelte mich herum und meine

Hände landeten auf der kühlen Wand, um mich abzustützen. Er trat an mich heran, beugte leicht die Knie und rieb seinen Schwanz durch die Hose hindurch über meine Pussy und meine Poritze.

Ich konnte an der Wand keinen Halt finden. Und das veranlasste mich wieder die Kontrolle zu ergreifen, die ich zusammen mit meinem Uniformhemd auf dem Boden abgelegt hatte.

Ich wirbelte herum und blickte ihn an: "Ich bin eine Vizeadmiralin der Koalitionsflotte."

Er biss den Kiefer zusammen und die Sehnen an seinem Hals stellten sich auf. Seine Hand auf meiner Hüfte war entschlossen und sanft zugleich. Er würde mir nicht wehtun.

Ganz langsam schüttelte er den Kopf: "Hier, mit mir, bist du meine Partnerin. Mehr nicht. Da draußen kannst du gerne das Sagen haben." Er neigte den Kopf zur Seite und in Richtung der Tür. "Aber mit mir wirst du gehorchen."

Diesmal schüttelte ich den Kopf: "Ich möchte aber nicht."

Seine Hand wanderte zurück zwischen meine Schenkel, sie glitt über meine dick geschwollenen Pussylippen, dann tauchten sie einmal in meine Pussy ein, worauf ich auf die Zehenspitzen ging. Dann schlüpften sie wieder raus. Er malte meine Essenz auf meine Lippen. "Doch, tust du. Koste."

Meine Zunge schnellte hervor.

"Du möchtest es. Unterwirf dich. Für mich. *Nur* für mich."

Er knöpfte seinen Hosenstall auf, langte hinein und zog seinen Schwanz raus. Oh Scheiße. Er war groß. Lang. Dick. Ein Tropfen Vorsaft sammelte sich oben an der Eichel, als er den Schaft umpackte und langsam anfing sich zu wichsen. "Das hier."

Ich musste winseln. Dabei winselte ich *nie*.

Mit seiner freien Hand wirbelte er mich wieder herum, sodass meine Hände wieder gegen die Wand klatschten. Diesmal aber streckte ich den Arsch raus.

Ich wollte diesen Schwanz in mir spüren. Ich hatte ihn sowas von nötig.

"Gut so. Genau so, Liebling."

Er zögerte nicht länger. Bis jetzt hatten wir nur geküsst. Ich hatte immer noch meinen BH an. Bis auf die wichtigsten Stellen hatten wir uns kaum freigemacht. Und dennoch hatte das Vorspiel in dem Moment begonnen, als er im ReGen-Tank aufgewacht war.

Ich war feucht. Ich war willig. Ich wollte ihn.

Er nahm mich, sein Schwanz drang mit einem langsamen Stoß tief in meine Pussy ein. Die Hand auf meiner Hüfte verkrampfte sich und hielt mich fest, sobald ich ihm entgleiten wollte. Er war groß und dehnte mich weit auseinander, er füllte mich so gründlich, dass es mir fast schon *zu viel* wurde.

Er knurrte. Dann nahm er mich feste. Körper klatschten ineinander. Unsere Atmung wurde immer

angestrengter. Mein Verlangen erstarkte.
Blühte auf. Explodierte.

Dann setzte eine Hand auf meinem
Arsch auf und versohlte mich. Feste.
Erschrocken zog ich mich um ihn herum
zusammen.

"Dafür, dass du mich betäubt hast,
Liebling. Dass du mich in den ReGen-
Tank gezwungen hast."

Es war zu viel. *Das hier* war zu viel
für mich. Ich wurde durchgenommen,
nach Belieben benutzt. Es war nicht
einmal ein Geben und Nehmen. Er
nahm mich einfach. Fickte mich.
Rammte seinen Schwanz in mich hinein,
um sich zu befriedigen. Er *versohlte mir
zur Strafe den Arsch.*

Ich musste kommen. Ich war
diejenige, die hier abging. Die im
Maschinenraum eines Schlachtschiffs
vor Wonne regelrecht kreischte. Die sich
wie ein Schraubstock um seinen
Schwanz herum zusammen ballte, weil
die Runde Arsch versohlen in
Wirklichkeit verdammt heiß war. Meine

Pussy packte dermaßen feste zu, bis Quinn grunzte und ein letztes Mal in mich hinein rammte, ehe er ebenfalls kommen musste.

Erst als ich wieder einigermaßen klar denken konnte, sah ich ein, dass er mich nicht benutzt hatte. Im Gegenteil. Er hatte mir nichts als Vergnügen bereitet und sichergestellt, dass ich als erste kam. Erst nachdem er mich befriedigt hatte, hatte er sich gehenlassen.

Er hatte sich um mich gekümmert, als ich verletzlich war.

Tränen stiegen mir in die Augen, als er sich an mich lehnte und mit seinem Körpergewicht gegen die Wand gepresst hielt. Er knabberte meine Schultern und seine Hände strichen jetzt unbeschreiblich zärtlich über meine Kurven. Er war wie ausgewechselt und ich kam mir vor wie eine Porzellanpuppe. Zerbrechlich. Kostbar. Fragil.

Scheiße. Tränen quollen aus mir heraus und verbrannten meine Wangen, als die Nachbeben der Wonne mich von innen durchzuckten. Meine Pussy war immer noch geschwollen und sehnig. Sie war voll.

Seine Liebkosung hatte mich erschüttert und verletzlich gemacht, und zwar mehr noch als die Jagd oder das Ficken oder der Orgasmus, denn sie war aufrichtig. Behutsam. Sicher.

Es war wie Liebe, auch wenn ich verdammt nochmal keine Ahnung hatte, wie *Liebe* sich anfühlen sollte. Im Moment wusste ich nur, dass es irgendwo tief in meinem Inneren wehtat, irgendwo in einer geheimen, vergrabenen Stelle in mir. Meine Brust schmerzte und meine Augen nässten. Undicht. Es waren *keine Tränen*. Keine. Tränen.

"Götter, bist du hübsch, Niobe. Lass uns ein Bett suchen. Das möchte ich nochmal machen. Und nächstes Mal werde ich dein Gesicht betrachten, während du dich mir hingibst, dich unterwirfst."

6

Quinn, Schlachtschiff Karter, Offiziersquartier

"WIR BRAUCHEN ETWAS ZU ESSEN," sprach ich, als ich das Gästequartier betrat, das man uns zugewiesen hatte. Karter hatte uns die Zimmernummer geschickt, als wir unten im Maschinenraum ... beschäftigt gewesen waren. Die kleine Privatunterkunft bestand aus zwei Zimmern, einem Schlafzimmer mit einem Bett, das groß genug für zwei Prillonen und deren Partnerin war—mehr als genug Platz also für das, was ich mit Niobe geplant hatte—und einem Badezimmer. Ansonsten gab es nur Tisch und Stühle und eine S-Gen-Anlage. Abgesehen vom meterlangen Panoramafenster mit Aussicht auf den Weltraum war das Zimmer schlicht und einfach, aber alles was mich im Moment interessierte, war die abschließbare Tür und das Bett.

Wie würden nur ungefähr fünf Stunden hier verbringen. Sobald Zan angehört und die Angriffspläne fertig waren, würden wir nicht hierher zurückkehren. Wir würden direkt zum Treffpunkt aufbrechen und dann weiter nach Latiri 4 transportieren. Danach ... danach würde ich mit Niobe zusammen sein. Soviel stand fest. Wo wir leben würden, hatten wir noch nicht entschieden.

Und jetzt war nicht der passende Zeitpunkt für solche Diskussionen. Jetzt wurde es Zeit, uns anzufassen. Uns kennenzulernen. Sie zu verführen.

Ich zog meine Kleider aus und ließ sie zu Boden fallen. Ich war nicht prüde. Nicht mit Niobe. Mein Körper gehörte jetzt ihr. Ich würde ihn nicht verstecken.

Nachdem ich meine Stiefel abgestreift hatte und mich daran machte, mir die Hose die Hüfte runter zu streifen, hielt ich inne. Sie stand immer noch beim Eingang und starrte mich an.

Ich grinste: "Gefällt dir, was du siehst? Ich hoffe doch."

"Ich dachte, du wolltest etwas zu Essen besorgen," entgegnete sie. Sie hörte sich effizient an, nicht schroff.

Ich grinste: "Das werde ich. Aber wir haben nur ein paar Stunden Zeit. Wir werden nackt essen."

Ihr stand der Mund offen. Gut. Ich hatte sie überrascht. Und es schien nicht vieles zu geben, was sie überraschen konnte. Sie war aufgebrochen, um ihren

Partner zu treffen und stattdessen in einem
Gefängnislager der Hive gelandet. Sie war
nicht in Panik geraten und hatte kaum mit
der Wimper gezuckt, ehe sie dank ihrer
Fertigkeit und ihrer Transportkenntnisse
im Alleingang sechs Krieger gerettet hatte
—mich mit eingeschlossen.

"Ich brauche eine Dusche," sprach
sie und lief schnurstracks ins
Badezimmer, ohne dabei aber meinen
Körper aus den Augen zu lassen. Mein
Schwanz war nach unserer Nummer im
Maschinenraum gar nicht mehr
abgeschwollen. Sie hatte ihn kaum
gesehen, ehe ich sie damit aufgespießt
hatte. Und ich war nicht gerade klein.
Ich hatte mehr als genug, um sie bei
Laune zu halten.

"Komm gleich nackig wieder raus,
Liebling."

Die Tür glitt hinter ihr zu und ich
ging schmunzelnd zur S-Gen-Anlage
rüber. Was würde ihr wohl schmecken?
Was waren ihre Lieblingsgerichte? Ich
hatte keinen Schimmer. Ich konnte nur

raten und wählte ein paar Sachen für sie aus. Gerade hatte ich den kleinen Tisch hergerichtet, als auch schon die Badezimmertür aufging.

Ins Handtuch gewickelt kam sie heraus. Wasser tröpfelte aus ihren langen Haarspitzen. Ich musterte sie, von ihren zierlichen Füßen, den wohlgeformten Waden bis zu den straffen Oberschenkeln.

"Lass das Handtuch weg, Liebling."

Sie hatte mich mit Absicht herausgefordert, aber ich sah die Verunsicherung in ihren Augen. Ich stand nackt und fickbereit vor ihr. Ich mochte sie zwar aufgespürt und erobert haben, aber wir waren immer noch Fremde. Die Verbindung war da, aber wir waren ... neu.

Sie senkte das Handtuch, bis es seitlich an ihren Fingerspitzen runterbaumelte.

"Liebling, verdammt, du bist wunderschön."

Jeder blasse Zentimeter an ihr war

göttliche Perfektion. Ich hatte einen Großteil von ihr zwar vorher schon gesehen, aber jetzt wurde meine Sicht nicht vom schummrigen Nebel der Lust getrübt. Ich betrachtete ihre trotzigen Augen, ihr gehobenes Kinn, ihre zarten Schultern, ihre vollen Brüste mit den rosigen Nippeln. Dann wanderte mein Blick weiter runter zu ihrer geschwungenen Taille, ihren ausladenden Hüften ... und dann auf diese betörende Pussy, die jetzt der Mittelpunkt meiner Welt war.

Ich nahm ihr das Handtuch aus den Fingern.

"Quinn," sprach sie und griff danach, als wollte sie sich wieder bedecken.

Ich legte es über einen Stuhl und setzte mich drauf. Sie würde es auf keinen Fall zurückbekommen und ich war es dem nächsten Gast, der dieses Quartier bezog schuldig, nicht mit nacktem Sack und Hintern auf dem Stuhl zu sitzen.

Ich beugte mich vor, ergriff ihre

Hand und zog sie auf meinen Schoß. Ich stöhnte, als ich ihre geschmeidige Haut auf meinen Schenkeln spürte ... es war reinste Folter. Ihr feuchtes Haar war genau vor mir und ich kuschelte mich hinein, dann küsste ich ihren Hals und die Rundung ihrer Schulter.

"Iss," sprach ich und versuchte mich wieder auf meine Aufgabe zu konzentrieren, nämlich sie zu verköstigen, sie zu umsorgen und sie erstmal kennenzulernen, anstatt sie durchzuficken. Aber ich musste meine gesamte Willenskraft aufbringen, um sie nicht flach auf den Tisch zu legen und sie noch einmal durchzunehmen. "Wir müssen essen."

So war es auch. Schon bald würden wir wieder auf Mission gehen. Schwach und hungrig aufzubrechen wäre dumm und irrational. Übermüdet, weil wir zu sehr mit ficken beschäftigt waren? Nun, es gab gewisse Opfer, zu denen ich einfach nicht bereit war ... und solche, zu denen ich sehr wohl bereit war.

Ich nahm einen Löffel und belud ihn mit einem Everianischen Fleisch- und Gemüsegericht. Ich hob den Löffel an ihre Lippen.

Sie machte den Mund auf und aß die angebotene Speise und ich sah zu, wie ihre delikate Zunge über den Boden des Löffels strich.

"Gut?" erkundigte ich mich, als ich ihr beim Kauen und dann beim Schlucken zusah.

Sie nickte: "Ich kann alleine essen."

"So macht es aber mehr Spaß." Ich häufte etwas mehr von dem Gericht auf und nahm selber einen Happs. "Du bist eine Everianerin," sprach ich. Sie hatte es mir vorher bereits mitgeteilt.

"Zur Hälfte," entgegnete sie und nahm einen weiteren Bissen.

"Und zur anderen Hälfte ein Mensch?"

Sie kaute und nickte gleichzeitig.

"Bist du direkt aus dem Bräutezentrum auf der Erde transportiert?"

"Nein."

Ich löffelte mir ein bisschen grünes Gemüse auf.

Mit dem Können, das sie in der Integrationsanlage demonstriert hatte, bezweifelte ich, dass sie von der Erde kam. "Also von Everis?" Ich fütterte sie mit einem Bissen herzhaften Kuchen. Sie runzelte die Stirn, dann zog sie kauend eine Grimasse und schluckte.

"Nicht gut?"

"Nicht gerade mein Lieblingsgericht."

"Was ist dein Lieblingsgericht?" wollte ich von ihr wissen.

Sie zählte ein paar Everianische Speisen auf, dann beugte sie sich vor und griff nach einem Stück Obst. Sie hob es an ihren Mund, aber der klebrige Saft tropfte auf ihre nach oben gerichtete Brust.

"Bei den Göttern," flüsterte ich, als ich zusah wie der Tropfen über ihre Brust und auf ihren Nippel zulief. Ohne zu zögern, neigte ich den Kopf und leckte ihn ab, dann blickte ich wieder zu ihr auf.

Sie beobachtete mich, ihr Blick war milde und leicht vernebelt.

"Süß," murmelte ich, dann nahm ich ihren Nippel in den Mund.

"Quinn," sprach sie hastig und außer Atem.

"Ich weiß," stöhnte ich. Ich hatte mir vorgenommen, sie kennenzulernen. Mit ihr zu *reden*. Nicht sie zu ficken. Ich richtete mich wieder auf und setzte sie so hin, damit ich nicht mehr von ihrem Busen verführt werden konnte. Dann aber stachelte mich das Gefühl von ihrem Hintern an, als er gegen meinen Schwanz presste. Ich müsste sie nur wenige Zentimeter nach vorne rücken und schon wäre ich tief in ihr drin. "Also, du bist ein Mensch, kommst aber nicht von der Erde. Von Everis auch nicht. Erkläre bitte."

Darauf musste sie lachen, denn sie hatte bemerkt, dass ich kurz davor war die Beherrschung zu verlieren. "Ich bin auf der Erde aufgewachsen."

"Bist du dir dort nicht fremd vorgekommen?"

Sie starrte mich an: "Woher weißt du das?"

Ich zuckte die Achseln. "Menschen sind einfache Kreaturen. Alles andere als fortschrittlich. Sie sind ... verwundbar. Ich nehme an, dass du von klein auf schneller warst als die anderen. Wahrscheinlich konntest du besser hören. Besser sehen. Verdammt, du machst *alles* besser."

Sie nickte: "Das konnte ich. Ich habe mich wie ein Freak gefühlt."

Ich wusste nicht, was ein Freak war, aber ich konnte es mir denken.

"Als ich vierzehn war, ist eine Gruppe Jäger zur Erde gekommen. Sie haben von mir gehört. In der Schule habe ich sämtliche Laufrekorde gebrochen."

Ah.

"Sie sind zu mir gekommen und wussten sofort Bescheid. Die Markierung in meiner Hand war für sie der eindeutige Beweis." Sie schnappte sich noch ein Stück Obst—scheinbar mochte sie es von allen Speisen auf dem Tisch am besten—und nahm einen Bissen davon. "Ich durfte nicht länger auf der Erde bleiben. Aliens waren dort nicht erlaubt, besonders solche, die herausstachen. Ich musste mit ihnen nach Everis gehen."

"Was ist mit deinen Eltern? Ist dein Vater nicht entdeckt worden?"

Sie blickte mich kurz an, dann nahm sie den Löffel aus meiner Hand. "Mein Vater war wohl auf Erdenmission. Er hat meine Mutter kennengelernt und sie geschwängert. Ich habe nie erfahren, wer er war. Ich wusste auch nicht, dass er Everianer war. Bis diese Jäger aufgetaucht sind, wusste ich nicht einmal, dass *ich* eine Everianerin bin."

"Deine Mutter hat dir nichts erzählt?"

"Als ich sechs war, ist sie gestorben. Ich bin bei Pflegeeltern groß geworden."

Das verstand ich nicht und ich runzelte irritiert die Stirn, dann erklärte sie es mir, während ich weiter aß. Je mehr ich über ihre Vergangenheit erfuhr, desto weniger davon gefiel mir. Die Vorstellung, dass Niobe irgendwelchen Familien überlassen worden war, denen sie nicht wirklich etwas bedeutete, die sie nicht geliebt hatten, machte mich wütend. Sie war seit ihrem sechsten Lebensjahr allein gewesen.

Aber jetzt hatte sie mich.

"Ich bin mit den Jägern nach Everis gegangen und habe bei einem der Jäger und dessen Familie gelebt. Sie waren wirklich nett. Aber ich war ein Mensch, zumindest von meiner Kultur her. Es hat eine Weile gedauert, um mich anzupassen, aber ich habe nie wirklich dazugehört. Mit achtzehn bin ich freiwillig zur Koalition gegangen." Sie seufzte. "Gott, das war der allererste Ort, an dem ich mich einfach ... normal gefühlt habe. Ich liebte es. Die Leute dort wussten, wie man sich meine Fähigkeiten zunutze macht und das fühlte sich gut an. Endlich gehörte ich dazu." Sie zuckte mit den Achseln. "Ich bin dort richtig aufgeblüht. Ich habe jahrelang bei der ReCon gedient, dann bin ich als Ausbilderin in die Koalitionsakademie gewechselt. Heute leite ich den Laden."

Beeindruckend. Ihr Kontrollzwang machte jetzt Sinn. Ebenso, warum sie die Kontrolle abgeben musste.

"Und du?" wollte sie wissen.

Ich konnte keine Sekunde länger warten. Statt ihr zu antworten, küsste ich sie. Ich schmeckte die süße Frucht und ein Aroma, das durch und durch nach Niobe schmeckte. Meine Finger wanderten in ihr Haar und ich hielt sie fest.

"Quinn," hauchte sie. "Antworte mir."

"Elitejäger. Aufgewachsen auf Everis.

Gute Eltern. Ich bin der älteste von sieben Geschwistern. Ich habe zweiundzwanzig Nichten und Neffen." Ich wandte mich ihrem Hals zu und küsste die zarte Haut dort, während ich uns das gab, was wir wollten. "Auf der Karter im Sektor 437 stationiert." Ich beendete das Ganze mit einem Kuss auf ihre Lippen. Ich war uninteressant.

"Du hast sechs Geschwister?" hakte sie nach. Von allem, was ich erzählt hatte, war es das einzige, was sie aufhorchen ließ?

Ich nickte und strich mit dem Daumen über ihre volle Unterlippe. Ich erzählte ihr aber nicht, dass mein jüngster Bruder zwölf Jahre jünger war als ich oder dass ich einen Großteil meiner Jugend damit verbracht hatte, meinen jüngeren Geschwistern hinterherzujagen und sie zu baden oder Essen für sie zu machen. Unsere Familie funktionierte als Einheit. Ich hatte viele Aufgaben. Darunter auch, mich um meine jüngeren Familienmitglieder zu kümmern. Sie zu beschützen. Dafür zu sorgen, dass sie sicher waren und keinen Ärger bekamen.

Mit zehn Jahren hatte ich mich bereits wie ein Vater gefühlt. Ich hatte den Verpartnerungstest herausgezögert, weil ich noch nicht bereit gewesen war, erneut Vater zu werden. Ich hatte mich damit abgefunden, dass meine ausgewählte Partnerin womöglich eine Familie wollte, aber ehrlich gesagt würde ich mich freuen, wenn Niobe keine Kinder wollte. Der Elternschaft war ich nämlich seit meinem fünfzehnten Lebensjahr überdrüssig.

"Ja, sechs. Alle jünger als ich. Ich bin achtunddreißig und den Test habe ich erst vor zwei Jahren gemacht. Meine Geschwister sind glücklich verpartnert und haben lauter Babys. Ich freue mich für sie, aber dabei ist es auch schon geblieben."

Sie wandte den Blick ab und biss sich auf die Lippe. "Und jetzt?"

"Jetzt?"

"Du kommst aus einer kinderreichen Familie. Ich nehme an, du wünschst dir selber auch Kinder?"

Irgendwie spürte ich, dass das eine ernste Frage war, also dachte ich kurz nach. Ich wägte ab. "Du hast gesagt, dass du mir nicht das geben kannst, was ich möchte. Was genau glaubst du ... ist das?" Ich schloss meine Finger um ihr Kinn und zwang sie aufzublicken.

"Babys. Massenhaft Babys."

Ich blickte ihr in die Augen und beschloss ehrlich darauf zu antworten: "Es ist mir egal, ob ich Kinder habe oder nicht."

Die Erleichterung in ihren Augen und die Art und Weise, wie sich ihr Körper sofort entspannte, gab mir zu denken. "Deiner Reaktion nach zu urteilen, nehme ich an, dass du keine Kinder willst?"

Sie schüttelte den Kopf: "Nein. Ich wäre eine schreckliche Mutter. Ich habe keine Ahnung, wie eine gute Mutter aussehen würde. Ich wüsste nicht einmal, wo ich anfangen sollte. Und ehrlich gesagt"—sie biss ihre Unterlippe und blickte zu mir auf—"ehrlich gesagt, möchte ich keine Kinder. Wenn ich Kinder hätte, dann könnte ich nicht länger die Akademie leiten und der Koalition dienen. Ich will keine Mutter sein. Wollte ich nie."

Nach all dem, was sie mir über ihre Kindheit berichtet hatte, machte das Sinn. Aber ich kannte sie, zumindest kannte ich sie ausreichend gut, um zu wissen, dass sie eine gute Mutter wäre. Sie war liebenswürdig, nett. Aber ich respektierte ihre Entscheidung. Ich verspürte nicht den geringsten Wunsch Vater zu werden. Ich wollte nur, dass meine Partnerin glücklich und erfüllt war. Wenn diese Erfüllung von der Mutterrolle herrühren sollte, würde ich mich ihrem Wunsch fügen. Aber wenn nicht? Nun, die Aussicht, Niobe den Rest unseres Lebens ganz für mich alleine zu haben hörte sich fantastisch an.

Ich blickte wie gebannt auf ihre

Lippen und während sie weitersprach, musste ich an ihren Geschmack denken. "Abgesehen davon, ich bin sechsunddreißig. Auf der Erde würde man auch *alte Jungfer* sagen. Meine biologische Uhr tickt nicht mehr wirklich. Meine Eizellen sind alt und vertrocknet."

Ich hatte keine Ahnung, von welcher Uhr sie da redete oder wie Eier vertrocknen konnten. Ihr Alter hatte ich verstanden. Frauen, die älter waren als sie, bekamen Kinder. Es war nicht ungewöhnlich. Aber sie wollte keine. Und sie befürchtete, dass ich welche wollte und sie mir nicht das bieten konnte, was ich wollte. Dass sie deswegen nicht die richtige Partnerin für mich war.

Sie blickte mich eindringlich an und ihre Augen waren von Schmerz und Sorge getrübt. Das konnte ich nicht hinnehmen. Nicht, wenn so ziemlich alles an ihr mich glücklich machte. Nein, überglücklich.

"Niobe, ich möchte nur dich. Ich will keine Kinder. Ich wollte nie Vater werden. Ich liebe meine Nichten und Neffen. Zweiundzwanzig davon sind bereits mehr als genug. Niobe ..." Sie blickte mir in die Augen. Blickte in mich *hinein*. "Wir wären nicht einander zugeordnet worden, wenn wir nicht denselben Lebensentwurf teilen würden."

Das wusste sie sicherlich bereits, aber sie hatte daran gezweifelt. Bis jetzt. "Du willst echt keine Kinder?"

"Ich möchte kein Vater sein. Reicht das?" sprach ich und lächelte.

Sie lächelte ebenfalls. "Ja."

Ich hob die Hüften und presste meinen Schwanz gegen ihren Hintern. "Wir werden wohl kein Baby zeugen, aber wir werden sehr wohl ficken."

"Gut, denn ich ... möchte mehr von dir."

"Das ist mir klar," entgegnete ich leicht selbstgefällig.

Sie verdrehte die Augen und ich

stand auf, schaufelte sie auf meine Arme und ging die paar Schritte zum Bett herüber. Ich ließ sie runterplumpsen, sodass sie einmal nach oben federte und ihre Beine auseinander klappten. Ich packte ihre Knöchel und zog ihren Hintern in die Mitte vom Bett, dann ging ich auf die Knie und spreizte ihre Füße auf der weichen Decke auseinander.

"Quinn," flüsterte sie. Sie stützte sich auf die Ellbogen hoch und blickte über ihren nackten Körper hinweg zu mir runter.

Scheiße, was für ein Anblick. Ich würde mich nie ihr sattsehen können. Diese gespreizten Beine, diese schlüpfrige, einladende Pussy, dieser weiche Bauch, diese vollen Brüste mit den straffen Nippeln. Dieser lüsterne Ausdruck auf ihrem Gesicht.

Ich atmete tief ein, nahm ihren Duft in mich auf.

"Ich frage mich, ob du genauso süß schmeckst wie das Obst."

Ohne eine Sekunde zu zögern,

machte ich mich daran über ihre Spalte zu lecken und ihre Säfte auf meiner Zunge zu kosten.

"Quinn!" rief sie erneut, diesmal war es ein überraschtes Keuchen. Ihre Hände vergriffen sich in meinem Haar und zogen mich näher zu sich heran.

Ich grinste: "Du kannst nicht über mich bestimmen, Liebling."

Das kam einer Kampfansage gleich. Sie ließ mich los und rutschte direkt vor mir auf den Boden. Ihr entfesseltes Lächeln war fast schon tödlich für meine Sinne. Mit ihren zerzausten Haaren, nackig, erregt und verspielt war sie einfach umwerfend.

Ihre Hand kam an meine Brust und schob mich weg. Ich ließ sie gewähren. Ich legte mich auf den Teppich und wollte sehen, was sie vorhatte.

Scheiße. Sie packte meinen Schwanz und nahm ihn in den Mund. Sie saugte mich wie ein schwarzes Loch.

Ihr Mund war heiß und eng. Nass. Der Sog war kraftvoll. Ihr Griff war beherzt und ihre Hand glitt langsam auf und ab. Diese durchtriebene Frau hatte mich kurz vorm Orgasmus. Sie hielt mich buchstäblich bei den Eiern.

Sie setzte sich auf und wischte sich mit dem Handrücken über den Mund. Sie war außer Atem und überaus stolz auf sich. Ich wollte verzweifelt kommen, meine Eier waren randvoll und schmerzten.

Schweiß perlte auf meiner Haut, meine Lungen rangen nach Luft.

Es war ein Kräftemessen. Wer das Sagen hatte. Wer nachgeben würde.

"Du gehörst mir, Liebling. Ich habe im Bett das Sagen." Das stand nicht zur Debatte. Es war eine Tatsache.

Aber sie hatte jetzt das Sagen. Sie zog eine dunkle Augenbraue hoch: "Ach, wirklich?" Sie blickte auf meinen prallen Schwanz runter, er war hart und steif und glänzte feucht, nachdem sie ihn in den Mund genommen hatte. Er pochte nur so vor Verlangen.

Sie hatte recht. Als ich praktisch in

ihrem Rachen gesteckt hatte, war mir nichts anderes übrig geblieben, als die Kontrolle abzugeben. Welcher Mann hätte dieser Versuchung auch schon widerstehen können?

Sobald sie aber die Beine breit machte und ich sie mit meinem Mund verwöhnte, war sie überaus verletzlich. In dieser Lage war sie alles andere als obenauf.

Dieses Dilemma würde sich in den nächsten Stunden nicht so einfach lösen lassen. Wie sie bereits herausgefunden hatte, konnte sie gerne wegrennen, aber ich würde sie aufspüren. Ich würde sie immer finden. Sie würde immer mir gehören. Ich hatte den Rest unseres Lebens Zeit, um diese Lektion immer wieder aufs Neue zu wiederholen, und zwar bis sie es verstanden hatte.

Von mir aus konnten wir im Moment beide unsere Macht behalten.

"Ein Kompromiss." Ich krümmte den Finger, damit sie näher herankam. Sie krabbelte auf mich drauf, sodass sie auf mich herunterblickte und ihr dunkles Haar uns wie ein Vorhang umgab. Mein Schwanz stocherte gegen ihren Bauch, dann rieb er über ihre Pussy.

"Dreh dich um."

Ihre Augen flackerten wissend auf. Langsam und vorsichtig drehte sie sich um, sie hob ein Knie über meinen Kopf, sodass sie mein Gesicht ritt und ihres direkt über meinem Schwanz schwebte.

"Auf der Erde nennen wir diese Stellung die Neunundsechzig," sprach sie und strich kurz mit der Zunge über meinen Schwanz.

Ich stöhnte und meine Hüften buckelten. Ich packte ihre Hüften und zog sie runter, sodass sie regelrecht auf meinem Gesicht saß. Sie würde mich vielleicht ersticken, aber das war es wert. Ich schleckte ihre lieblichen Säfte auf und schnippte ihren Kitzler.

Sie keuchte. "Wie nennt man es bei euch?" Sie nahm mich in den Mund und saugte.

Ich aß sie aus wie ein Verhungernder.

"Himmel," erwiderte ich. "Ich würde es einfach nur Himmel nennen."

Jetzt mussten wir nur noch aushandeln, wer als Erstes kommen würde.

7

*Q*uinn, Schlachtschiff Karter,
Kommandobrücke

MEINE PARTNERIN HATTE RECHTS VOM
Kommandanten Platz genommen, auf
einem Ehrenplatz. Zu seiner Linken saß
in ihren Stuhl zurückgelehnt und die
Arme verschränkt Kommandantin
Chloe Phan, eine weitere Erdenfrau. Sie
beiden Frauen kannten sich dem
Anschein nach gut. Vor dem Meeting
hatten sie sich zur Begrüßung umarmt

und sich gegenseitig beim Vornamen angesprochen.

Niobe.

Sie gehörte mir und ich stand wie ein eifersüchtiger Vollidiot hinter ihrem Stuhl während Prax, der Prillonische Captain mich angrinste und genau zu wissen schien, was in mir vorging.

Das bezweifelte ich, denn meine Gedanken waren einzig darauf fokussiert, wie Niobe sich mir unterworfen hatte. Wie sie sich mir sexuell ausgeliefert hatte. Ich bezweifelte, dass das oft bei ihr vorkam, im Bett oder außerhalb und tatsächlich musste es eine Premiere für sie gewesen sein. Ich hatte den Anflug von Frustration in ihren Augen gesehen, als ich sie meinem Willen gebeugt hatte. Oh, ich hatte sie zu nichts gezwungen. Alles andere als das. Aber ich wusste es. Meine ausgewählte Partnerin hatte es bitter nötig, sich zu unterwerfen, damit jemand die Kontrolle für sie übernahm und sie endlich loslassen und ihre

Sorgen an jemand anderes abgeben konnte. Damit sie sich dem Vergnügen hingeben konnte.

Und Niobe hatte es wunderbar gemacht. Zuerst hatte sie sich noch widersetzt. Ich hätte nichts anderes von ihr erwartet. Und genau deswegen war ihre Unterwerfung umso lieblicher gewesen.

Jetzt, als sie wieder die vollständige Kontrolle über sich und ihre Emotionen hatte ... stellte sich mein Schwanz auf. Schon wieder. Ich wollte sie schon wieder. Immer noch. Warum?

Warum eigentlich nicht? Ich konnte sie riechen. Ich konnte *meinen* Duft an *ihr* riechen. Mein Sperma war jetzt tief in ihrem Inneren und markierte sie, füllte sie aus.

Sie wusste, dass sie mir gehörte. Meinetwegen konnte sie den anderen Kriegern Befehle erteilen, ihre Pussy aber sehnte sich nach der Art und Weise, mit der mein Schwanz sie durchgenommen hatte.

Sie würde aus diesem Meeting gehen und gleichzeitig wissen, dass ich für sie da war und sie beschützen würde, dass sie sich mir offenbaren konnte—mit oder ohne Kleidung—und dass ich sie nicht im Stich lassen würde.

Au ja, dieser Schwachsinn ging mir durch den Kopf, während ich eigentlich dem Gespräch lauschen sollte. Über den Plan, nach Latiri 4 zurückzukehren, also zurück in dieses verdammte Höllenloch und die dort gefangenen Krieger zu retten.

Stattdessen beschäftigte mich der Gedanke, dass Niobe—nein, die *Vizeadmiralin*— mitkommen würde. Dass sie eine Waffe tragen und sich in Gefahr begeben würde.

Tatsächlich hatte Kommandant Karter ihr den respektvollen und diplomatischen Vorschlag unterbreitet, sie sollte doch bis zum Ende der Kampfhandlungen auf dem Schiff bleiben. Worauf sie ihm nur einen bösen Blick zugeworfen hatte und er sich achselzuckend den Kampfplänen auf dem Tisch zugewandt hatte.

Wir beide waren weniger als einen Tag auf diesem Schiff und er hatte bereits verstanden, dass sie sich seinen Befehlen nicht beugen würde. Mir war völlig egal, wenn sie sich ihm widersetzte, aber sie würde sich nicht mir widersetzen. *Auf keinen Fall.*

Zan, also der große Atlane, der mich zuvor töten wollte, war unsere wichtigste Informationsquelle für die Aktivitäten der Hive. Während ich in meiner Zelle neben dem Transportraum gesessen hatte, war er tief ins Innere der Basis vorgedrungen und war mehrere Tage lang in ihr Kollektivbewusstsein integriert gewesen. Zum Heilen hatte man ihn in einen ReGen-Tank gelegt. Dann hatten die Ärzte mehrere Stunden damit verbracht ihm Stück für Stück die Hive-Technik wieder zu entfernen. Er war jetzt wieder unter Kontrolle und die Hive hatten keinen Einfluss mehr auf seinen Verstand, aber vollständig verschwinden würden sie nie. Der Kommandant hatte bereits erwähnt, dass er nach Ende dieser Mission auf die Kolonie transportiert werden würde.

Ich hatte erwartet, dass Zan ihm widersprechen würde und der Schmerz in seinen Augen war mir eigenartig vertraut.

Er war gefährlich. Jetzt, mit der ganzen Hive-Technologie in seinem Körper? Niemand von uns konnte sagen, was da unten und mit dem Nexus in der Nähe passieren würde. Und wir *würden* dem Nexus nahe kommen, denn er—*es*—war das Ziel dieser Mission.

Andererseits gab es auch keine Möglichkeit zu wissen, wie ich reagieren würde. Die Injektionen des blauen Mistkerls hatten sich in jeden meiner Nerven und jede Muskelfaser geätzt … bis in mein Hirn. Das anhaltende Summen in meinem Schädel war überwältigend gewesen und ich wusste nicht, was geschehen würde, sobald ich in die Basis zurückkehrte.

Der Doktor hatte gesagt, dass meine Körperzellen zu fünfundachtzig Prozent gesättigt waren. Bedeutete das, dass mein Schädel wieder brummen würde, sobald der Nexus in der Nähe war? Oder war meine Schwäche nur auf den Schlafmangel, den Wasser- und Nahrungsmangel zurückzuführen gewesen? Würde mein Verstand unbeeinträchtigt bleiben, weil mein Körper wieder gesund und stark war? Oder würde ich die Zähne zusammenbeißen und dem Einfluss der Hive widerstehen müssen?

Das würde ich wohl ohnehin, aber ich zog es vor dabei nicht vom Insektengeschwirre der Hive beeinträchtigt zu werden.

Zan und ich waren in derselben Situation; die Rückkehr in den Einflussbereich der Hive war für Überlebende unbekanntes Terrain. Die Gefangenschaft würde bei ihm bleibende emotionale Spuren hinterlassen, genau wie bei mir, aber er war hier, bereit zum Kampf und bereit andere zu retten. Bereit jeden verdammten Hive auf diesem Planeten auszulöschen.

Ich wollte nur einen von ihnen auslöschen.

Den Nexus 4. Er hatte mir sogar seinen Namen verraten. Er hatte sich als Individuum geäußert und die gesamte Basis gesteuert. Er hatte meine Elitejägereinheit umgebracht. Er hatte meine Freunde gefoltert und uns gezwungen ihre Schreie mitanzuhören. Er hatte einen nach dem anderen umgebracht, bis nur noch ich übrig geblieben war.

Karter mochte zwar über eine Gruppenmission sprechen, aber meine Mission war überaus spezifisch. Persönlich. *Nexus 4*.

Ich würde nicht diesen Felsen verlassen, ohne ihn in die Finger zu bekommen. Ich musste sichergehen, dass er tot war. Das Gesumme in meinem Schädel hatte von *ihm* hergerührt. Und da es den Ärzten unmöglich war die mikroskopisch kleine Technik zu entfernen, die er mir injiziert hatte, war es durchaus denkbar, dass ich *ihn* hören würde, sobald ich zur Basis zurückkehrte.

Tatsächlich rechnete ich damit. Als ob er mir einen Sender eingepflanzt hatte, der mich direkt zu ihm führen würde. Und während er beabsichtigt hatte, mich auf seine Seite zu ziehen und mit *ihm* zu kämpfen, so würde ich mir jetzt seine Technik zunutze machen, um den Mistkerl auszulöschen.

Mit einem Ohr lauschte ich den Angriffsplänen. Die Tatsache, dass Niobe mit dabei war widerstrebte mir zwar, aber den Plänen nach würde sie zusammen mit einer Gruppe Atlanen ausrücken, allesamt unverbrauchte Krieger, die mehr als gewillt waren ihre Kumpels in den Gefängniszellen zu rächen.

Zans Worten nach saß noch mindestens ein Dutzend Atlanischer

Kriegsfürsten in der Basis fest. Also hatte Kommandant Karter—nein, *Vizeadmiralin Niobe*—darauf bestanden, dass für jeden potenziell integrierten Atlanischen Kriegsfürsten je zwei Atlanen vom Schlachtschiff mit zur Basis transportierten.

Den Göttern sei Dank hatten unsere Ärzte ihn noch einmal retten können. Zan wusste, wo die Aufpasser sich aufhielten, wo die Hive-Soldaten den größten Widerstand leisten würden und wo die restlichen Gefangenen festgehalten wurden. Er würde wohl den Rest seines Lebens in der Kolonie verbringen, aber erst, nachdem wir diese Mission zu Ende gebracht hatten.

Wir brauchten ihn. Und *er* musste mit dieser Sache abschließen.

Die Everianischen Jäger waren den Anweisungen des Nexus' entsprechend gesondert auf Latiri 4 verwahrt worden. Deswegen hatte ich niemanden mehr zu Gesicht bekommen, sobald sie einmal aus dem Transportraum geführt worden waren. Warum ich nur den Tod der anderen Jäger bestätigen konnte.

Zan wusste nicht, warum sie uns von den anderen Kriegern getrennt hatten. Ich auch nicht und ich wollte es gar nicht wissen. Allerdings hoffte ich, dass der blaue Mistkerl da unten mit in der Falle saß—schließlich hatte meine Partnerin die Basis abgeriegelt, ehe wir raustransportiert waren. Er hatte mich gefoltert und meine Freunde ermordet. Wenn ich die jüngsten Koalitionsberichte richtig verstanden hatte, dann handelte es sich bei den Nexus' um die Anführer der Hive, um ihre Befehlshaber und Organisatoren. Ihre verdammten Hirne steuerten den gesamten Ablauf. Es handelte sich um eine einzigartige Spezies, die den Rest von uns eroberte und integrierte, um uns in ihrem Krieg zu benutzen.

Einer hatte sogar versucht eine Partnerin für sich zu erschaffen. Das hatte ich zumindest gehört. Dieses Gerücht war zwar in keinem offiziellen

Bericht erwähnt worden, aber ich hatte so meine Kontakte auf Rogue 5 und ihnen zufolge war die betreffende Frau —ein Mensch, genau wie meine Partnerin—nicht nur dem Nexus entkommen, sondern sie hatte ihm auch noch eine Falle gestellt und ihn anschließend umgebracht. Die bloße Vorstellung bewirkte, dass ich Köpfe abreißen wollte wie eine Atlanische Bestie.

Als dieser eine Nexus tot war, waren tausende integrierte Krieger auf den Schlachtfeldern mehrerer umliegender Sektoren einfach tot umgefallen. Die Wissenschaftler auf Rogue 5 hatten angenommen, dass sie meisten durch den Schock der abrupten mentalen Separation verendet waren, einige von ihnen hatten sich jedoch blinzelnd umgeblickt und waren aufgewacht wie aus einem Albtraum.

Ich hatte mich in der Koalition umgehört, aber der Geheimdienst blieb zugeknöpft, sobald es um die Nexus-

Einheiten ging oder darum, was wir über die Hive wussten—oder nicht. Sie gaben keinerlei Informationen heraus, denn die Nexus-Einheiten hatten ebenfalls ihre Spione.

Meine Partnerin deutete auf die projizierte Karte auf dem Tisch und legte die Extraktionsfolge fest.

Oberste Priorität hatten Krieger, die gegenwärtig noch in den Laboren mit den Integrationseinheiten festgehalten wurden. Dieser Bereich befand sich in der Nähe des Transportraums, nicht weit von meiner Zelle entfernt. Die Transportstation lag tief unter der Erde auf der dritten Ebene. Bis Niobe dort eingetrudelt war, war sie kaum gesichert worden.

Wir hatten keine Ahnung, was uns diesmal erwarten würde, weswegen ein gesamtes Angriffskommando die Basis an der Oberfläche treffen würde. Kampfflieger und Atlanische Bodentruppen würden die Landedocks und die Außentore attackieren.

ReCon-Teams würden unter der Leitung von Seth Mills, dem Primärpartner von Kommandantin Chloe Phan in die erste Ebene transportieren und sie von innen angreifen.

Chloe saß neben ihren beiden Partnern. Seth, also der Mensch, würde die ReCon-Teams anführen und ihr anderer Partner, ein Prillone namens Dorian, würde draußen das Kampfgeschwader führen und uns Luftdeckung bieten, falls die Hive angreifen sollten.

"Dora und Christopher werden hier bei mir bleiben," sprach Lady Karter. Die Frau des Kommandanten saß am anderen Ende des Tischs und sie und Chloe tauschten einen eindringlichen Blick miteinander aus. Es war ein stillschweigendes Versprechen; Erica würde sich um Chloes Kinder kümmern, sollten alle drei von ihnen beim Angriff ums Leben kommen.

"Danke, Erica." Chloe blinzelte. Ich

nahm an, dass sie gerade mit den Tränen kämpfte. Ihr Partner Seth legte ihr einen Moment lang die Hand auf den Arm. Die Berührung war flüchtig und ich hatte verstanden. Genau wie ich, konnte er nicht einfach die Autorität seiner Partnerin zu untergraben, aber er konnte ebenso wenig ihren Kummer ignorieren. Ich wusste, wie ihre Halsbänder funktionierten, sie miteinander verbanden. Chloe war eine Kommandantin und vom Rang her stand sie Kommandant Karter in nichts nach, allerdings war sie eine Geheimdienstkommandantin und hatte damit nicht den traditionellen—und blutigen—Auswahlprozess der Koalitionsflotte durchlaufen.

Nur weil sie sich nicht in einer Arena blutig geprügelt hatte, wurde sie aber nicht weniger respektiert.

Rechts neben Erica saß ein Prillone, den ich noch nie zuvor gesehen hatte, aber das Abzeichen an seinem Kragen wies ihn ebenfalls als Kommandanten aus.

Bei den Göttern, ich bezweifelte, dass sich außerhalb eines Krisenzentrums auf Prillon Prime in den letzten Jahren so viele hochrangige Koalitionsmitglieder versammelt hatten. Drei Kommandanten, ein Elitejäger und ein Vizeadmiral?

Der Prillone warf meiner Frau einen interessierten Blick zu: "Warum geben sie uns nicht einfach ihre Transportcodes, Vizeadmiral?" Der Prillone knurrte regelrecht.

"Wer sind Sie?" fragte ich. Falls nötig, dann würde ich ihm noch ehe er sich rühren konnte die Kehle durchschlitzen, das war einer der Vorzüge ein Jäger zu sein. Im Gegensatz zu den Atlanen war ich nämlich unauffällig, schnell und tödlich.

"Ich bin Kommandant Zeus."

Chloe, Erica und Niobe drehten sich gleichzeitig zu ihm um und machten ein verwirrtes Gesicht. "Zeus?" Meine

Partnerin klang interessierter, als es mir lieb war. "Wie sind Sie zu diesem Namen gekommen?"

Der Kommandant blickte zu meiner Frau: "Mein Zweitvater ist ein Mensch aus einem Land namens Griechenland. Er hat mich nach einem menschlichen Gott benannt, der seine Feinde mit Blitzschlägen niederstreckte."

Niobe grinste, Chloe auch. "Faszinierend. Heißt ihr Vater etwa Kronos?"

Zeus runzelte die Stirn. Und ich auch.

"Ist Ihr Vater noch am Leben?" wollte sie wissen. "Ich würde ihn gerne kennenlernen."

"Nein. Nur meine Mutter lebt noch. Sie ist auf Prillon Prime, wo sie in meiner Abwesenheit bestens beschützt und versorgt wird."

Das reichte. "Kommandant Zeus, warum sind Sie hier?" fragte ich.

Kommandant Karter räusperte sich:

"Kommandant Zeus hat die Leitung von Sektor 438 übernommen."

"Schlachtschiff Zeus hat die Varsten ersetzt." Chloe steckte meiner Partnerin die Info, als ob Niobe genau wusste, worum es ging. Das tat sie mit Sicherheit auch. Die Varsten war von einem unsichtbaren Hive-Schiff zerstört worden und der Verlust wurde gegenwärtig noch untersucht. Wir waren nicht in der Lage gewesen die verbleibenden Hive-Schiffe aufzuspüren.

Aus diesem Grund war meine Einheit aus Elitejägern angefordert worden. Ich hatte mehr Hive-kontrollierte Planeten, Höhlensysteme und Wracks gesehen, als ich zählen konnte. Und wir hatten nichts gefunden. Keine Pläne. Keine Gerüchte. Keinen Hinweis darauf, wo die neuartige Technik herkam oder wo die Hive ihre Tarntechnologie als Nächstes einsetzen wollten. Keinerlei Anhaltspunkte, wo oder wann der nächste tödliche Angriff erfolgen könnte. Wann das nächste

Schlachtschiff zu Staub pulverisiert werden würde.

Als ich zur Karter und dann nach Latiri 4 transportiert war, bestand meine einzige Aufgabe darin, diese Bedrohung aufzuspüren. Mehr Informationen in Erfahrung zu bringen. Den Ursprung ausfindig zu machen, damit die Flotte die neue Waffe der Hive eliminieren konnte.

Ich hatte versagt. Meine Einheit hatte versagt.

Wir hatten nicht nur versagt, sondern auch gleich die Aufklärer der Hive zu unserer geheimen Basis geführt. In meiner Zelle hatte ich viele Stunden gegrübelt und meine einzige Schlussfolgerung war, dass die Hive uns zur unterirdischen Basis gefolgt waren und dass *wir* für den Tod der Koalitionskämpfer verantwortlich waren, die im Kampf um die Basis gestorben waren. Dass ich für das Leid der restlichen Gefangenen da unten verantwortlich war.

Ich und mein Team aus Elitejägern.

Irgendwie hatten die Hive uns nachgespürt. Die Jäger waren zur Beute geworden. Und dann hatten sie uns niedergemacht.

Meine einzige Chance für mein Versagen zu büßen bestand darin, die übrigen Männer da unten zu retten und dem blauen Nexus-Mistkerl den Kopf von den Schultern zu reißen.

"Wenden wir uns wieder der Mission zu." Die Worte der Vizeadmiralin waren ein Befehl und alle in der Runde spürten ihre Autorität. Sie richteten sich auf und jeglicher Spaß war wie verflogen.

Mein Schwanz wurde hart und ich blinzelte, damit ich mich auf ihre Worte konzentrierte und nicht von ihrem femininen Duft verführen ließ.

"Das Transportsystem auf Latiri 4 ist unter meiner Kontrolle," erklärte sie. "Ich werde mit der ersten Gruppe Atlanen hineintransportieren—unter der Führung von Kriegsfürst Zan—und den Angriff auf der Ebene 3 koordinieren.”

“Ich verstehe nicht, Niobe. Warum? Sie sollten den Angriff von hier aus koordinieren, auf der Kommandobrücke und zusammen mit Kommandant Karter.” Chloe hakte nach und ich war dankbar dafür. Ich konnte auch nicht nachvollziehen, warum meine Partnerin unbedingt beim ersten Transport dabei sein wollte.

Niobe schüttelte den Kopf: “Das Transportsystem ist mit meiner DNA verschlüsselt. Entweder ich bin beim ersten Transport dabei oder niemand kommt rein. Und der Transportraum bleibt so lange abgeriegelt, bis ich den Autorisierungscode eingebe.”

“Eine DNA-Schleuse? Ich wusste nicht, dass das möglich ist.” Captain Seth Mills, also Chloes Partner, lehnte sich seufzend zurück und verschränkte die Arme vor der Brust.

Ich hatte zwar von dieser Möglichkeit gehört, sie aber nie in

Aktion gesehen. Bis Niobe uns gerettet hatte.

Meine Partnerin hatte den so Transport abgeriegelt, damit allein sie Passagiere rein oder raus schaffen konnte. Und Prime Nial würde so einiges in Bewegung setzen müssen, um ihre Blockade auszuhebeln.

"Verdammt, Mädel. Du bist echt krass."

Erica, also Lady Karter lächelte über Chloes Worte, sagte aber nichts darauf. Ich wünschte, ich hätte Niobes Gesicht sehen können. War sie zufrieden? Gelangweilt? Verärgert? Ihre Schultern und ihr Kiefer waren angespannt, aber das war alles, was ich ausmachen konnte, als ich wie ein Bodyguard hinter ihr stand und über sie wachte.

Ich konnte Chloes Bemerkung absolut nicht nachvollziehen. Niobes Figur war perfekt. Ihr Hintern war rund und weich. Durch und durch feminin. Aber da meine Partnerin nicht protestierte und Kommandant Karters

Frau den Worten zuzustimmen schien, sagte ich nichts darauf. Ihre Erdensprache gab mir Rätsel auf.

Die private Auszeit mit Niobe war bei Weitem nicht ausreichend gewesen. Unsere gemeinsamen Stunden waren zwar kostbar, aber ich wollte mehr. Ich brauchte mehr Zeit. Sie hatte eine Vergangenheit, eine Geschichte, die ich kaum erahnt hatte und die ich noch begreifen musste. Obwohl zur Hälfte Everianerin, waren ihre Worte und ihre Lebenswelt fremd. Es gab zu viele Dinge an ihr, die ich weder entschlüsseln noch nachvollziehen konnte und ich musste *alles* über sie erfahren.

Meine Hand umpackte Niobes Schulter und sie langte gedankenverloren nach oben und verschränkte ihre Finger mit meinen. Das war alles, was nötig war, um mich wieder in die Gegenwart zu holen, zurück zum Angriffsplan. Zu *ihr*.

"Sobald die Kriegsfürsten grünes Licht geben, werde ich die Prillonischen

Krieger hineintransportieren," sprach sie und legte ihre Hand wieder in ihren Schoß. Die Vizeadmiralin war zurück. "Der Luftangriff sollte die nötige Ablenkung bieten und die meisten ihrer Soldaten in die oberen Etagen locken. Die ReCon-Teams werden die Aufzüge sichern und halten, falls wir einen anderen Ausgang benötigen."

"Wir werden sie sichern, Vizeadmiralin," gelobte Captain Mills und ich glaubte ihm. Er war ein erfahrener Kämpfer, ein knallharter Krieger und alle auf der Karter respektierten ihn dafür. Ich war lange genug hier, um das zu wissen.

"Gut." Niobe nickte ihm zu und zeigte mit dem Finger auf den Plan der dritten Ebene. "In der Zwischenzeit werde ich mit den Atlanen direkt ins dritte Untergeschoss transportieren. Zan wird eine Gruppe Krieger zu den Zellen führen. Die medizinische Abteilung hat uns mit Betäubungsgas ausgestattet. Da wir nicht wissen, in welchem Zustand die Gefangenen sich befinden, werden wir sie anästhesieren, sie anschließend mit Transportpflastern versehen und direkt in die Kolonie schicken."

"Kinderspiel." Kommandantin Chloe Phan breitete ihre kleine Hand auf der lichtdurchlässigen Oberfläche des Tisches aus und starrte auf die Grafik darunter.

Ich versuchte, mich an das Wort zu erinnern und einen Moment lang war ich sicher, dass meine NPU, also die neurale Prozessionseinheit, die jedem Koalitionsmitglied nach der Geburt implantiert wurde, eine Fehlfunktion hatte. Was hatten *Kinder* bitte mit dieser Mission zu tun?

"Wo sollen wir so viele Transportpflaster auftreiben?" wollte Prax wissen. Der Prillone war einer der Glücklichen gewesen, die weniger als eine Minute auf Latiri 4 verbracht hatten. Er war weder integriert noch gefoltert worden, aber er war sicherlich davon ausgegangen. Er wollte so viele seiner Waffenbrüder retten, wie er konnte. "Die Flotte hortet sie wie Edelsteine."

Meine Partnerin regte sich auf ihrem Stuhl: "Überlass das mir. Ich habe bereits mit Helion vom H.Q. gesprochen und er hat mir versichert, dass die erforderlichen Transportpflaster in einer Stunde auf der Karter eintreffen werden." Zeus, der neue Prillonische Kommandant, hatte die Arme vor der Brust verschränkt und machte finstere Miene. Sein Gesicht war mit Schnittwunden übersät und eine große davon war noch gar nicht verheilt.

Die Prillonen hatten den Brauch in der Arena zu kämpfen, allerdings ließen sie sich danach nicht im ReGen-Tank behandeln, sondern trugen ihre Narben wie Medaillen; der Beweis, dass sie sich ihren Platz in der Kommandokette der Prillonen auch wirklich verdient hatten. Die Idee hörte sich zwar interessant an, war aber auch ziemlich einfältig. In der Arena kämpfen? Klar doch, ich liebte eine gute Rangelei. Aber ich hatte auch kein Problem damit mich anschließend in den ReGen-Tank zu legen, um wieder zu heilen. Schließlich wollte ich mich ganz dem Körper meiner Partnerin widmen, anstatt von meinen Wehwehchen abgelenkt zu werden.

Ich mochte ihn nicht. Er war irgendwie unsympathisch. Ein hartgesottenes, verkrampftes Prillonisches Arschloch.

Meine Partnerin räusperte sich: "Was den Nexus angeht, so müssen wir ihn lebend fangen. Unter keinen Umständen darf er verletzt werden. Findet ihn und bringt ihn zu mir. Das ist ein Befehl. Ist das klar?"

Alle am Tisch nickten, jedoch sah ich den Hass in Zans Augen und mir war klar, dass er meinen eigenen Hass widerspiegelte. Ich wusste, was ein Befehl war und ich respektierte die Kommandokette, auch wenn ich technisch betrachtet gar nicht der Koalitionsflotte angehörte—ich war eher ein angeheuerter Vertragspartner. Aber was sie da verlangte? Unmöglich. Der Nexus musste sterben.

"Er muss sterben, Vizeadmiral."

Sie verkrampfte sich unter meiner Hand und lehnte sich nach vorne, sodass sie sich aus meinem Griff befreite. "Und das wird er auch, aber nicht auf Latiri 4. Habe ich mich damit deutlich gemacht?"

Ein einstimmiges *Ja* ertönte.

Kommandant Karter und Phan nickten.

Ich war zwar anderer Meinung, würde aber jetzt nicht mit ihr streiten. Nicht hier vor versammelter Runde. Alleine, mit meinem Schwanz tief in ihr vergraben, würde ich bekommen, was ich wollte. Rache. In der Zwischenzeit aber gab es noch andere Fragen zu klären. "Was genau ist Betäubungsgas? Und meinst du *Doktor* Helion? Und was bedeutet H.Q.?" Noch ein menschlicher Ausdruck, den ich nicht geschnallt hatte?

Kommandantin Chloe Phan grinste

mich an, dann blickte sie meiner Partnerin kurz in die Augen, ehe sie meine Fragen beantwortete: "Sorry, das ist ein Erdenbegriff. Mit Betäubungsgas werden sie Gefangenen ruhiggestellt, damit wir sie problemlos transportieren können. Und H.Q. bedeutet Hauptquartier. Sie wissen schon, die Kommandozentrale."

Ich wusste, wie sich Niobes Pussy anfühlte. Ich wusste, wie sie sich anhörte, wenn sie kommen musste. Ich wusste auch, welche Farbe ihre Nippel hatten, aber so langsam wurde mir klar, dass ich null Ahnung hatte, wer sie wirklich war.

8

*N*iobe, Transportraum, Latiri 4

ZWANZIG GEWALTIGE ATLANEN, DIE Hälfte davon auch noch teilweise in ihre Bestien transformiert, versperrten mir die Sicht auf die ersten Kampfhandlungen. Ich hatte instinktiv die Hand gehoben und versucht mich an einem der enormen Krieger vorbeizudrängeln.

Ohne Erfolg. Er hatte sich umgedreht

und mich knurrend zusammengeschissen. Er war zwar nicht im Bestienmodus, seine Augen aber funkelten zu gefährlich. Er war dabei sich zusammenzureißen ... um mich zu beschützen. Damit ich nicht seine geballte Bestienwut abbekam.

"Nicht bewegen, Vizeadmiral. Kriegsfürst Zan wird uns ein Zeichen machen, sobald es sicher für Sie ist." Ich kannte den Atlanen nicht und das war auch nicht wichtig. Sie waren hier, um ihre Atlanischen Brüder zu retten, zusammen mit den restlichen Kriegern, die noch am Leben waren und in dieser Basis festsaßen. Die meisten Gefangenen hier waren Krieger von der Kampfgruppe Karter. Freunde. Familie. Für sie war das hier keine beliebige ReCon-Mission, nein, es war persönlich. Und ich war für die Mission von entscheidender Bedeutung. Ich hielt sie hier fest. Solange ich nicht den Lockdown dieser Basis deaktivierte, würde niemand von diesem Planeten transportieren. Es sei denn, ich würde es genehmigen.

Hive oder Koalition.

Gefangene oder Krieger.

"Verzeihung," entgegnete ich und neigte respektvoll den Kopf. "Ich habe fast zehn Jahre lang in der ReCon gedient. Es war reiner Instinkt."

Der Atlane nickte und wandte sich wieder dem Korridor zu, aus dem immer noch Kampfgeräusche zu hören waren. Ich machte einen Schritt zurück und versuchte die Geduld zu wahren, als Geschrei und Ionenfeuer durch die Mauer aus Kriegern zu mir durchdrangen. Sie waren nicht gerade gesprächig, diese Atlanen. Was völlig in Ordnung ging. Sie ließen Taten für sich sprechen.

Eben hatten wir noch auf dem Schlachtschiff Karter auf einer Transportfläche gestanden und jetzt befanden wir uns in der ehemaligen Aufklärungsbasis der Koalition, mehr als eine halbe Meile unter festem

Felsgestein. Zurück an dem Ort, wo alles angefangen hatte. War das alles an einem Tag passiert?

Gott, Rachel und Kira würden ausflippen, sobald sie davon hören würden. Eigentlich wollten sie mich irgendwann kontaktieren und ein paar sexy Geschichten von mir hören. Oh, die hatte es natürlich auch gegeben, aber der Rest? Dieses Hive-Desaster? Völlig unerwartet. Und das alles war nur geschehen, weil ich dem Test zugestimmt hatte und mit Quinn verpartnert worden war.

Wir waren jetzt zurück und saßen in der Falle. Absichtlich so, denn die Hive konnten nirgendwo hin, nicht solange das Transportsystem und die Operationen abgeriegelt waren. Ich hatte sie im Inneren der Basis eingeschlossen und mithilfe meiner geheimen Codes sämtliche Türen, Kommunikationsmöglichkeiten und die Transportanlage abgeriegelt.

Letztendlich hatten sich die Codes also doch als nützlich erwiesen.

Sollte der Nexus jedoch in der Lage sein, sich telepathisch mit den anderen Nexus-Einheiten zu verständigen, dann hätten wir ein Problem. Wir wussten es nicht und deswegen hatte Doktor Helion mich wenige Augenblicke vor dem Angriff kontaktiert und mir neue, streng geheime Befehle gegeben. Ich sollte den Nexus lebendig schnappen—das war nichts Neues. Aber dann hatte er noch eins draufgelegt. Ich sollte den Nexus lebendig schnappen, und zwar *um jeden Preis*. Mir war unumwunden mitgeteilt worden, dass es keine Rolle spielte, wie viele Krieger ich dafür opfern müsste. Ich sollte lügen, betrügen, stehlen, töten oder mein eigenes Leben lassen, um sicherzustellen, dass unsere Wissenschaftler den Nexus bekamen. Den blauen Mistkerl in die Finger zu bekommen war zwingend notwendig, um diesen Krieg zu beenden.

Abgesehen von diesem Befehl hatte

Helion auch noch zwei Transportpflaster direkt in mein Gästequartier schicken lassen. Nicht einmal Kommandant Karter wusste, dass ich sie bei mir hatte. Natürlich wusste er, dass wir den Nexus lebendig schnappen sollten. Aber er ahnte nicht, wie weit Helion präzise gehen würde, um das zu erreichen.

Mir war klar gewesen, dass der Geheimdienst den blauen Mistkerl haben wollte, aber diese Durchsage hatte selbst mich schockiert. Sie wollten nicht nur den Nexus, sondern sie waren auch bereit hunderte Leben zu riskieren, um ihn zu kriegen. *Lebendig.* Das war der Knackpunkt. Er musste am Leben und voll funktionstüchtig bleiben. Keine Schäden. Keine Verletzungen. "Nicht ein Kratzer," wie Helion mir eingeschärft hatte.

Erst wenige Monate zuvor hatten wir auf der Kolonie einem Nexus nachgespürt. Ein Forsianischer Abtrünniger von Rogue 5 namens Makarios und eine uns unbekannte menschliche Frau, die modifiziert worden war, um die Partnerin einer Nexus-Einheit zu werden, waren auf einem gestohlenen Schiff entkommen. Sehr zu Helions Ärger war die Flotte nicht in der Lage gewesen sie aufzuspüren. Wie ein Phantom waren sie aufgetaucht und wieder verschwunden.

Diese verfluchten Schmuggler von Rogue 5. Der Forsianische Pilot kannte wohl jedes Versteck und jede Einöde im Sternsystem. Gemeinsam mit seiner neuen Partnerin, einer Gwendolyn Fernandez, die ausgerechnet von der Erde kam, verwendete er das Raumschiff, um kleinere Außenposten der Hive zu zerstören. Einen nach dem anderem. Es erinnerte mich irgendwie an den *Millennium Falken* in *Star Wars*. Ein einzelnes Schiff, das gegen die dunkle Seite kämpfte.

Ich hatte die Berichte gelesen. Nicht, dass ich ihre Bemühungen nicht zu schätzen wusste, aber sie waren auf sich allein gestellt und außer Kontrolle des

Geheimdienstes. Doktor Helion billigte keine Hitzköpfe oder Soldaten, die keine Anweisungen befolgten. Ein Teil von mir wollte triumphierend die Faust in die Luft schmettern, sobald ich einen weiteren Bericht über Gwens Bravourstücke da draußen las. Aber die Vizeadmiralin in mir stimmte Helion zu. Wir könnten so viel mehr erreichen, wenn sie nur dialogbereit wären und ihre Anstrengungen mit unseren koordinieren würden.

Alle Versuche sie zu erreichen waren nur mit einem knappen Satz erwidert worden.

Wir lassen uns nicht an die Leine legen.

Bestimmt hatte Helion ihnen versichert, dass es nicht so weit kommen würde, sollten sie sich ergeben.

Das war natürlich gelogen. Man würde sie einsperren und ihnen das nötige Training zukommen lassen und sie nur unter strengen Auflagen und unter Kontrolle des Geheimdienstes wieder freilassen, und höchstwahrscheinlich auch nur einer nach dem anderen, damit sie sich auch ja an die Regeln hielten.

Doktor Helion kannte keine Skrupel, aber ich konnte seine Denkweise durchaus nachvollziehen. In diesem Krieg stand nicht nur ein Planet, eine Spezies oder ein Sonnensystem auf dem Spiel. Alles stand auf dem Spiel. Diese Tatsache neigte die Waagschale deutlich zur dunklen Seite und es gab nichts, was die Gleichung ausgleichen konnte. Nichts, was er nicht riskieren oder opfern würde, um die Hive zu besiegen. Und das bedeutete, diesen Nexus zu bekommen. Lebendig.

Ein paar hundert Krieger vom Schlachtschiff Karter waren aus seiner Perspektive kein hoher Preis für den Gesamterfolg dieses nicht-enden-wollenden Krieges, jedenfalls nicht, wenn wir einen Nexus in Reichweite hatten.

"Geräumt." Eine tiefe Stimme dröhnte durch den Raum und die fünf

Atlanen, die eine lebende Schutzmauer um mich herum gebildet hatten, traten nach vorne, damit ich den Schaden begutachten konnte.

Die Hive hatten definitiv mit einem Angriff gerechnet. Statt mit drei integrierten Viken war der Transportraum mit sechs integrierten Prillonen bemannt worden, die jetzt allesamt um die Steuerkonsole herum auf dem Boden lagen.

Ich wusste nicht, ob sie tot oder nur bewusstlos waren und ich würde nicht nachfragen. Ich hatte andere Sorgen. Ich musste den Transport zur ersten Ebene freischalten, damit Quinn und das restliche Angriffsteam transportieren konnten.

Ich blickte auf mein Handgelenk: "Drei Minuten bis zum Bodenangriff."

Der Atlane vor mir grunzte: "Bis dahin sind wir längst fertig."

Ich musste grinsen, konnte nicht anders: "Findet den Nexus und ruft mich sofort. Verstanden? Niemand rührt ihn ohne meine Erlaubnis an."

"Wir haben Ihren Befehl gehört, Vizeadmiral." Der Atlane wechselte vor meinen Augen die Gestalt, er wurde größer, sein Kiefer verlängerte sich und wurde noch imposanter. Sein Lächeln wirkte jetzt fast schon bedrohlich. Erschreckend. Ich ignorierte die Ankündigung.

"Er gehört mir, Kriegsfürst. Schärfen Sie das den anderen ein. Wenn jemand ihn anrührt, dann schneide ich ihm dafür die Eier ab."

Sein Gelächter hallte durch den Flur und ich machte mich an der Steuerkonsole zu schaffen und hob die Transportsperre für die erste Ebene auf. Dann rief ich die Karter an und ich wusste, dass mein Partner von der Transportfläche aus zuhören würde. Dass er sich Sorgen machen würde.

"Karter, hier spricht Vizeadmiralin Niobe. Transport drei wurde geräumt. Die Evakuierung der Gefangenen läuft.

Die erste Ebene ist wieder freigegeben. Sie können in die Basis transportieren."

"Verluste?" Kommandant Karters Stimme war laut und deutlich. Kontrolliert. Aber ich wusste, dass er nicht für sich sprach, sondern für den Rest seiner Crew. Deren Familienmitglieder waren hier unten. Söhne. Partner. Brüder.

Ich blickte zu einem der drei Atlanen hoch, die zurückgeblieben waren, um mich zu beschützen—mich und die Transportfläche. "Kriegsfürst?" sprach ich.

Er hob einen der Prillonen hoch und hievte ihn auf die Transportfläche. "Bis jetzt keine. Wir retten so viele wir können."

Schmerz klang in seiner Stimme mit, eine Resignation, die ich nur allzu gut nachvollziehen konnte. Wir alle hatte in diesem Krieg bereits Freunde verloren. "Keine Verluste. Operation läuft."

"Verstanden. Wir beginnen den

Transport zur ersten Ebene. Luftangriff folgt."

"Verstanden. Machen Sie die Kolonie für eintreffende Krieger bereit."

"Wie steht es um sie?"

Wenn *das* mal keine schwerwiegende Frage war. Aber Karter wusste, dass ich nichts beschönigen würde. Ich blickte zum dritten Prillonen rüber, der auf die Transportfläche geladen wurde. Er war von Kopf bis Fuß mit Silber überzogen. Der Krieger neben ihm allerdings hatte nur ein paar Implantate an den Unterarmen als Erinnerung an seine Zeit mit den Hive vorzuweisen. "Unterschiedlich. Einige wurden vollständig integriert. Sagen sie Doktor Surnen, dass er sie möglicherweise nicht alle retten kann."

"Verstanden. Karter Ende."

"Niobe Ende." Übers Steuerpanel sah ich, wie Quinns Gruppe erfolgreich in die erste Ebene hineintransportierte. Sie würden den Bereich räumen und dann in die zweite Ebene vordringen.

Die Atlanen würden alle Gefangenen auf dieser Ebene evakuieren, dann würden wir mit dem Fahrstuhl zur zweiten Ebene fahren und irgendwo in der Mitte das Angriffsteam von der ersten Ebene treffen.

Das war der Plan.

Das Problem aber war, dass wir nicht wussten, wo der Nexus steckte—oder zu was er wirklich in der Lage war—und das konnte alles über den Haufen werfen.

Also machte ich einem der Atlanen ein Zeichen, legte seine Hand auf den biometrischen Scanner und gab ihn ins System ein. "Der Transport gehört jetzt ihnen, Kriegsfürst."

Die anderen beiden hielten inne und einer von ihnen ließ den letzten der sechs Prillonen mit einem dumpfen Schlag auf die Transportfläche fallen. "Was machen Sie da, Vizeadmiral?"

"Ich überlasse euch diesen Raum. Ich habe etwas zu erledigen." Vielleicht war es nur meine Einbildung, oder

Wunschdenken, aber ich konnte ihn jetzt *riechen*. Den Nexus. Sein Gestank hatte meinem Partner angehaftet, als ich ihn aus diesem Käfig auf der anderen Seite des Korridors befreit hatte. Damals wusste ich nicht, was es mit diesem Geruch auf sich hatte, aber als Quinn mir von seiner Zeit hier berichtet hatte, war mir ein Licht aufgegangen.

Quinn würde ihn auch jagen, denn er wollte sich rächen. Alle auf dieser Mission hatten zwar den Befehl, den Nexus lebend zu schnappen, aber ich kannte meinen Partner. Ich hatte die Mordlust in seinen Augen gesehen und konnte es ihm nicht verübeln. Nicht wirklich. Diese Kreatur hatte Quinn gefoltert, sie hatte seine Freunde getötet und ihn dabei zusehen lassen. Und ich wusste nicht, was in Zan vorging oder was er geplant hatte.

Der Nexus verdiente den Tod und *Unfälle* ereigneten sich auf dem Schlachtfeld immer wieder.

Aber nicht dieses Mal. Und die

Duftspur des Nexus' verriet mir, dass er vor kurzem hier gewesen war.

Zum ersten Mal in meinem Leben fühlte ich mich wie ein wahrhaftiger Jäger, wie ein Everianer. Ich spürte, wie das Blut meines Vaters durch meine Adern strömte und der Kick der Jagd in mir pulsierte. Ich fürchtete mich nicht länger vor meinen Talenten. Fühlte mich nicht länger wie ein Freak. Ich fühlte mich mächtig. Einzigartig. Außergewöhnlich.

Wegen Quinn. Weil er mich so akzeptierte, wie ich war. Weil er mich begehrte, obwohl er nichts über mich wusste. Er wollte mich. Er hatte mich *gejagt*.

Und zum ersten Mal in meinem Leben hatte die Jagd einen persönlichen Sinn. Ich musste jemanden beschützen. Jemanden, der mir wichtig war.

Jemanden, den ich liebte. Quinn.

Dieses Mal war es persönlich.

Der blaue Mistkerl gehörte mir.

9

Quinn, unterirdische Basis auf Latiri 4, zweite Ebene

DER NEXUS DUCKTE SICH VOR MIR UND seine stumpfen schwarzen Augen waren unmöglich zu entschlüsseln. Sie hatten keinerlei Ausdruck, keine Reaktion auf den Schmerz. Seine Bewegungen waren völlig unvorhersehbar und die langen, gebogenen Klauen an seinen Fingerspitzen waren messerscharf. Er war fast genauso schnell wie ich, ein Elitejäger.

Aber doch nicht ganz.

Was der Grund war, warum er aus einem Schnitt an der Wange dunkelblau blutete und die Farbe zauberte mir ein Lächeln auf die Lippen, als wir uns langsam umkreisten. Ich hatte den ersten Treffer gelandet und ich hatte es nicht eilig mit ihm. Er gehörte mir und ich würde meine Rache langsam angehen, genau wie er sich mit mir Zeit gelassen hatte. Er hatte die Jäger unter meinem Kommando gefoltert und mich dabei zusehen lassen, mich gezwungen ihre Schreie mitanzuhören. Er hatte mich schwach und hilflos in meiner Zelle versauern lassen, während er anständige Krieger getötet hatte, mit denen ich aufgewachsen war. Mit denen ich trainiert hatte.

Sie waren wie Brüder für mich gewesen. Meine Familie.

Ein Kreis aus Kriegern umringte uns

schweigend. Es gab kein Jubelgeschrei, keinen Spott von den Kriegern, die mit mir in die Basis transportiert waren. Ich hatte nicht nur seine Folter überlebt, sondern meine Partnerin hatte uns befreit. Wenn meine Partnerin, *meine Frau* nicht gewesen wäre, dann hätte Kommandant Karter auch nicht erfahren, dass die Hive diese Basis überrannt hatten und alle anderen Krieger hier wären für immer verloren gewesen.

Meine Partnerin hatte mir diesen Moment ermöglicht und die Krieger um mich herum würden mir meine Rache nicht verweigern. Sie würden auch nicht versuchen mich aufzuhalten, Befehle hin oder her. Sie wussten es. Verstanden es.

Dieser Mistkerl hatte *unsere Freunde*, unsere *Familienmitglieder* gequält.

Wir waren seit weniger als einer Stunde hier. Der Angriff war schnell vonstattengegangen, der Plan perfekt aufgegangen. Wir alle waren für ein gemeinsames Ziel zusammenkommen. Die Mission war ein Erfolg. Jeder kontaminierte, integrierte, verwundete Koalitionskrieger war von diesem Felsen runter und zur Kolonie oder auf eine Krankenstation auf der Karter transportiert worden. Die Ärzte waren um ihren Job wirklich nicht zu beneiden, denn sie mussten darüber entscheiden, mit wem sie es wagen wollten und wer nicht mehr zu retten war. Sie mussten mitansehen, wie die Körper unserer Krieger auf ihren Operationstischen in sich zusammenfielen, sobald die Hive-Implantate entfernt worden waren. Sie mussten ihren Angehörigen mitteilen, dass ihre Liebsten nie wieder zurückkehren würden und dass sie für den Rest ihres Lebens auf einen felsigen Planeten weitab der Heimat verbannt wurden.

Warum manche das Entfernen der Hive-Implantate überlebten und andere nicht, war immer noch ein Rätsel.

Der blaue Mistkerl hier wusste es wohl, aber ich hatte nicht vor, ihn zu verhören. Ich wollte ihn bluten lassen. Verrecken lassen.

Ich hörte, wie die Aufzugtüren aufgingen und dann hörte ich Gemurmel, als die Krieger von der anderen Ebene eintrafen. Wir waren jetzt von mindestens einem Dutzend Atlanen umzingelt, allesamt stumme Statuen, die nur einen Zweck hatten—sicherzustellen, dass der Nexus niemals diesen Kreis verließ.

Wenn ich ihn nicht töten sollte, dann würden sie ihn in Stücke reißen.

Der Geheimdienst wollte ihn lebend. Wir alle wussten es.

Aber das hier war persönlich. Er gehörte jetzt *uns*. Und er würde sterben.

"Warum verschwendest du deine Zeit, Everianer? Deine Spielchen sind zwecklos." Der Nexus befragte mich völlig emotionslos. Ich bezweifelte, dass er wusste, was Spott war, aber genau das war es. Das dunkelblaue Patchwork seiner Haut schien von Silberfäden zusammengehalten zu werden, ein Monster, das aus schimmernden Fäden geflickt war. Außer dass die Fäden sich wie *lebendige* Schlangen durch sein Fleisch schlängelten und drehten. Die Bewegung war unmerklich, langsam, kontrolliert. Ich bezweifelte, dass irgendwer sonst außer einem Jäger den subtilen Wandel zwischen den verschiedenen Blautönen erkennen würde, die den Anschein eines Gesichts bildeten und dieser Effekt nahm ihm jede Hoffnung auf Normalität. *Hatte er überhaupt ein Gesicht?* Oder wurde dieses Patchwork nur für diese Galaxie erschaffen, nur für uns? Was war er unter der Uniform und dem Metall und dem seltsamen blauen Fleisch?

Was immer dieser Nexus auch sein mochte, er war keiner von uns, kein lebendes, atmendes Wesen mit einer Seele. Er war etwas *anderes*.

Das Ganze wurde noch unheimlicher, als mir auffiel, dass der

Nexus trotz eines fünfminütigen Duells mit einem Elitejäger weder Zeichen von Erschöpfung noch Schmerzen zeigte. Er blutete, aber *fühlte* er überhaupt irgendwas? Interessierte es ihn, ob er lebte oder starb? Verbargen sich hinter diesem scheußlichen blauen Schädel irgendwelche Emotionen?

"Ich werde dich töten." Ich machte seelenruhig meine Absicht klar. Eine Tatsache. Mehr nicht.

"Dieselben Drohungen zu wiederholen ist genauso nutzlos." Der Tod schien ihm echt egal zu sein, was mich nur dazu anstachelte ihn leiden zu lassen. Aber würde er überhaupt leiden? Ich wusste es nicht. So oder so, es gab kein Entrinnen für ihn.

"Und die ganzen integrierten Kämpfer, die du heute verloren hast?" sprach ich.

Hätte er mit den Achseln zucken können, dann hätte er es wohl getan: "Leicht zu ersetzen. Wasserbasierte

Organismen eurer Art gibt es in diesem Teil des Universums zu genüge.”

In diesem *Teil* des Universums? Scheiße. Waren die Hive nicht nur in unserer Galaxie zugange, sondern auch noch woanders? Wie weit hatten sie sich ausgebreitet? Jeder Planet hatte einen anderen Namen für unsere Galaxie. Die Koalitionsflotte versah unsere Galaxie mit einer Nummer. Aber für Kämpfer wie mich und die Unschuldigen, die auf den Planeten hier lebten, war diese Galaxie einfach nur unser Zuhause. Koalitionsgebiet.

“Was gibt es für euch in anderen Teilen des Universums?” Eine kranke Faszination gebot mir Einhalt. Ich war dabei mit einem Hive zu plaudern, einem ihrer Anführer. Ich war nicht länger in einer Zelle angekettet. Ich war nicht länger einer dieser wasserbasierten Organismen.

“Wir haben unendlich viele Lebensformen integriert.”

Was. Zum. Teufel? “Zum Beispiel?”

Er neigte den Kopf; entweder wollte er abschätzen, ob mein Interesse aufrichtig war oder den Grund für meine Frage herausfinden: "Primitive Lebensformen wie ihr wärt nicht in der Lage, die Komplexität der anderen zu begreifen."

Primitive Lebensformen?

Götter, er war bösartig. Arrogant. Und *langsam*.

Ohne Warnung holte ich aus und verpasste seiner anderen Gesichtshälfte die passende Markierung.

Sobald ich mit ihm fertig war, würde er aus hundert Schnitten bluten.

Dann würde ich ihn töten. Ich grinste und kniff die Augen zusammen, bereit erneut auszuholen.

"Schluss damit! Was ist hier los?"

Ich erstarrte und der Nexus drehte sich in Richtung der Stimme um. Es war die Stimme der perfekten Frau. Meiner Frau. Meiner Partnerin. Der Ausdruck auf seinem Gesicht ließ mir das Blut in den Adern gefrieren. Er zeigte keine

Furcht. Es war, als ob er auf sie *gewartet* hatte.

"Bleib zurück, Niobe. Er ist gefährlich." Ohne den Blick von meiner Beute zu wenden, brüllte ich ihr zu. Er war zwar nicht so schnell wie ich, aber er wäre unmöglich zu stoppen, sollte ich den Moment übersehen, in dem er zum Angriff überging. Selbst von einer Horde Atlanen umzingelt.

"Beiseite," kläffte sie und der Ring der Krieger öffnete sich.

Meine Partnerin trat Schulter an Schulter zwischen zwei Atlanische Kriegsfürsten, erhobenen Hauptes und mit einem Blick in den Augen, den ich noch nie an ihr gesehen hatte.

Nein. Einmal hatte ich diesen Blick bereits gesehen, und zwar nachdem sie die drei integrierten Viken erledigt hatte —kurz bevor sie mich befreit hatte.

"Kriegsfürsten, nehmt die Nexus-Einheit in Gewahrsam und bringt sie zu mir."

"Nein. Niobe, nein," rief ich.

Sie blickte mich an und ihre Augen funkelten nur so vor Wut. Die Atlanen indessen folgten ihrem Befehl und schlossen den Nexus ein wie eine Wand.

Er würde nirgendwo hingehen.

Und Niobe würde nicht zulassen, dass ich ihn tötete.

Ich wandte mich ab und blickte gerade lange genug zu Zan rüber, damit er verstand, was ich vorhatte.

Sein leichtes Kopfnicken verriet mir nicht nur, dass er verstanden hatte, sondern auch, dass er derselben Meinung war. Später würde ich Niobe unter vier Augen überzeugen, dass meine Entscheidung richtig war. Der Nexus musste sterben. Sofort. Vor den Augen der Krieger, die er gefoltert hatte. Vor den Augen jener Krieger, deren Brüder und Väter und Freunde er verletzt hatte.

Zan stellte sich an meiner Stelle vor den Nexus, während zwei weitere Kriegsfürsten sich näherten und ihm Fuß- und Handschellen anlegten. Unser

Feind würde in weniger als einer Minute bereit sein der Vizeadmiralin übergeben zu werden.

"Zan, halt ihn dort fest," sprach ich.

"Jawohl, Sir." Ich war zwar nicht sein Vorgesetzter, aber ich hatte so oder so keinen festen Platz in der Koalitionshierarchie. Elitejäger waren Sondereinsatzkräfte mit einer Menge Spielraum, wenn es darum ging, wessen Befehle sie zu befolgen hatten und wem sie Rechenschaft schuldeten.

Aber bei Niobes Level hörte diese Freiheit auf. Ein Kommandant? Ja, unter den richtigen Umständen. Ein Captain? Nicht der Rede wert.

Ein Vizeadmiral aber? Und dazu noch meine Partnerin? Ich musste sie überzeugen, dass es das Richtige war.

Ich ging zu Niobe rüber und flüsterte ihr ins Ohr: "Können wir privat sprechen?"

Sie blickte von dem blauen Monster zu mir hoch und nickte kurz, ehe sie mich zurück in den offenen Fahrstuhl führte. Sie trat hinein und betätigte die Tür, sodass wir drinnen eingeschlossen waren. Allein.

Ihre Hände hoben sich an mein Gesicht und sie musterte mich mit einer nie gekannten Intensität, nicht einmal ein Doktor hatte mich je so dringlich angeblickt. Ihre Fürsorge, ihre Angst um mein Wohlergehen war mir völlig neu. Sicher, ich hatte Schwestern, die mich geneckt und aufzogen hatten, aber nie hatte eine Frau mich so angeblickt.

Als ob ich *wichtig* war. Als ob ich ein relevanter Teil von ihr war.

Als ob sie mich liebte.

Hatte Niobe sich in mich verliebt? Bei der Möglichkeit leuchtete mein Körper regelrecht auf, aber ich würgte es wieder ab. Ich hatte sie erst heute kennengelernt. Scheiße, das war alles? Und dennoch hatte sie sich womöglich in mich verliebt. Und wenn ich ihr irgendetwas bedeutete, dann würde sie mir geben was ich brauchte.

Ich musste dieses verdammte Monster da draußen töten.

"Niobe, er hat es verdient zu sterben." Ich redete nicht um den heißen Brei herum und ihre Hände fielen von meinen Wangen zu ihren Flanken.

"Das sehe ich auch so."

Ich seufzte. Den Göttern sei Dank.

"Gut. Ende der Diskussion. Ich erledige ihn und wir gehen zur Karter zurück und lernen uns besser kennen." Damit meinte ich, dass ich sie zur Karter zurückbringen und jeden Zentimeter ihrer üppigen Kurven abwaschen und dann ihren Körper erobern wollte, bis sie vor Erschöpfung zusammenklappte. Das war meine Vorstellung vom Abschluss eines verrückten Tages.

Sie schüttelte den Kopf: "Nein. Er kommt mit mir zum Hauptquartier."

Ehe sie den Satz beendet hatte, schüttelte ich den Kopf. Meine Hände umpackten ihre Schultern: "Nein. Er gehört mir."

Sie kniff die Augen zusammen und

GRACE GOODWIN

ihr vielsagender Blick wanderte auf
meinen festen Griff an ihren
Oberarmen. "Elitejäger Quinn, du wirst
mich sofort loslassen. Du wirst dich vom
Nexus fernhalten. Du wirst in diesem
Fahrstuhl bleiben und zur ersten Ebene
zurückkehren, von wo du zum
Schlachtschiff zurücktransportieren und
wegen Gehorsamsverweigerung
abgemahnt werden wirst."

Das Blut gefror mir in den Adern, als
sie mich scharf anblickte.

Scheiße. Scheiße. Scheiße. Meine
Partnerin war verschwunden. Das hier
war nicht die Frau, die ihren Körper um
meinen geschlungen und kreuz und
quer auf meinem Schwanz gekommen
war. Das hier war eine
Geheimdienstagentin, eine
Vizeadmiralin, eine Koalitionsoffizierin,
die mich für meine Taten in den Knast
stecken könnte. Aber sie war doch
einverstanden gewesen. Ich war verwirrt.

Langsam ließ ich sie wieder los.
"Niobe ..."

234

Sie hob ihr Kinn: "Du solltest mich mit Vizeadmiral ansprechen. Den Nexus werde ich ins Hauptquartier bringen, so wie Prime Nial persönlich es angeordnet hat und in etwa einer Woche werde ich zur Akademie zurückkehren. Du wirst dich für ein Disziplinarverfahren bei Kommandant Karter melden."

"Nein. Ich. Niobe—"

Sie legte den Kopf schief und mir wurde bewusst, wie viel Ärger ich wohl bekommen könnte ... und es war mir egal. Ich konnte nicht—nein, ich würde nicht—mit diesem Karter oder irgendeinem anderen Vorgesetzten reden.

Ich schluckte. "*Vizeadmiral*, der Nexus hat mich dabei zusehen lassen, wie er meine gesamte Einheit getötet hat. Er hat mich tagelang gefoltert. Er hat eigenhändig tausende Koalitionskämpfer und noch mehr Zivilisten umgebracht. Er muss sterben."

Sie wedelte mit der Hand und der Fahrstuhl ging wieder auf. Unsere Blicke trafen sich und in ihren Augen war keinerlei Gnade, kein Verständnis, keinerlei Gefühl zu sehen. Als ob sie selber ein Nexus war. Gefühllos. "Du hast deine Befehle gehört, Jäger. Ich werde mich nicht nochmal wiederholen."

Sie trat aus dem Aufzug und die Krieger draußen standen Spalier, als hätte sie einen Zauberstab geschwenkt und sie auf magische Art und Weise in perfekte Linien aufgereiht. Lautlos machten sie ihr den Weg bis zum Nexus frei, der jetzt mit gefesselten Händen und Fußfesseln auf den Knien kauerte und einen schwarzen Sack über den Kopf gestülpt bekommen hatte.

Niobe drehte sich nicht einmal zu mir um. Sie holte zwei kleine Transportpflaster aus ihrer Tasche, heftete eines davon dem Nexus an und das andere sich selbst und eine Sekunde später hatten sich beide in Luft aufgelöst. Keine Bodenvibrationen oder elektrischen Ladungen bei diesem Transport.

Zan stand an genau der Stelle, wo Augenblicke zuvor noch der Nexus gestanden hatte. Seine Hände waren zu Fäusten geballt und seine Halsmuskeln quollen hervor, als er mit seiner Bestie rang.

Er wollte ihn genauso verzweifelt umbringen wie ich und meine Partnerin hatte es uns beiden verweigert.

Nein. Als ich die schweigsamen, enttäuschten Krieger im Raum erblickte, wurde mir klar, dass sie es uns allen vorenthalten hatte. Erst als ich an den Rand des Aufzugs trat und mich daran erinnerte, dass sie mir den Befehl gegeben hatte zur ersten Ebene zu gehen und für *Disziplinarmaßnahmen* zum Schlachtschiff zurückzutransportieren, brach mein Herz in Stücke.

Meine Partnerin ... nein, die Vizeadmiralin ... nein, *meine Partnerin* hatte mich hintergangen. Sie hatte uns alle verraten.

Ich hatte weniger als einen Tag Zeit gehabt, sie für mich zu gewinnen und ich hatte versagt.

Sie hatte mir nicht nur meine Rache verweigert, sondern sie hatte mich außerdem sitzenlassen.

10

*Q*uinn,   *Schlachtschiff*   *Karter,*
Kantine

"JÄGER, WAS VERDAMMT NOCHMAL machen Sie hier?" wollte Karter wissen, als er auf mich zukam.

Wir saßen am hintersten Tisch der Kantine eine Etage unter der Kommandobrücke. Fünfzehn Minuten zuvor war der Raum mit denen gefüllt gewesen, die gerade ihre Schicht beendet hatten und mit denjenigen, die sich in Vorbereitung auf eine Schicht stärken wollten. Eine Wand war mit S-Gen-Anlagen bestückt, die andere Wand säumten Fenster. Der Weltraum draußen war genauso schwarz, wie ich mich fühlte. Sterne und Galaxien lagen von einer Seite zur anderen ausgebreitet und erinnerten mich daran, dass meine Partnerin jetzt da draußen auf einem dieser strahlend weißen Punkte war. Lichtjahre entfernt.

Karters Stimme ertönte zwischen klirrendem Geschirr und Besteckgeklapper. Ich war dabei, den Geruch hunderter verschiedener Mahlzeiten einzuatmen, aber der Geruch meiner Partnerin war nicht darunter. Sie war nicht auf dem Schlachtschiff. Ich wusste es. Nicht nur, weil ich auf Latiri 4 gesehen hatte, wie sie wegtransportiert war … zusammen mit diesem blauen Mistkerl, sondern weil ich sie nicht riechen konnte. Ich hörte weder ihre Atmung, noch ihren Herzschlag. Sie war nicht da.

Sie war ... weg. Eine Woche war vergangen, seit dem das Gefängnislager der Hive geräumt worden war. In der Zwischenzeit hatte die Koalition das umliegende Gebiet zurückerobert und den unterirdischen Stützpunkt gesprengt. Die Basis war weg und damit auch mein Sinn und Zweck in diesem Sektor.

Die Dinge hatten sich schnell geändert. Das Leben ging weiter. Aber nicht für mich. Meine Partnerin war seit einer verdammten Woche weg. Kein einziges Wort von ihr. Kein Lebenszeichen. Ich hatte sie ganze sieben Stunden lang gekannt ... und nichts. Mein Leben hatte sich auf den Kopf gestellt.

"Also?" fragte Karter, als er einen Stuhl herauszog und sich niederließ. Drei unbekannte Krieger, die gerade am Tisch neben uns ihre Mahlzeit beendet hatten, standen auf und flohen. Scheinbar hatte der Tonfall des Kommandanten sie eingeschüchtert.

Sie hatten nichts zu befürchten. Seine Worte waren an mich gerichtet.

Ein Doktor in grüner Uniform trat an ihn heran und hielt ihm ein Tablet hin. Karter blickte kurz drauf, nickte und ohne ein Wort zu sagen, verschwand der Mann wieder.

"Das habe ich bereits vor einer Stunde gefragt," erklärte ihm Dorian, der schöne Prillone, der mit Kommandantin Chloe Phan verpartnert war. "Er grübelt leise vor sich hin."

Wir waren fertig mit dem Essen und der Tisch war mit Tabletts und schmutzigen Tellern vollgestellt. Zan und Zeus waren zu den Maschinen gegangen und hatten sich etwas zu trinken geholt. Der Everianische Regierungsrat hatte mir zwar grünes Licht gegeben, die Karter zu verlassen und eine neue Aufgabe anzunehmen, allerdings hatte ich mir nicht einmal die Mühe gemacht bei ihnen vorstellig zu werden und die Optionen zu prüfen.

Mehr Geld interessierte mich nicht. Ich hatte schon mehr als genug. Meine Familie, jedes einzelne meiner Geschwister, deren Partner, meine Nichten und Neffen waren bereits bestens abgesichert mit dem, was ich in diesem Krieg verdient hatte. Ich war ein Elitejäger und unsere Tarife waren entsprechend hoch.

In Wahrheit aber wollte ich nirgendwo hingehen. Allein. Ohne *sie*.

Zeus knallte mir großes Glas Alkohol hin, die dunkle Flüssigkeit war ein würziges Gebräu von Everis. Die anderen nippten an einem blassen Gesöff aus Prillon Prime. Dorian trank ein sogenanntes Bier. Es handelte sich um ein Erdengetränk, das seine Partnerin und Seth, also der andere Mann in ihrem Trio wohl mochten.

Ich ließ mich in meinen Stuhl

zurücksinken und verschränkte die Arme vor der Brust, das halb geleerte Glas in der Hand. Mit meinen von mir gestreckten Beinen musste ich entspannter wirken, als ich es war. Ich konnte jetzt nachvollziehen, was in den Atlanen vorging, wenn sie von ihrer Partnerin getrennt waren. Als ob ein Teil von ihnen abhandengekommen war. Ich hatte keine Paarungshandschellen. Kein Prillonisches Halsband. Es kam mir vor, als ob meine halbe Seele fehlte.

Ich bekam keine Luft mehr.

Und das alles, nachdem ich Niobe für gerade mal ... ein paar Stunden gekannt hatte? Ich war am Arsch.

"Der Kampf ist seit Tagen vorüber und er hat sich die ganze Zeit so aufgeführt. Er redet kaum noch ein Wort," sprach Zan mit tiefer Stimme.

"Solltest du nicht eigentlich in der Kolonie sein?" erwiderte ich. Wenn er mir Salz in die Wunde streute, dann würde ich das auch tun.

"Morgen gehe ich, Quinn. Aber

Prime Nial hat den Bann für die Kontaminierten aufgehoben. Wir können wieder in unsere Heimatwelt." Seine Stimme klang resigniert und nicht hoffnungsvoll. Dennoch, er war ein guter Krieger. Ein Freund.

"Entschuldige, Zan. Das war fies. Wohin gehst du also? Nach Hause?"

Er zuckte mit den Achseln und hinter der unmerklichen Geste verbarg sich unsagbares Leid. "Nein. Sie würden sich vor mir fürchten, Verbot hin oder her. Ich würde nicht dazugehören und ich bezweifle, dass ich verpartnert werden kann. Nicht so jedenfalls." Er deutete auf sich selbst.

"Auf der Kolonie gibt es kaum Frauen. Wenn du dir eine Partnerin wünschst, dann solltest du zurück nach Atlan gehen." Der Prillonische Kommandant Zeus bot ihm seinen Rat an. "Scheiß auf diejenigen, die Angst vor dir haben. Sollen sie sich ruhig in die Hosen machen."

Zan schüttelte nur den Kopf und

spülte einen weiteren Schluck von seinem Drink runter und keiner von uns hakte nach. Es war sein Leben, jedenfalls das, was davon übrig war und was Frauen anbelangte, so war ich auch kein kompetenter Ratgeber.

Ich war nicht sicher, was er tun würde. Er hatte seine Tapferkeit bewiesen und war nach Latiri 4 zurückgekehrt, aber er *war* integriert worden. Nicht wenig sogar. Er *müsste* in die Kolonie gehen. So verlangte es das Protokoll. Mit dem neuesten Erlass von Prime Nial war das aber nicht mehr obligatorisch. Karter würde ihn zu nichts zwingen. Aber würde es Zan in der Kolonie besser ergehen, zusammen mit anderen, die dasselbe Schicksal teilten wie er? Oder sollte er nach Atlan zurückkehren und es dort versuchen?

Karter schien ihn nicht zum Transport zu drängen. Mich drängelte er jetzt allerdings schon.

Ich hatte nichts als Respekt für den Kommandanten, in diesem Moment aber ging er mir einfach nur auf die Nerven. Seit Tagen hatte er mich blöd angequatscht.

Karter trat gegen meinen Stuhl und ich biss mir auf die Zunge, um mir eine Warnung zu verkneifen. Technisch betrachtet unterstand ich nicht seinem Kommando. Aber ich würde auch nicht einen Prillonischen Kriegskommandanten auf seinem eigenen Schiff beleidigen. Ich war schließlich nicht blöde. "Geht schon, alles bestens."

"Er hat kaum geredet, seit dem die Vizeadmiralin zusammen mit dem Nexus von Latiri 4 verschwunden ist," erklärte Zeus. Als ob die Zusammenfassung nötig war. Alle wussten, was passiert war. Dorian hatte nur am Luftangriff teilgenommen und *er* wusste trotzdem Bescheid. Diese ranghohen Krieger waren wie ein Haufen tratschender Mädchen. "Vor Tagen."

Ich seufzte.

"Genau," zischte Karter. Seine Schultern waren angespannt, sein Blick scharfsinnig. Schaltete er je einen Gang runter? "Wie gesagt, was verdammt nochmal machen Sie noch hier?"

Seth kam zu uns herüber und reichte dem Kommandanten einen Drink. Karter nickte und trank einen Schluck, während Seth gegenüber von mir Platz nahm. Um mich herum saßen jetzt fünf Koalitionskrieger, allesamt mit einem Drink in der Hand, und starrten mich an. Sie wollten mich wohl zum Reden bringen.

Was zum Teufel war das bitte? Eine Intervention?

"Kommandant Karter." Am Handgelenk des Kommandanten ertönte eine Stimme.

"Ich höre," sprach er und hob den Arm an seinen Kopf.

"Die von Ihnen angeforderten Informationen von Prillon Prime sind eingegangen."

"Schicken Sie sie auf meinen Bildschirm," entgegnete er.

"Verstanden."

"Bedaure, Kommandant, aber eine direkte Befragung scheint bei diesem dummen Everianer nicht zu funktionieren," sprach Dorian, als Karter sein Gespräch beendet hatte.

Dorian versuchte es mit Humor, um mich zum Reden zu bringen. Karter hingegen versuchte es mit dem Gegenteil.

Ich nahm einen Schluck von meinem Drink. Es war mein zweites Glas, reichte aber nicht, um mich betrunken zu machen und mich in meiner eigenen Wut zu suhlen. Wie vielen Männern in der Galaxie passierte es schon, dass sich ihre Partnerin am ersten gemeinsamen Tag einfach in Luft auflöste?

Karter seufzte: "Na schön. Dann werden wir es anders angehen müssen." Er zog seine Ionenpistole aus dem

Holster und zielte auf mich. Seth rückte mit seinem Stuhl sofort zwei Schritte zurück, um der Schusslinie zu entgehen —aber der Bastard lachte trotzdem.

Die Waffe war auf *betäuben* gestellt und ich verdrehte nur die Augen.

"Reden Sie oder ich werde Ihren Arsch lahmlegen und ihn zu einer Sitzung mit Dr. Moor rüber schleifen."

Ich kniff die Augen zusammen. "Das ist unfair," konterte ich.

"Versuchen Sie ja nicht, irgendeinen Jägertrick mit mir abzuziehen und wegzurennen. Ich bin ein verdammt schneller Schütze. Dr. Moor hat eine Couch, auf der Sie es sich gemütlich machen können. Die soll den Patienten dabei helfen sich zu entspannen, wenn sie sich ihre Probleme von der Seele reden." Auf Karters Gesicht machte sich tatsächlich ein Lächeln breit. "Reden Sie."

In der Kantine war es plötzlich ganz still geworden, ich hörte nur noch leises Geflüster und niemand aß. Ich konnte keine einzige Gabel über einen Teller kratzen hören. Und ich konnte alles hören, wenn ich wollte. Ich bezweifelte, dass alle innehielten, weil sie hören wollten, wie ich ihnen mein Herz ausschüttete. Vielleicht wollten sie sehen, ob der Kommandant tatsächlich auf mich schießen würde? Das hatte ziemlichen Unterhaltungswert.

"Kommandant," rief irgendjemand.

Karter hob seine freie Hand und fuchtelte damit durch die Luft, allerdings wandte er sich nicht von mir ab. Er brauchte keine Hilfe.

Ich seufzte: "Ich habe gearbeitet, deswegen bin ich noch hier."

"Warum sind Sie nicht bei ihrer Partnerin?" konterte er.

"Wie Sie wissen, ist meine Partnerin auf Latiri 4 zusammen mit dem Nexus abtransportiert."

Derselbe Nexus, der meine Kumpels ermordet, sie vor meinen Augen gefoltert und mich genötigt hatte ihre Schreie mitanzuhören. Wahrscheinlich war er auch für Zans Integrationen verantwortlich, aber ich blickte nicht in seine Richtung. Um ihn ging es jetzt nicht.

"Sie hat ihn nicht umgebracht. Sie hätte zulassen sollen, dass ich ihn töte, damit er und seine Gehilfen nicht noch weitere Leben zerstören können," führte ich aus. "Sie hat ihn auf irgendeine ... Geheimdienstbasis geschafft. Sie hat ihm das Leben gerettet."

"Sie sind also sauer, weil Ihre Partnerin den Nexus gerettet hat?" fragte Karter. Er hatte seine Waffe noch nicht gesenkt.

Ich lehnte mich nach vorne und stellte mein Glas auf den Tisch. "Er war für mich bestimmt. Er hatte mich unter seiner Kontrolle. Er hat alle Krieger kontrolliert, die durch diese Basis gekommen sind."

Meine empfindlichen Ohren hörten Zans tiefes Knurren und ich wusste, dass es von seiner inneren Bestie kam. Er hatte den Nexus ebenfalls tot sehen wollen. Ich blickte ihm in die Augen.

"Und Sie glauben, dass Niobe ihnen zu gehorchen hat?" wollte Karter wissen.

Ich riss den Kopf herum und funkelte ihn an. "Sie ist meine Partnerin!"

"Sie ist ebenso ein Vizeadmiral."

"Sie ist meine Partnerin," wiederholte ich finster und langsam, als ob sie es so besser schnallen würden. "Ich möchte mich um sie kümmern und sie nicht kontrollieren." Sie war tapfer und unerschrocken und perfekt. Ich wollte sie so, wie sie war, aber sie musste mir gestatten, dass ich mich um sie kümmerte. Sie brauchte eine Pause. Sie musste loslassen. Sie brauchte einen sicheren Ort, an dem sie sich einfach dem Universum hingeben konnte ... sie brauchte mich.

"Gewiss. Und als ihr Partner kennen Sie eine Seite von ihr, die sonst niemand zu Gesicht bekommt."

Karter war kürzlich mit Erica

verpartnert worden, zusammen mit seinem Sekundanten Ronan. Seth und Dorian waren beide mit Chloe verpartnert. Beide Frauen kamen von der Erde. Beide ähnelten Niobe, immerhin teilten sie dieselbe Kultur.

"Ihre Partnerin bleibt hier bei Ihnen auf dem Schlachtschiff. Sie ist keine Kriegerin."

Karter schüttelte den Kopf, senkte die Waffe zurück an seinen Oberschenkel, steckte sie jedoch noch nicht ins Holster zurück. "Nein, sie ist kein Koalitionsmitglied wie alle anderen an diesem Tisch. Oder wie Ihre Partnerin. Aber sie ist jetzt die Lady Karter. Sie ist für alle Zivilisten in der Kampfgruppe verantwortlich. Sie ist die ranghöchste Ziviloffizierin in der gesamten Kampfgruppe und sie sorgt auch noch für mich."

Das war eine verantwortungsvolle Aufgabe. Unzählige Leute verließen sich auf sie. Frauen. Kinder. Der Kommandant.

"Du willst, dass Niobe an deiner Seite bleibt, damit du sie beschützen kannst," sprach Seth. Er blickte kurz zu Karter rüber, dann griff er nach seinem Glas. Wahrscheinlich wollte er sich erstmal vergewissern, dass er dabei nicht angeschossen wurde. "Du willst, dass sie bei dir bleibt, in Sichtweite, sodass du sie beschützen kannst."

"Natürlich will ich das." Ich blickte in die Männerrunde. "Das kann mir keiner zum Vorwurf machen. Der Beschützerdrang liegt in unserer Natur."

"Nein, Quinn. *Kontrolle* liegt in unserer Natur." Alle blickte zu Dorian am anderen Ende des Tischs. "Unsere Partnerin ist eine Kommandantin. Chloe arbeitet für den Geheimdienst. Glaubst du etwa, es fällt uns leicht, sie auf Mission gehen zu lassen? Wenn sie nicht nur uns zurücklässt, sondern auch unsere Kinder?"

"Wie geht ihr dann damit um?" wollte ich wissen. "Chloe war bei dem Meeting vor der Mission mit dabei. Sie hatte die Kontrolle, genau wie Niobe. Ihr beide wart auch da und habt es gebilligt. Ihr habt zugelassen, dass sie gegen die Hive kämpft."

Er grinste und blickte zu Seth. "Wir haben ihr nicht *erlaubt* an dem Meeting teilzunehmen. Wir haben ihr nicht *erlaubt* gegen die Hive zu kämpfen. Ihre Vorgesetzten haben es verlangt. Ihr Job verlangt es. Unsere Partnerin hat einen höheren Rang als wir alle hier. Verdammt, sie hat den höchsten Rang in der gesamten Kampfgruppe."

Seth seufzte und schüttelte den Kopf: "Wir sind beide Captains. Chloe ist eine Kommandantin. Vom Rang her übertrifft sie uns bei Weitem, genau wie deine Partnerin. Sie mag zwar zu uns gehören, aber sie ist ebenso der Koalition verpflichtet. *Und* dem Geheimdienst."

"Die ficken sie aber nicht."

"Vorsicht," warnte Karter.

Seth hielt seine Hand hoch: "Schon gut. Ich verstehe, worauf er hinaus will."

Er blickte zu mir: "Und du hast recht. Außerhalb unserer vier Wände ist Kommandantin Phan der Koalition und dem Geheimdienst verpflichtet. Aber innerhalb? Da gehört sie uns und das weiß sie auch. Sie *braucht* uns, damit wir das Kommando übernehmen."

"Ihr habt eure Halsbänder. Natürlich weiß sie, was ihr wollt."

Dorian schüttelte langsam den Kopf: "Wenn sie vor uns auf die Knie fällt und bei jedem unserer Befehle vor Lust erschaudert, dann haben wir keine Halsbänder nötig, um zu wissen, dass sie uns die Kontrolle überlässt."

"Oder das ihre Unterwerfung uns allen drei Freude bereitet." Seth zupfte an seinem Halsband, dann stand er auf: "Es wird Zeit, dass wir zu unserer Partnerin gehen."

Dorian grinste: "Du hast verdammt recht."

Ohne ein weiteres Wort zu sagen brachen sie auf. Sie waren keine Jäger und sie waren nicht außergewöhnlich schnell, aber sie hatten es sichtlich eilig. Ohne Zweifel hatte unsere Unterhaltung etwas in ihnen angestachelt.

"Ich bin Single," sprach Zan. "Ich habe mich kürzlich testen lassen und warte noch. Meine Partnerin ist irgendwo da draußen. Ich bin jetzt schon ganz eifersüchtig, obwohl ich nicht weiß, *wer* oder *wo* sie ist. Ich kann deine Sorge nachvollziehen." Er legte seine überdimensionierten Unterarme auf den Tisch. "Meine Bestie würde am liebsten die ganze Galaxie nach ihr absuchen. Aber wie gesagt, sieh mich an. Ich bezweifle, dass ich jetzt noch ein Match finden werde." Er hielt inne, dann lenkte er das Gespräch wieder auf mich: "Du hast dich testen lassen?"

Ich nickte.

"Denk daran, der Test gibt dir immer die Frau, die du brauchst. Nicht die, die du haben möchtest," sprach er.

Ein Ingenieur trat an den Tisch und reichte Karter ein Tablet. Das schien beim Kommandanten ständig vorzukommen. "Nicht drei. Nur zwei."

Der Ingenieur brachte seine Zustimmung zum Ausdruck, dann nahm er das Tablet und verschwand wieder.

Karter konnte kaum durchatmen, um einen Drink in der Kantine zu genießen. Aber seine Frau, Erica, akzeptierte ihn so oder so. Sie liebte ihn und hielt zu ihm.

Niobe war ohne jeden Zweifel meine Partnerin. Ich dachte an unsere augenblickliche Verbindung. An die Hitze. Die Art, wie ihr Körper unter meinen Händen zum Leben erwachte, wie ihr Verstand aussetzte, wenn ich die Kontrolle übernahm. Es war reinste Perfektion.

"Sie hat ihren Job gemacht," sprach Karter und steckte schließlich seine Waffe weg. Dann nahm er einen kräftigen Schluck. "Den Nexus hat sie ihnen doch nicht aus einer Laune heraus weggenommen. *Es war ihr Job.* Ihn den Wissenschaftlern zu übergeben könnte hunderten ... tausenden Koalitionskämpfern das Leben retten. Ihre Entscheidungen sind nicht persönlich. Sie sind strategisch. Kompliziert."

"Sie hat sich nicht bei mir gemeldet. Sieben verdammte Tage lang."

"Auf Atlan habe ich eine dreizehnjährige Nichte," sprach Zan. "Irgendwie hörst du dich gerade genauso an wie sie."

"Halt's Maul, Zan."

Er lachte: "Hör auf rumzuheulen."

Ich warf ihm einen bösen Blick zu.

"Ich bin seit fünf Minuten hier und bin bereits dreimal unterbrochen worden," sprach Karter. "Das ist mein Leben. Abgesehen von Erica gibt es ständig Dinge, die nach meiner Aufmerksamkeit verlangen. Zum Beispiel muss ich mich um Sie armes Schwein kümmern. Die Partnerin eines Kommandanten versteht das auch. *Erica* versteht es."

"Ja, aber sie ist eine Frau."

Jegliche Wärme verschwand aus seinem Gesicht und er zückte wieder seine Waffe. Diesmal aber überreichte er sie mir: "Hier, nehmen Sie sie. Erschießen sie sich lieber gleich selber, bevor eine Frau Sie so daherreden hört."

Zeus grunzte: "Zum Glück ist deine Frau nicht auf dem Schiff. Wenn sie eine echte Everianerin ist, dann würde sie nämlich mithören und schneller hier sein, als du um Verzeihung bitten könntest."

"Du Dummkopf," fügte Zan achselzuckend hinzu.

"Ich habe nichts gegen Frauen," sprach ich und schob die Pistole beiseite. Dann hob ich kapitulierend die Hände hoch: "Sie sind intelligenter, gerissener und findiger als wir. Verdammt, eine Atlanische Frau könnte mich mühelos in Stücke reißen."

Sie nickten.

"Aber wir sind Männer. Zu beschützen und besitzergreifend zu sein liegt uns verdammt nochmal in den Genen. Das Sagen zu haben."

Einen Moment lang wurden die drei mucksmäuschenstill. Da sie keine Einwände einlegten, mussten sie mit mir einer Meinung sein.

"Zweifeln Sie etwa an den Fähigkeiten ihrer Partnerin?" wollte Karter wissen und blickte mich schief an.

Ich dachte daran, wie sie mich und die anderen Gefangenen von Latiri 4 geschafft hatte, und zwar völlig unvorbereitet. Sie hatte mit einem sehnsüchtig wartenden Partner gerechnet und nicht den verfluchten Hive. Ich dachte an ihre Beteiligung an der Mission. Als wir die Hive fertiggemacht hatten. Sie war unglaublich gewesen.

"Nein."

"Dann musst du sie weiterkämpfen lassen. Lass Niobe ihre Arbeit machen," sprach Zeus.

"Jäger, Niobe ist gar nicht das

Problem," verkündete Karter. "*Sie* sind das Problem. Sie wurden verpartnert. Ziehen Sie den Stock aus Ihrem Arsch. Sie müssen Kompromisse machen."

"Kompromisse," wiederholte ich, als ob ich dieses Wort noch nie gehört hatte. "Wie soll ich das anstellen?"

Karter erhob sich und klopfte mir auf die Schulter: "Lassen sie sie Vizeadmiralin sein."

Was zum Teufel sollte das bedeuten? "Und?"

"Sie wird Sie einfach Sie selbst sein lassen. Ein Jäger."

Ich war immer noch perplex. Zeus, der andere Prillone, schlug mit seiner enormen Faust auf den Tisch: "Für einen Elitejäger bist du nicht besonders helle."

Ich drehte mich um und starrte ihn an: "Pass auf, Prillone."

Er hatte den Mut zu lachen: "Du bist zu langsam, um eine Frau zu schnappen, die gefangen werden will. Du bist der Aufgabe nicht gewachsen."

Wovon redete er da? Was hatte ich übersehen?

Den Göttern sei Dank setzte Kommandant Karter meinem Elend ein Ende: "Was liebt ein Everianer mehr als alles andere?"

"Die Jagd." Sie lag uns im Blut. War ein Teil unserer DNA.

"Warum sind Sie dann noch hier?" fragte er.

Plötzlich dämmerte es mir und ein Schimmer Hoffnung ließ meinen Körper wieder zum Leben erwachen. Karter klopfte mir etwas zu beherzt auf den Rücken.

"Sie sind sofort von diesem Schlachtschiff entlassen. Sie können nach Everis zurückkehren und eine neue Mission annehmen oder ..."

"Oder?"

Er grinste: "Sie können ihre Partnerin aufspüren. Warum glauben Sie, hat sie sich nicht bei Ihnen gemeldet?"

Ich starrte den Kommandanten an,

als es langsam klick machte. Meine Partnerin war Everianerin. Sie hatte ebenfalls ihre Instinkte. Und ein Eliteweibchen meiner Welt wollte nicht umworben werden ... nein, sie wollte *gejagt* werden.

11

*V*izeadmiralin *Niobe, Akademie der Koalitionsflotte, Zioria, eine Woche später*

SO VIEL ZUM THEMA AUSGEWÄHLTE *Partner.*

Natürlich würde ich den Gedanken nicht laut aussprechen. Von hochrangigen Koalitionsbotschaftern und Militärkommandanten umgeben war das hier bestimmt nicht der richtige Zeitpunkt oder Ort, um über einen sexy Everianischen Jäger zu jammern. Ebenso wenig hätte ich die letzten paar Tage damit verbringen sollen, jeden noch so kleinen gemeinsamen Moment zu analysieren und mich zu fragen, ob ich im Namen der Pflicht wirklich mein Glück opfern musste. Ich kam mir vor wie ein Schulmädchen, das sich fragte, ob der Quarterback sich wirklich für sie interessierte. Warum hatte ich auf einmal ganz banale Mädchengefühle? Ich hatte keine Zeit für solchen Firlefanz.

Und dennoch dachte ich darüber nach. Wägte ich ab. Im Moment sah es so aus, als ob ich tatsächlich mein Glück geopfert hatte. Was wirklich nicht half, mich aufs Meeting zu konzentrieren.

Mein Meeting.

Scheiße.

Die Kadetten waren einen Tag zuvor in den Campus zurückgekehrt und machten sich wieder startklar. Während sie ihre Uniformen, Tablets und Waffen auf das bevorstehende Ausbildungssemester vorbereiteten, befand sich das Personal seit einer Stunde in der Vorbesprechung. Die vierunddreißig Kursleiter, zwölf Militärkommandanten verschiedener Planeten und zwei Repräsentanten von Prime Nials Version eines Präsidialkabinetts waren anwesend und wir hatten kaum ein Viertel unserer vollgepackten Agenda bewältigt.

Zweimal im Jahr fand diese Versammlung statt. Die Militärkommandanten brachten die Kursleiter der Akademie auf den neuesten Stand und schlugen Änderungen in den Trainingsprotokollen vor und Prime Nials engste Militärberater gaben ihnen die neuesten Hinweise darauf, was uns als Nächstes bevorstehen könnte. Ab und zu würde außerdem ein Geheimdienstkommandant oder Wissenschaftler auftauchen und eine neue Waffe oder einen technologischen Fortschritt demonstrieren.

Das Meeting zog sich über mehrere

Tage hin. Jedes Thema war wichtig. Wir waren zwar traditionsbewusst, mussten uns aber dennoch dem Wandel anpassen; an all das, was die Hive gegen uns verwendeten.

Ich leitete das Meeting und musste genaue Daten zu den Trainingsleistungen unserer Kadetten im vorangegangenen Semester vorlegen. Jeder Kursleiter würde die Ergebnisse seines spezifischen Arbeitsbereichs mit uns teilen. Ich war zwar der Boss, aber ich war kein Supervisor. Jeder hier hatte seine Aufgaben und Ziele und von jedem wurde erwartet, dass diese auch erreicht wurden. Falls nicht, dann diente dieses Meeting dazu herauszufinden, warum. Aktuell ging es um die Betäubungsstärke bei Kampfsimulationen. Es war wichtig, dass die Kadetten erfuhren, wie sich ein Betäubungsschuss anfühlte und wie man darauf reagierte, aber zwischen einer erfolgreichen Simulation und totaler Handlungsunfähigkeit verlief nur eine schmale Grenze. Ich hörte zu und überließ den anderen das Reden.

Zu sagen, ich war abgelenkt, wäre eine Untertreibung. Seit meiner Rückkehr war ich wie zerstreut. Ich konnte mich nicht konzentrieren. Konnte mich einfach nicht fürs neue Semester motivieren. Es lag aber nicht an der Pause. Es lag nicht daran, dass ich Kira und Angh in der Kolonie besucht hatte. Es lag nicht daran, dass ich Teil des Teams gewesen war, das die geheime Hive-Basis dichtgemacht und dem Geheimdienst eine Nexus-Einheit geliefert hatte—lebendig. Nein.

Das war alles einfach und unkompliziert gewesen. Es war wegen Quinn. Quinn hatte mich total durcheinander gebracht. Vielleicht hatten der Sex und die Orgasmen mein Hirn geschädigt, denn ich wollte mehr davon. Und zwar ständig. Allerdings hatte ich mich nicht mit drei Viken gepaart und war ihrer Macht des Samens unterlegen. Gott, wenn das die Frauen noch mehr aufgeilte als mich, dann konnten sie mir nur leidtun. Seit meiner Rückkehr hatte ich mich mindestens einmal am Tag selber angefasst und es mir unter der Dusche besorgt. Und dann nochmal kurz vorm Einschlafen. Ich war eine totale Orgasmusschlampe geworden. Warum? Weil ich Quinns Stimme in meinem Kopf hören konnte. *Da draußen kannst du gerne das Sagen haben. Aber mit mir wirst du gehorchen."*

Ich wand mich auf meinem Stuhl. Unauffällig, damit es auch ja niemand bemerkte, schließlich war es nicht das erste Mal. Ich war verpartnert. Aber ich war auf Zioria und er war auf dem Schlachtschiff Karter. Das nahm ich jedenfalls an. Eine Woche war vergangen. Eine ganze Woche! Wo zur Hölle steckte er?

Konnte er mir wirklich nicht verzeihen, dass ich ihm die Nexus-Einheit weggenommen hatte? Er war ein

Elitejäger. Er wusste, was in diesem Krieg auf dem Spiel stand.

Und wenn nicht, dann würde das Ganze noch deprimierender werden. Wenn nicht der Nexus Schuld war, dann musste es an mir liegen.

Ich hatte es ihm gesagt. Hatte ihm *gesagt*, dass ich nicht das sein konnte, was er sich wünschte. Na schön, er wollte auch keine Kinder. Großartig. Ein Problem weniger. Aber ich war beim Geheimdienst. Das hatte er verdammt schnell herausgefunden, als ich den Nexus ins Hauptquartier schaffen musste, anstatt ihn einfach zu töten. Gott, ich hätte gewollt, dass er das blaue Monster einfach in Stücke riss. Dafür, dass er meinen Partner gefoltert hatte, *wollte ich* den Nexus eigenhändig abmurksen. Niemand legte sich so einfach mit meinem Partner an.

Aber Befehl war Befehl und dieser Krieg war sehr viel wichtiger als ein misshandelter Jäger. Wichtiger als ein paar dutzend integrierter

Koalitionskämpfer. Für Quinn—und für mich—stellte dieser Nexus einen persönlichen Feind dar, was alles viel komplizierter machte. Den Nexus aber zu Doktor Helion zu überstellen, damit er ihn erforschen und so möglicherweise tausenden Kriegern oder Millionen Leuten das Leben retten konnte, hatte nun mal Vorrang. Dennoch, ich konnte Quinns Rachebedürfnis nachvollziehen, seinen Drang, diese Kreatur zu erledigen.

Die Hive zu studieren und zu besiegen war einfach wichtiger als der Wunsch nach Rache eines einzelnen Elitejägers.

Meine Rolle als Vizeadmiral übertrumpfte alles andere in meinem Leben, inklusive meinen Partner. Ich blickte mich um; mein Rang stellte alle anderen in diesem Raum in den Schatten. Meine Befehle kamen von der Geheimdienstleitung oder von Prime Nial höchstpersönlich. Nur wenige Admiräle waren noch höher gestellt als ich, aber allgemein waren die weit weg und hielten sich entweder an der Front auf oder dienten in einem Kriegsrat auf Prillon Prime. Und diesem Krieg war scheißegal, dass ich jetzt einen Partner hatte. Es war ihm scheißegal, dass Quinn Lichtjahre von mir entfernt stationiert war. Ich konnte nicht einfach kündigen, denn zu viel stand auf dem Spiel. Ich konnte nicht einfach aufstehen und mich davon machen. Zu einer Ferienkolonie transportieren und mich so lange mit Quinn amüsieren, bis keiner von uns richtig laufen konnte.

Gott, das hörte sich fantastisch an. Ich wand mich noch ein bisschen mehr.

Die Diskussion um Betäubungseinstellungen war beendet und ich brachte alle zum nächsten Punkt auf der Tagesordnung. Einer der Repräsentanten aus Prillon Prime sprach von einem Programm für Elitekadetten, das in der Mitte des Semesters stattfinden sollte. Eine Kampfsimulation auf dem Schlachtschiff Zeus.

Wieder blendete ich die Stimmen aus und fragte mich, ob mein ausgewähltes Match wirklich nur ein One-Night-Stand gewesen war. Weil das alles war. Verdammt, es war nicht einmal eine Nacht gewesen. Es war ein Tag. Weniger als ein Tag. Sechs Stunden, um zu ficken und zu essen und uns zu unterhalten und dann noch etwas mehr zu ficken.

"Was sagen Sie dazu, Vizeadmiral?"

Ich musste blinzeln und starrte den Prillonischen Krieger an, der offensichtlich auf meine Antwort wartete. Alle Augen waren auf mich gerichtet. Ich blickte kurz auf mein Tablet und auf die akustisch erzeugten Notizen dort. Mein Gehirn verarbeitete den Stoff in Lichtgeschwindigkeit: "Fünf Frauen. Fünf Männer. Zwei Durchläufe, nicht nur einer. Senken sie den Betäubungsmodus für die Kampfsimulation auf drei und sorgen sie dafür, dass die Videos an den

Geheimdienst gesendet werden. Sie suchen immer nach neuen Rekruten."

Der Prillone nickte, scheinbar war er zufrieden.

"Das nächste auf der Tagesordnung ist—"

"Der Gruppe vorgestellt werden."

Ich wirbelte in meinem Stuhl herum. *Quinn.*

Der Tisch brach sofort in Getuschel aus. Im Raum stand ein unbekanntes Gesicht ... zumindest für sie. Mir hingegen war es *überaus* vertraut. Ich erinnerte mich an die langen, weizenblonden Haare, die kräftigen Augenbrauen, die Augen, die scheinbar in meine Seele blickten. Die römische Nase, die vollen Lippen. Ich erinnerte mich an alles.

Mit offenem Mund starrte ich ihn an.

Er ignorierte alle anderen im Raum, blickte mich an und grinste. Er betrachtete meine Uniform, wie meine Haare im Nacken zu einem Knoten gesteckt waren. Die Art, wie ich über den

Tisch regierte. Wie lange hatte er dort schon gestanden?

Ich wollte nicht wissen, wie er sich so lautlos reingeschlichen hatte. Er war ein Jäger. Genau wie ich, verdammt. Ich hätte ihn hören sollen. Ihn spüren sollen. Stattdessen war ich in meinen Gedanken verloren gewesen. *Seinetwegen*. Ich atmete tief ein. Ja, ich konnte ihn jetzt riechen. Ich vergaß das Meeting und konzentrierte mich stattdessen ganz auf ihn. Ich lauschte seinem Herzschlag. Nichts konnte mir entgehen.

Der Atlanische Nahkampfausbilder stand auf und war bereit, sein Können unter Beweis zu stellen, sollte Quinn eine Gefahr für uns darstellen. Es war fast schon lächerlich, immerhin war ich die einzige andere Everianerin im Raum. Niemand sonst war so schnell oder skrupellos wie Quinn. Der gewaltige Atlane könnte Quinn zwar den Kopf abreißen, aber er würde ihn nie und nimmer zu fassen bekommen.

"Danke, Kriegsfürst," sprach ich und stand von meinem Stuhl auf. Ich streckte die Hand aus, um ihm Einhalt zu gebieten. Dann stellte ich mich neben Quinn. "Ich bitte um Entschuldigung für die Unterbrechung, aber vielleicht ist es an der Zeit für eine Pause."

"Willst du mich nicht vorstellen, Liebling? Ich bin extra aus dem Sektor 437 angereist."

Das Wort *Liebling* entging niemandem. In der Tat lächelte die versammelte Runde und sie fingen an zu schwatzen. Einige applaudierten sogar.

Ich musste auch lächeln, denn ich war so froh ihn zu sehen und wandte mich an die Gruppe: "Darf ich ihnen Elitejäger Quinn von Everis vorstellen."

Ein Begrüßungschor ertönte im Raum und das Getuschel ging wieder los, sicherlich spekulierten sie über das eine Wort ... *Liebling*. Ich war nicht sicher, ob sie so begeistert waren, weil *ich* einen Partner gefunden hatte oder weil es immer ein freudiges Ereignis war. Ich freute mich, Quinn zu sehen. Ich war sogar ein bisschen geschockt. Aber er war in mein Meeting hereingeplatzt und hatte meine Ordnung untergraben. Meine Routine.

Der Hauptvertreter von Prime Nial kam um den Tisch: "Ich gratuliere, Vizeadmiral." Er neigte leicht den Kopf in Quinns Richtung. "Elitejäger."

Quinn nickte anerkennend und der Prillone wandte sich wieder mir zu. "Vizeadmiral, falls Sie sich entschuldigen möchten, ich kann gerne den Rest des Meetings übernehmen."

"Das wird nicht—"

"Danke sehr, Krieger," verlautete Quinn und schnitt mir glatt das Wort ab.

Ich kniff die Augen zusammen. Wie konnte er es wagen! Das hier war mein Meeting. Meine Arbeit. "Ich kann sehr wohl weitermachen und—"

"Nein, wirst du nicht," sprach Quinn. "Der Krieger hat angeboten, das Meeting zu übernehmen und wir sollten sein Angebot annehmen."

Er packte meinen Ellbogen und manövrierte mich Richtung Tür.

"Quinn," hisste ich leise, aber er blickte mich nicht einmal an. Ich wusste, dass er mich hören konnte. Er konnte mein Herz in meiner Brust schlagen hören. Sein geflüsterter Name auf meinen Lippen war für ihn so deutlich zu hören wie ein Schrei.

Die Kadetten auf dem Flur blieben stehen und salutierten für mich, allerdings mussten sie sich fragen, warum ich von jemand anderes aus meinem eigenen Gebäude geführt wurde.

Draußen angekommen machte Quinn schließlich halt: "Wo ist dein Quartier?"

"Jetzt beachtest du mich auf einmal?"

Er runzelte die Stirn: "Ich habe dich nicht aus den Augen gelassen."

Ich prustete: "Mich angesehen, aber hast du mir überhaupt zugehört? Das war *mein* Meeting."

Er zuckte die Achseln: "Es ist nur ein

Meeting."

Meine Augen traten hervor: "Nur ein—"

Zwei Kadetten liefen vorbei und salutierten.

Gott, was für ein Albtraum. Die Nachricht von meiner Verpartnerung würde sich wie damals in der Schule herumsprechen. Mit dreizehn hatte sich das schon seltsam angefühlt und jetzt gerade fühlte ich mich genauso.

Ich sagte nichts mehr dazu, denn ich konnte nicht zum Meeting zurückgehen. Das würde nur noch mehr Verwirrung und Gerede stiften. Ich drehte ab und ging zu meinem Quartier. Als Vizeadmiral hatte ich zum Glück mein eigenes Haus. Es lag abseits der Schlafsäle und Unterrichtsgebäude und war von Bäumen umgeben. Ich hatte es zwar für mich allein, aber es war auch nicht besonders groß. Was mir vollkommen recht war, denn ich hortete keinen Krimskrams und brauchte nicht viel. Ich lebte einfach. Zufrieden.

Bis jetzt. Jetzt war ich nämlich angepisst.

"Das sollte hinhauen," sprach Quinn, als er sich in meinem Häuschen umblickte. Holzfußboden, weiße Wände. Einfache Möbel. Das Bett befand sich im anderen Zimmer. "Gut, jetzt brauchst du nicht länger leise sein, wenn ich dich kommen lasse."

"Soll das ein Witz sein?" brüllte ich.

Er grinste. "Da ist sie."

Ich blickte mich um. "Wovon verdammt nochmal redest du da?"

"Meine aufmüpfige Partnerin."

Ich deutete auf den Boden. "Du tauchst völlig unangekündigt hier auf und holst mich aus einem wichtigen Meeting raus. Zu welchem Zweck bitte? Zum Streiten?"

"Ich bin wegen meiner Partnerin hier."

Ich hob den Daumen über meiner Schulter. "Ach ja? Nun, das war deine Partnerin in dem Meeting dort."

Er schüttelte langsam den Kopf und

musterte mich von Kopf bis Fuß, als ob er daran dachte, wie ich nackt aussah. Ich hätte nicht feucht werden sollen, aber das wurde ich. Warum wollte ich ihm gleichzeitig an die Gurgel gehen und ihn bespringen?

In einer Blitzsekunde trat er an mich heran, dann entschleunigte er und strich mir mit den Fingerknöcheln über die Wange. Meine Augen schlossen sich unter seiner Berührung, dann aber riss ich sie auf, packte seine Handgelenke und verdrehte sie. Wie konnte er es wagen, mich mit lieblichen Gesten zu betören! Er krümmte sich zur Seite, um den Druck meines Griffs zu lindern, dann aber wirbelte er in die andere Richtung und drehte mich dabei im Kreis, sodass er hinter mir stand und sein Arm meine Taille umschlang. Ich konnte spüren, wie sein Schwanz gegen meinen unteren Rücken stocherte.

"Ich bin deinetwegen gekommen." Sein Atem fächelte mein Ohr.

"Du bist gekommen, um mich

wütend zu machen." Ich ließ mich mit meinem gesamten Gewicht in seine Arme fallen und trat ihm auf den Fuß. Sein Griff lockerte sich und ich durchquerte im Jägertempo den Raum. Er folgte mir nicht.

"Ich bin gekommen, weil du mir gehörst." Er krümmte den Finger und winkte mich zurück zu ihm.

Ich stemmte die Hände auf die Hüften. "Du kannst mich nicht einfach aus einem Meeting herausholen."

"Du hättest mir nicht meine Beute wegnehmen dürfen."

Ich kniff die Augen zusammen: "Darum geht es also? Du sabotierst meinen Job, weil ich dir den Nexus weggenommen habe?"

"Es war mein Recht, ihn zu erledigen."

"Das Meeting gehört zu meiner *Pflicht*. Wir haben da nicht über Keksrezepte diskutiert. Wir haben Trainingsprotokolle besprochen, veränderte Kampfstrategien der Hive, wie wir mehr Krieger am Leben halten. Wie wir Kadetten vorbereiten, damit sie auf dem Schlachtfeld nicht in Panik geraten, damit sie in diesem Krieg bestehen können. Das ist mein *Job*. Das ist *mein* Recht."

"Ich bin dein Partner. Sie können ein paar Stunden ohne dich weiter planen und sich das Maul zerreißen."

"Ich bin die Vizeadmiralin. Das war *mein* Meeting."

Sein Kiefer war zusammengebissen, seine Muskeln angespannt. Und von der anderen Seite des Zimmers aus konnte ich die dicke Beule sehen, wie sie gegen seine Uniformhose presste. Die Anziehung war nicht unser Problem. Alles andere war es.

"Ich werde nicht nochmal das Gleiche mit dir durchkauen wie auf Latiri 4," sprach ich. "Mein Job *ist* mein Leben, Quinn. Das musst du einfach verstehen."

"Das sollte er aber nicht. Du brauchst mehr als Meetings und

Pflichten. Wir sind Partner. Mein Job ist es, mich um dich zu kümmern."

Ich seufzte. Er hatte sich nicht absichtlich so bescheuert aufgeführt. Er glaubte an das, was er da sagte. Vielleicht war er zu sehr daran gewöhnt, in einer kleinen Einheit aus Elitejägern zu operieren, mit fast völliger Autonomie. Die Jäger entschieden darüber, welche Missionen sie annahmen und welche sie ablehnten. Sobald sie auf Jagd gingen, lebten sie nach ihrem eigenen Ehrenkodex, stellten sie ihre eigenen Regeln auf. Sie dienten der Koalition und Everis schickte auch ganz normale Kämpfer in den Krieg, die Elitejäger jedoch waren ein ganz anderes Level. Normalerweise waren sie nicht in die direkte Kommandokette eingebunden, mussten sie niemandem wie mir Bericht erstatten. Sie umgingen die gesamte Bürokratie, den Aktenkram. Die Meetings. Ich seufzte.

"Wie soll ich es dir nur

286

klarmachen? Niemand kann es verstehen, deshalb ist es auch so schwierig. Niemand hat mich je verstanden. Auf der Erde war ich so anders als alle anderen. Alles, was ich tat, schrie einfach nur nach *Freak*. Später auf Everis habe ich auch nicht dazugehört. Ich habe mich wie ein Mensch verhalten. Ich mochte das Essen auf Everis nicht, kannte mich nicht mit den Bräuchen aus. Also bin ich gegangen. In der Koalition hatte ich endlich das Gefühl, angekommen zu sein. Dazuzugehören. Alles, was ich tat, wurde angenommen. Meine Andersartigkeit machte mich sogar besser. Ich wusste, was ich zu tun hatte und wie ich es zu tun hatte. Wann, wo, warum. Alles hat sich ergeben. Ich bin aufgeblüht. Wurde ausgezeichnet." Ich deutete auf meine Schulter. "Vizeadmiralin, mit sechsunddreißig."

"Und jetzt hast du mich," sprach er.

Ich nickte: "Ja, aber wenn *du* mich haben möchtest, dann musst du auch die

Vizeadmiralin akzeptieren. Weißt du, wer mein Vorgesetzter ist?"

Er schüttelte den Kopf.

"Prime Nial. Wer steht über ihm?"

Er runzelte die Stirn: "Niemand."

"Genau. Niemand. Es gibt da noch ein paar Admirale und Doktor Helion von der Geheimdienstleitung, aber meistens antworte ich direkt dem Prime. Alle anderen unterstehen mir. Alle anderen in der Koalitionsflotte unterstehen direkt meinem Befehl. *Alle*. Denk mal darüber nach."

Er verschränkte die Arme vor der Brust und blickte runter auf den Boden. Als er nichts darauf entgegnete, sprach ich weiter.

"Kommandant Karter ist für seine Kampfgruppe verantwortlich. Ich bin für die Kadetten verantwortlich, die dann in hunderte Kampfgruppen gehen. Ich leite Operationen an mehreren Fronten, Geheimdienstmissionen mit eingeschlossen."

"Wie mit der Nexus-Einheit," sprach

er und legte den Kopf schief, sodass er mich mit eindringlichen, hellen Augen anfunkelte.

Ich nickte: "Ja. Wie die Nexus-Einheit fangen. Meine Arbeit hört nie auf, denn die Leute, die meinem Befehl unterstehen, kennen keine Pause. Der Kampf hört nie auf."

"Du musst dich ab und zu ausruhen," entgegnete er. "Irgendwann musst du auch mal die Uniform ablegen."

Wieder nickte ich: "Das tue ich. Zum Beispiel, als ich den Bräute-Test gemacht habe. Das war in der Semesterpause, als ich in der Kolonie war und meine Freunde besucht habe. Dann bist du dazwischengekommen und dieses ganze Chaos mit den Hive. Aber jetzt geht das Ausbildungsjahr wieder los. Das wartet nicht, weil ich verpartnert wurde. Ich habe einen Job zu erledigen, Quinn. Einen wichtigen Job. Wie das Meeting, das du unterbrochen hast."

Er schüttelte den Kopf:

"Entschuldige, dass ich dein Meeting gestört habe."

Ich starrte ihn mit großen Augen an. Diese Worte waren völlig unerwartet.

"Aber ich glaube, *du* musst ein bisschen aus deiner Routine raus. Du bist zwar eine Vizeadmiralin, aber ich bin dein Partner."

Am liebsten wollte ich meinen Kopf gegen die nächste Wand rammen. Und ich hatte noch nicht einmal erwähnt, wie er *für mich* geantwortet hatte, als der Prillonische Krieger angeboten hatte das Meeting zu übernehmen.

Alles zu seiner Zeit.

"Quinn—"

"Meine Aufgabe ist es, dafür zu sorgen, dass Niobe, nicht die Vizeadmiralin, glücklich und zufrieden ist. Ausgeglichen."

"Meinetwegen, aber ich muss zu meinem Meeting zurück."

"Nein, musst du nicht. Der Prillone wird schon klarkommen."

"Aber—"

"Nein. Zieh dich aus."

Ich wich einen Schritt zurück. "Nein."

"Doch," konterte er. "Zieh dich aus."

"Ich habe dich beim ersten Mal verstanden." Ich machte noch einen Schritt zurück.

"Dann mach, was ich sage."

"Ich bin zu wütend, um mit dir zu schlafen."

Seine helle Augenbraue bog sich nach oben. "Ach wirklich?" Er atmete tief ein und seine Nasenlöcher blähten sich auf. "Du bist feucht."

Das war ich. Verdammt nochmal.

"Du kannst mich nicht einfach herumkommandieren. Mich aus einem Meeting zerren und mir vorschreiben, was ich zu tun habe."

"Für das Meeting habe ich mich entschuldigt. Was den Rest betrifft, so kann ich dich sehr wohl herumkommandieren. Ich kann dir sagen, was du zu tun hast. Zieh die Uniform aus, Vizeadmiral, damit ich

Niobe sehen kann. Ich will meine Partnerin."

Oh. Ich wollte ihn. Ich wollte Sex haben. Gott, dieser harte Schwanz ... ich wollte ihn in mir haben. Damit er mich ausfüllte. Wir konnten den lieben lang Tag weiter streiten, aber das würde mir keinen einzigen Orgasmus bescheren. Oder Quinns Haut auf meiner. Seine Lippen ... überall. Mein Körper kämpfte mit meinem Verstand und da er mich sowieso schon aus dem Meeting geholt hatte, war die Bescherung bereits vollbracht. Was hatte er da gesagt? Oh Mann, es war zu spät.

Er hatte sich entschuldigt. Es wurde Zeit, dass ich nachgab. Oder mich nackig machte.

Er stand regungslos da und holte kaum Luft, als ich meine Uniform auszog. Ein Kleidungsstück nach dem anderen, bis ich nackt am anderen Ende des Raumes stand. Ich blickte ihn an, wartete. Ich sah zu, wie sein Blick immer hitziger wurde, wie er den Kiefer zusammenbiss und sein Schwanz in seiner Hose noch größer wuchs.

"Zeig mir wie feucht du bist."

Seine raue Stimme bewirkte, dass meine Nippel sich aufstellten und mein Herzschlag sich beschleunigte.

Ich legte Hand an mir an, strich mit den Fingern über meine nassen Falten und hielt meine Hand hoch, damit er sie sehen konnte. Meine Fingerspitzen glitzerten feucht.

Er schüttelte den Kopf: "Nicht so. Dreh dich um. Beug dich nach vorne."

Heilige. Scheiße. Er war unanständig. Und ich liebte es.

Der Holzfußboden unter meinen Füßen fühlte sich kalt an. Was eine gute Sache war, immerhin war mir brechend heiß. Ich drehte mich um und tat, wie er mir befohlen hatte; ich beugte mich vor, damit mein Arsch in die Höhe ragte. Damit er besten Ausblick auf meine Pussy hatte.

Langsam kam er herübergelaufen, um mich ausgiebig zu betrachten.

Kopfüber sah ich zu, wie er meine Mitte begutachtete. Sie war bloßgelegt und klitschnass. Dick angeschwollen und bereit für ihn.

Ich zuckte zusammen, als seine Hand auf meinem Hintern aufsetzte.

"Schh," sprach er und strich tröstend über meine Haut. "Leg deine Hände an die Wand."

Er hielt meine Hüfte fest, während ich mich aufrichtete. Mit emporgerecktem Arsch starrte ich jetzt die weiße Wand an. "Gutes Mädchen."

"Ich möchte dich daran erinnern, dass ich ein Vizeadmiral bin und kein Go—"

Darauf verhaute er mir nochmal den Hintern.

"Schh," wiederholte er. "Ich weiß, was du bist. Da draußen bist du der Boss. Hier drinnen gehört dein wunderschöner Körper nur mir. Du gehörst mir und du bist ein sehr gutes Mädchen."

Ich biss die Zähne zusammen und

musste mich mit aller Kraft davon abhalten, mit den Hüften zu wackeln und um mehr zu betteln.

"Warum hast du mich dann verhauen?" wollte ich wissen und blickte über meine Schulter.

Er war voll bekleidet, während ich splitterfasernackt vornüber gebeugt war. Verletzlich. *Damit* er mir den Hintern versohlen konnte. Ich hätte mich umdrehen und ihm in den Arsch treten sollen, weil er mich verhauen wollte. Aber ehrlich gesagt liebte ich das Stechen. Den Schock. Ich liebte es, loszulassen, wenn auch nur ein winzig kleines bisschen und zuzulassen, dass jemand anderes die Kontrolle übernahm.

"Weil du es brauchst."

Ich musste lachen: "Es brauchst?"

Wieder versohlte er mir den Arsch, diesmal die andere Pobacke. Es war nicht besonders feste, das Stechen allerdings hatte es in sich. Ich schnappte nach Luft und stöhnte laut, als sein Finger über meine Spalte glitt.

"Siehst du? Du brauchst es. Es macht dir den Kopf frei."

"Wovon redest du da?"

Er versohlte mir die eine und dann die andere Seite. Fester. Dann führte er einen Finger in meine feuchte Mitte ein. Ich stöhnte. Ja, genau das brauchte ich. Aber sein Finger war nicht lang genug, oder ausreichend dick. Ich brauchte seinen Schwanz.

Mit seinem Finger in mir drin versohlte er mich dreimal hintereinander, und zwar rasant und heiß und ohne den Finger dabei zu bewegen. Hitze konsumierte mich. Das Stechen wandelte sich in Wärme, in Feuer. Ein wohliges Glühen breitete sich aus und brachte meine Pussy fast zum Dahinschmelzen.

"Quinn," hechelte ich.

"Worum ging es nochmal bei deinem Meeting?"

"Was?" fragte ich stirnrunzelnd.

"Dein Meeting," wiederholte er und verpasste er mir einen weiteren Klatscher.

"Ich ... ich kann nicht darüber nachdenken, wenn du mich verhaust."

Er beugte sich vor und flüsterte mir ins Ohr: "Ganz genau." Dann trat er näher, sodass sein Schwanz und seine Lenden durch seine Uniform hindurch gegen meinen aufgeheizten Hintern pressten. Warum war er immer noch angezogen?

Er trat wieder zurück und ich winselte, ich vermisste das Gefühl seiner Uniform auf meiner nackten Haut. Der Widerspruch zwischen uns war augenfällig. Alles war am Dahinschmelzen, alles außer ihm. Außer Quinn.

Er fiel hinter mir auf die Knie. Er atmete tief ein, dann fing er an zu lecken.

"Quinn!" Ich brüllte, als ich seine Zunge zu spüren bekam. Dort, auf der gesamten Länge meiner Pussy und dann genau auf meinem Kitzler. Er fing an zu schnippen, ihn zu umkreisen. Meine Hüften fingen willkürlich zu schaukeln an, sodass ich mich regelrecht auf seinem Gesicht fickte. Meine Handflächen pressten in die Wand, rutschten aber zusehends ab. Ich konnte kaum noch meine Stellung halten, aber ich war kurz vorm Kommen.

Quinn musste es bemerkt haben, denn er setzte sich auf seine Fersen zurück und richtete sich wieder auf.

"Quinn," sprach ich erneut und meine Stimme klang verzweifelter und bedürftiger denn je. Er war dabei mich zur Bestie zu machen. Ich wandte mich zu ihm um und fragte mich, warum er aufgehört hatte.

Er ging Richtung Schlafzimmer und entledigte sich gleichzeitig seiner Kleider. Im Türrahmen machte er Halt. "Komm."

"Genau das wollte ich ja," klagte ich. Meine Nippel waren zwei straffe Spitzen und meine Pussy war dermaßen feucht, dass es mir an den Schenkeln klebte. Ich war so aufgereizt, so kurz vorm Kommen, dass ich nur noch meine Schenkel aneinander reiben musste.

Sein Anblick aber ... Gott, er war einfach umwerfend. Sein langes Haar fiel über seine breiten Schultern. Harte, unnachgiebige Bauchmuskeln. Ein Schwanz, der mir magische Orgasmen bescheren würde. Und er war nur für mich.

Ich ging auf ihn zu und freute mich schon auf diesen enormen Schwanz, er aber hielt mahnend die Hand hoch.

"Auf die Knie."

Er ging ins Schlafzimmer und setzte sich auf die Bettkante. Dann umpackte er seinen Schaft, fing an sich zu wichsen und blickte mich dabei an.

"Soll das dein Ernst sein?" sprach ich.

"Unterwirf dich, Liebling."

Zu seinen Füßen lag ein weicher Teppich auf dem Boden und genau dort sollte ich vor ihm auf die Knie gehen.

Niederknien. Mich unterwerfen. Ihm die komplette Kontrolle übergeben, um das zu bekommen, was ich wollte. Einen ordentlichen Fick.

"Niobe," sprach er, als ich keine Anstalten machte mich zu rühren. "Der einzige, der sehen wird, wie du dich mir unterwirfst ... bin ich. Es gibt keinen Grund zur Sorge. Niemanden, den du herumkommandieren musst. Für den du verantwortlich bist. Keine Befehle, die du erteilen musst. Keine Meetings, die du leiten musst. Ich werde mich um dich kümmern. Dich ficken. Dich kommen lassen. Dich vor Lust kreischen lassen. Hör auf, nachzudenken und mach einfach, was ich dir sage."

Meine Everianischen Sinne konnten zwar alles bis ins kleinste Detail hören, riechen und sehen, aber plötzlich beschränkte sich alles nur noch auf ihn. Seine Stimme. Sein Atem. Seine Worte.

Wir waren allein. Die Akademie war verschwunden. Meine Uniform lag in einem Haufen auf dem Boden. Ohne den Körper, der sie ausfüllte, war die Uniform bedeutungslos.

In diesem Augenblick war ich einfach nur Niobe. Quinns Partnerin. Konnte ich das durchziehen? Konnte ich vor ihm auf die Knie gehen und ihm das geben, was er von mir wollte? Mich seiner Macht ausliefern? Er war dabei die Dynamik zwischen uns neu auszuhandeln ... mir zu sagen, was er wollte. Er war ein Jäger, ein Elitejäger. Er war stark, schnell, kontrolliert. Ein Raubtier. Von Natur aus dominant. Die Frage war nur, ob ich ihm die Kontrolle überlassen konnte? Konnte ich ihm genug vertrauen, um loszulassen? Um mich zu ergeben? Mich zu unterwerfen?

Meine menschliche Seite haderte mit allem, was gerade passiert war. Sie war empört. Gereizt. Wütend, weil er mein Meeting unterbrochen hatte. Meine Everianische Hälfte aber? Gott mochte mir beistehen, aber diese Hälfte war so verdammt geil, dass ich sie kaum noch zurückhalten konnte. Ich konnte nur noch daran denken, wie Quinn mich auf der Karter dominiert hatte, wie er mich gejagt und aufgespürt, mich gefickt und mit seinem Schwanz ausgefüllt hatte, und zwar genau wie meine Jägernatur es von einem würdigen Partner erwartet hatte. Jetzt, nachdem er mich gejagt und erobert hatte, war meine Everianische Hälfte mehr bereit, ihm alles zu geben, was er haben wollte —selbst wenn das Ganze auf einem Schlachtschiff stattgefunden hatte.

Ich war dabei mit mir selbst zu ringen. Meine Logik kämpfte mit meinem Instinkt. Mein Verlangen kämpfte gegen meine menschliche Idealvorstellung von einem Mann.

Damals auf der Erde hatte ich mir immer einen reservierten Mann gewünscht. Jemand, der zurückhaltend war. Der mich still unterstützte. Wir würden niemals streiten, hatte ich jedenfalls gedacht. Niemals anderer Meinung sein. Niemals wie besinnungslose Tiere ficken.

Quinn war alles andere als zurückhaltend und bedacht. Ich wusste, dass wir oft streiten würden. Und trotzdem musste ich ihn nur ansehen, um bereits in Flammen aufzugehen.

Er saß weiterhin da und streichelte seinen Schwanz. Er war genauso angetörnt wie ich, aber er übte sich in Geduld. Wartete. Ich musste nur zu ihm herübergehen und wir beide würden bekommen, was wir wollten. Was wir brauchten.

"Ich verstehe dich, Niobe." Seine Stimme war zwar tief und voller Verlangen, aber sie klang gleichzeitig besonnen. Fast schon ... tröstend. "Ich verstehe, wer du bist. Was du brauchst. Unterwirf dich. Nur für mich. Lass zu, dass ich für dich sorge. Hör auf, nachzudenken. Fühle es."

Die beiden letzten Worte waren heißer, als ich es verkraften konnte und ich konzentrierte mich auf seine starke Hand, wie sie mit stetigem Tempo an seinem Schwanz rauf und runter strich.

Ich wollte diesen Schwanz. Er gehörte mir.

Langsam ging ich runter auf die Knie und blickte zu ihm auf. Ich wandte nicht den Blick von ihm ab, sondern atmete einfach und wartete, während meine Pussy sich sehnsüchtig zusammenzog. Sie war so nass.

"Du bist wunderschön," murmelte er. "Perfekt." Seine freie Hand kam an meinen Hinterkopf und lockerte den Knoten dort, sodass meine Haare offen über meine Schultern fielen. Ich konnte mich nicht mehr zurückhalten und beugte mich vor, um den perligen Tropfen Vorsaft von seiner zarten Eichel abzulecken. Ich kostete sein salziges Aroma.

Er hisste und obwohl ich nackt und entblößt vor ihm kauerte, war er mir ausgeliefert. Ich hatte die Macht über ihn. Niemand sonst konnte vor Lust seine Hüften buckeln lassen oder sein Verlangen derartig befeuern. Ich machte ihn zum Tier, setzte ihn seinen niederen

Trieben aus. Genau, wie er mich ganz scharf auf ihn machte. Schlüpfrig. Bereit. Voller Sehnsucht danach, erobert zu werden.

Ich blinzelte einmal und im nächsten Moment lag ich auch schon rücklings auf dem weichen Bett. Er hatte mich mit seiner Jägerkraft und Geschwindigkeit dort positioniert. Er krabbelte auf mich drauf und schob meine Knie weit auseinander.

Ich blickte zu ihm auf und er sah einfach nur tödlich aus, seine Berührung aber—abgesehen vom Arsch versohlen —war sanft. Zurückhaltend. Als ob ich eine Kostbarkeit war. "Bei den Göttern verdammt, Niobe, ich kann nicht mehr warten."

Ich biss meine Lippe. Nickte. Mein Hintern glühte und schmerzte an der Stelle, wo er aufs Bett presste, die zusätzliche Hitze aber verstärkte nur meinen Sinnesrausch.

Er stützte eine Hand neben meinem Kopf ab und presste seine Stirn gegen meinen Bauch. Dann atmete er tief ein. "Ich kann meinen Samen nicht mehr in dir riechen."

Er knurrte, fand meine Mitte und stieß ohne Vorwarnung seine Finger in mich hinein. Ohne Vorspiel. Ein flagranter, aggressiver Stoß der Vereinnahmung. Ich schnappte nach Luft und drückte den Rücken durch. Ich wollte mehr.

Er ließ seine Finger in meinen Körper ein und aus gleiten und sprach weiter, während er mich fickte: "Wenn du mit dieser schicken Vizeadmiraluniform rausgehst, dann musst du unten drunter mit mir markiert sein. Mit meinem Duft." Seine Finger schlüpften aus mir heraus und er legte sich über mich und positionierte seinen Schwanz an meinem Eingang. Er wartete nicht länger, sondern rammte mit einem Stoß in mich hinein. "Mir."

"Quinn," hauchte ich und meine Knie umklammerten seine Flanken, während meine Pussy sich an seine Größe anpasste.

Er war wie entfesselt und sein Körper bedeckte mich vollständig, als er sich rein und raus bewegte und meine Hände über meinem Kopf fixierte, um mich langsam durchzuficken. Ich dachte, ich würde sterben.

"Immer wenn du in einem dieser Meetings sitzt und deine Truppen kommandierst, wirst du dich daran erinnern, dass du mir gehörst," führte er weiter aus.

Meine Pussy ballte sich um ihn zusammen und ich stöhnte, ich zog ihn enger an mich ran und verschränkte die Beine hinter seinen Hüften. Gott, sein versautes Gerede würde mein Verderben werden.

"Niemand sonst wird dich je so zu Gesicht bekommen."

Ich schüttelte den Kopf, als er anfing immer fester in mich hineinzurammen. Immer schneller. Meine Zehen kräuselten sich und meine Muskeln zitterten, als ob ich dabei war die Kontrolle zu verlieren, und zwar nicht nur über meine Sinne, sondern über jeden Muskel und jede Faser meines Wesens.

Er hielt meine Handgelenke in einer Hand geschlossen und benutzte die andere Hand um damit mein Knie weit nach außen zu drücken und meinen Körper noch weiter zu öffnen, sodass er tiefer gehen konnte und jedes Mal, wenn er in mir auf Grund stieß gegen meinen Kitzler scheuerte. Er bewegte sich mit maschinenartiger Präzision. Schnell. Tief. Immer und immer wieder ...

"Willst du kommen?"

"Ja." Die Antwort war über meine Lippen gekommen, noch ehe ich seine Frage verarbeitet hatte. Ja lautete meine Antwort auf ihn. Ja, und zwar zu allem. Ich brauchte ihn. Ja.

"Dann bitte darum."

Ich leckte mir die Lippen und wölbte mich nach oben, als er tief in mich eindrang. Ich stand so kurz davor, und zwar seit ich mich gegen die Wand gestützt und er den Mund auf mir aufgelegt hatte. Ich dachte daran, dass er darauf gewartet hatte, bis ich vor ihm auf die Knie ging und der bloße Gedanke trieb mich über die Schwelle. Ich liebte es, die Kontrolle abzugeben. Ich liebte es, alles andere zu vergessen und nur noch ihn zu sehen. Nur noch ihn zu hören. Ihn zu riechen. Ihn zu *spüren.* "Bitte, Quinn. Ich möchte kommen."

Seine Hand schlüpfte zwischen uns und strich über meinen Kitzler. "Jetzt."

Das war alles. Ein Wort. Sein Befehl. Ich gehorchte.

Und als ich so tat, versank ich in Wonne. In Ekstase, die bunte Lichter hinter meinen Augenlidern aufflackern ließ. Die mich seinen Namen kreischen ließ. Meine Pussy krampfte und pumpte ihm den Samen aus den Eiern. Sein Schwanz wurde größer, verspannte sich, schwoll noch ein Stückchen an und explodierte schließlich in meinem Schoß. Und während all dessen ließ er nicht mehr von mir ab, seine Macht und Kontrolle waren wie ein Balsam, von dem ich gar nicht geahnt hatte, wie sehr ich sie nötig hatte, aber meine Seele trank ihn aus, als wäre ich jahrelang am Verdursten gewesen.

Vertrauen. Das hier war Vertrauen und ich hatte nie wirklich irgendjemandem vertraut.

Der Duft seines Samens, meiner Erregung und der Fickgeruch stiegen mir zu Kopf. Er hatte recht. Ich würde nach ihm riechen. Noch lange nachdem ich meine Uniform angelegt hatte, würde ich meinen stechenden Arsch, meine dicke Pussy und die hemmungslose Ekstase meiner Erleichterung spüren.

Für den Moment aber genoss ich es einfach, mit Quinn zusammen zu sein, genoss ich es eine Frau zu sein, die sich verliebt hatte.

Ich war einfach nur Niobe.

12

Q uinn, *Koalitionsakademie, drei Tage später*

MEINE PARTNERIN WAR BESCHÄFTIGT. SIE war immer beschäftigt. Sie hatte ein Meeting nach dem anderen, sie musste Kadetten und Ausbilder disziplinieren und empfing einen endlosen Strom von Koalitionsmitarbeitern, die frisch von der Front kamen und von den neuesten Kampftechniken berichteten.

Ich hatte sie in ein paar abgeschlossene Klassenzimmer gezerrt, sie über ein oder zwei Schreibtische gebeugt und sie daran erinnert, wer das Sagen hatte ... aber so langsam bezweifelte ich, ob sie mir in dieser Hinsicht überhaupt zuhörte.

Ich spazierte übers Gelände und beobachtete von einer der Kontrollstationen aus die Kampfsimulationen der Kadetten. Sie waren verdammt gut. Präzise. Die Akademie sollte die Krieger auf den Kampf vorbereiten und wenn es darum ging die Umgebung und Terrains nachzubilden, auf denen die Flotte Tag für Tag kämpfte, so leistete sie verdammt gute Arbeit. Aber zuzusehen, wie die Kadetten brüllten und feuerten und sich scheinbar gegenseitig umbrachten, war alles andere als unterhaltsam. Zumindest nicht für mich. Zu sehr erinnerten mich die Geräusche an Dinge, die ich am liebsten vergessen hätte. Ich hatte mehr als genug Kämpfe gesehen, mehr als genug vom Tod.

Ich gehörte nicht zur Koalitionsflotte. Ich musste nicht hier sein. Technisch betrachtet unterstand ich den Herrschern von Everis und niemandem sonst. Ich hatte eine Einheit zusammengestellt und wir hatten der Koalition gedient, hatten unseren Beitrag geleistet. Der Nexus aber hatte meine gesamte Einheit ausgelöscht. Ich war als einziger übriggeblieben und ich konnte entweder eine neue Jägereinheit zusammenstellen, mich einer anderen Einheit anschließen oder mich dauerhaft für etwas anderes entscheiden.

Ich konnte hier auf Zioria bleiben. Allerdings widerstrebte mir die Vorstellung, wie ein längst überfälliger Gast übers Gelände der Koalitionsakademie zu wandern.

Ich gehörte nicht hierher. Ich wurde zwar geduldet und hin und wieder angesprochen, ansonsten aber ignorierte man mich weitgehend. Ich war kein Teil dieses Apparats. Das hier war weder mein Planet, mein Volk noch mein Leben.

Ich wollte Niobe mit mir nach Everis nehmen. Dort hatte ich ein Zuhause. Familie. Ich könnte sie im Familienanwesen unterbringen und Missionen annehmen, sobald es sich anbot. Sie würde in Sicherheit sein, während ich meinen Job machte.

Ich war ein gut aufgestellter Elitejäger und wurde auf jedem Koalitionsplaneten respektiert.

Und dennoch konnte ich nicht einmal über meine eigene Frau bestimmen. Ich konnte sie nicht beschützen. Konnte nicht für sie sorgen oder sie vor Gefahren abschirmen, wie es eigentlich hätte sein sollen. Ich konnte sie zwar im Schlafzimmer bezwingen, aber sobald sie ihre Vizeadmiraluniform wieder angelegt hatte, gehörte sie nicht länger mir.

Sie gehörte *den anderen*. Jedes

einzelne Subjekt, das auf diesem Planeten eintraf, verlangte nach ihrer Aufmerksamkeit. Jeder hier benötigte sie, damit sie Entscheidungen für sie traf und den Laden am Laufen hielt. Und bei den Göttern verdammt, ich war stolz auf sie. Vizeadmiralin Niobe war eine hartgesottene, unbestechliche Befehlshaberin. Sie duldete keinen Ungehorsam, zeigte nur selten Emotionen und behielt immer, aber wirklich *immer* ... die Oberhand.

Und sie so zu sehen trieb mich fast in den Wahnsinn. Ich kannte die echte Niobe, jene Frau, die vor mir kniete und vor Verlangen zitterte. Die Partnerin, die vor mir über den Boden kroch und darum flehte endlich kommen zu dürfen, die ihre Beine um mich schlang und mich küsste, als würde sie nie mehr aufhören können.

In meinem Geiste hatten sich diese beiden Versionen von ihr den Krieg erklärt und obwohl ich sie logisch betrachtet miteinander versöhnen konnte, so verlangte mein Instinkt, dass ich sie über die Schulter warf und mit ihr davonrannte.

Elitejäger waren bekanntermaßen primitiv. Besitzergreifend. Beschützend.

Und ich hatte eine Partnerin, die nicht gestattete, dass ich von ihr Besitz ergriff und sie verteidigte.

Die Situation war dabei mich zu zerreißen und ich sah keine Lösung. Ich würde niemals von Niobe verlangen, dass sie ihren Posten aufgab. Sie war gut. Verdammt gut. Die Koalitionsflotte brauchte sie.

Aber ich brauchte sie auch. Mehr als die Hälfte der Zeit blieb sie hinter verschlossenen Türen verschanzt und ich konnte nicht zu ihr. Konnte sie nicht sehen. Die Tatsache, dass ich ein Jäger war, war meine einzige Rettung, denn immerhin konnte ich sie riechen. Ich konnte ihr Herz schlagen hören und hatte die Gewissheit, dass sie wohlauf war. Aber sie war immer noch außer Reichweite. Und jedes Mal, wenn ich sie durchnahm, sie mit meinem Samen füllte und mit meinem Duft markierte, wurde meine Obsession stärker. Dabei war Obsession noch zu gelinde ausgedrückt.

Und dennoch konnte ich mich einfach nicht mit der Vorstellung anfreunden, selber in den Ruhestand zu gehen, meine Pflichten als Jäger aufzugeben und ein ruhiges ziviles Leben zu führen. Ich würde den Verstand verlieren, wenn ich wie ein unnützes Schoßhündchen in Niobes Haus herumsitzen würde. Rumsitzen und herumschleichen entsprach zwar ebenso wenig meinem Wesen, die letzten paar Tage aber hatte ich kaum etwas anderes getan. Ich war launisch wie ein pubertierender Jugendlicher.

Ich konnte sie nicht beschützen und ich konnte auch nicht einfach gehen und das Ganze war zum aus-der-Haut-fahren.

Also fickte ich sie. Feste. Ich gab ihr das einzige, was ich ihr geben konnte, nämlich Vergnügen. Orgasmen. Eine kurze Verschnaufpause von ihren Pflichten dem Rest des Universums gegenüber. Und in der Zwischenzeit? Versuchte ich jedem Kadett, Ausbilder oder Besucher, der mich anquatschte nicht den Kopf abzureißen. Ich war zu aufgekratzt, um höflich zu bleiben und der Drang meine Partnerin zu beschützen trieb mich an die Grenzen meiner legendären Selbstbeherrschung.

Einige Jagden im Hive-Gebiet waren mir leichter gefallen, als sie Tag für Tag hinter ihrer geschlossenen Bürotür verschwinden zu lassen. Jeden. Verdammten. Tag.

"Elitejäger Quinn?" Ein junger Kadett kam vom Verwaltungsgebäude auf mich zu gejoggt, wo Niobe—in diesem Moment—mit acht Atlanischen Kriegsfürsten in einem Büro hockte und Atlanische Trainingsmethoden erörterte.

Noch mehr Geheimnisse. Noch mehr Details, von denen ich eigentlich nichts mitbekommen sollte, die ich aber deutlich hören konnte.

"Ja?" Ich drehte mich zu dem jungen Mann um. Er war Prillone und schien kaum alt genug zu sein, um in den Krieg zu ziehen. Vielleicht wurde ich auch einfach nur alt.

"Vizeadmiralin Niobe hat angeordnet, dass Sie sich sofort beim Transport melden sollen, Sir." Das *Sir* fügte er als Zeichen des Respekts hinzu, nicht, weil das Koalitionsprotokoll es verlangte. Technisch betrachtet war ich kein Mitglied der Koalitionsflotte. Ich hatte keinen offiziellen Dienstrang. Kein Freigabelevel für Geheimdienstangelegenheiten. Kein Recht, meine Partnerin bei ihren Meetings zu begleiten. Kein Recht, sie zu beschützen.

Aber genau das wollte ich. Beschützen, was mir gehörte.

"Die Vizeadmiralin sagt, dass ich mich melden soll?" Sie hatte das Kommando über den gesamten Planeten inne, aber die Vorstellung sorgte bei mir trotzdem für Verdruss. Ich gehörte nicht zur Koalition. Ich unterstand nicht ihrem Befehl. Sie gehörte *mir*.

"Ja, Sir. Sie sagte, es sei dringend."

Scheiße. Mein Ärger verpuffte sofort. Was sonst hätte die diesem Kadett schon sagen sollen? Richte Elitejäger Quinn aus, dass er sich bitte im Transportraum einfinden soll? Nee. Das war nicht ihre Art. Sie war ein Vizeadmiral. Sie würde ohne nachzudenken ihrem Kadett einen Befehl erteilen. Erst recht, wenn die Angelegenheit dringend war. Ich musste mich gefälligst zusammenreißen, sobald es um meine Partnerin ging. Ich war total irrational. Seit ich sie getroffen hatte, war ich wie ausgewechselt. Scheiße, ich war ein mentaler Jammerlappen. Zum Glück war ich kein Atlane mit einer inneren Bestie. Dieser Beschützerdrang wäre ansonsten mein Ende gewesen ...

"Danke, Kadett."

Der junge Prillone nickte und rannte

in dieselbe Richtung zurück, aus der er gekommen war. Es war dringend?

Mein Herz setzte einen Schlag aus und Tage der Frustration schäumten an die Oberfläche, als ich daran dachte, dass meine Partnerin in Gefahr sein könnte.

Ich rannte los und erreichte das Gebäude, noch ehe der Kadett den halben Weg zurückgelegt hatte. Ich bewegte mich blitzschnell und binnen Sekunden war ich an Niobes Seite. Mein Puls hämmerte und mein gesamter Körper tobte mit dem instinktiven Drang meine Partnerin zu beschützen.

"Niobe? Alles in Ordnung?" Meine Stimme hallte an den Wänden des Transportraumes wider, als ich neben ihr zum Stehen kam. Sie unterhielt sich gerade mit einem Prillonen, den ich bereits aus einer früheren Mission vor einigen Jahren in Erinnerung hatte. Sein Anblick tat nichts, um meine Stimmung aufzuhellen. Wo immer er sich aufhielt, war der Ärger nicht weit entfernt. "Doktor Helion."

Der Prillonische Doktor musterte mich einen kalten, berechnenden Moment lang, ehe er mir ein kaum merkliches Kopfnicken zugestand: "Elitejäger Quinn. Herzlichen Glückwunsch zu Ihrer Verpartnerung mit Vizeadmiralin Niobe."

Das hatte ich weder erwartet, noch kümmerte ich mich um seine guten Wünsche. Scheiß drauf. Ich hätte es vorgezogen, dass er sich so weit wie möglich von meiner Partnerin fernhielt. Und mir extra ihren Rang unter die Nase zu reiben? Was zum Teufel sollte das bitte? Wollte er mich schelten wie ein kleines Kind? "Was machen Sie hier, Doktor?"

Der Doktor blickte kurz von mir zu Niobe; er schien ihren Segen einholen zu wollen. Erst als meine Partnerin nickte und dem Doktor die *Erlaubnis* erteilte fortzufahren, tat er so. Es kam direkt zur Sache: "Ich bin hierhergekommen, um mit der Vizeadmiralin über den Nexus, den sie auf Latiri 4 beschaffen konnte, zu sprechen."

Beschaffen konnte. Alles klar.

"Und?" Was hatten sie mit dem blauen Mistkerl angestellt? Ich konnte nur hoffen, dass sie ihn lebendig seziert hatten.

"Es steht mir nicht frei, unsere Ergebnisse mit Ihnen zu besprechen. Sie verfügen nicht über das notwendige Freigabelevel beim Geheimdienst."

Und das war's. Ich blickte zu Niobe und das Bedauern in ihrem Blick war völlig unerwartet; aber sie hatte nicht die Absicht mir mehr zu verraten.

Pflichten. Regeln. Befehle. Geheimdienstfreigaben. Aber dieser Blick bedeutete, dass sie nicht guthieß, dass er sich vorsätzlich wie ein Arschloch aufführte.

Meine Partnerin war dermaßen in Regulationen und Protokolle verwickelt, dass sie ebenso gut auch eine Maschine hätte sein können. Aber sie liebte diese Regeln, die Struktur. Das hatte sie mir sogar gesagt. Die Koalitionsflotte gab ihr ein Gefühl der Zugehörigkeit und erlaubte ihr, selbstbewusst mit ihren Fähigkeiten umzugehen. Diese Ordnung in ihrem Alltag benötigte sie genauso sehr, wie sie mich benötigte, um Ordnung und Dominanz im Schlafzimmer zu schaffen.

Aber ich war ein Elitejäger. Wir operierten unabhängig und außerhalb des Regelgefüges und diese Strukturen und Protokolle waren irgendwie beengend. Sie erstickten mich. Es war verdammt schwer damit umzugehen, wenn Arschlöcher wie Doktor Helion wie ein Holzhammer auf einen Dorn im Boden auf mich einschlugen und alles daran setzten, dass ich mich ihnen fügte.

Wie sollte ich verdammt nochmal Niobe beschützen, wenn ich die halbe Zeit über gar nicht wusste, wo sie war? Wenn ich keine Ahnung hatte, mit wem sie sich gerade traf, worüber sie sich unterhielten oder was sonst noch so in ihrem Leben los war?

Im Bett, nackt, gehörte sie mir.

Aber die restliche Zeit? Sie gehörte ihnen. Zu *ihm*. Zu Doktor Helion und den Kadetten und tausenden weiteren, die dahinter aufgereiht waren.

Ich schluckte meinen Ärger runter und konzentrierte mich auf meine Partnerin; den Doktor ignorierte ich dabei völlig. "Der Kadett meinte, du brauchst mich hier?" Ich sagte nicht *er hat mir befohlen*. Nicht vor Dr. Tod und Chaos.

"Ja. Ich muss in die Geheimdienstzentrale gehen. Sobald Kriegsfürst Gram eintrifft, werden wir transportieren. Ich wollte nicht, dass du dir Sorgen machst, wenn ich nicht zum Abendessen komme."

Zur Geheimdienstzentrale? Wo zum Teufel war das? Ich fragte nicht einmal nach. Sie würden es mir sowieso nicht verraten.

"Wann bist du wieder zurück?" Ich

konnte ihr nicht verbieten, ohne mich zu gehen. Bei den Göttern verdammt, ich wollte es, aber mir war klar, dass das nicht in meiner Macht stand.

Sie blickte kurz zu Doktor Helion rüber und er lieferte eine Antwort, die mir gar nicht gefiel: "Ich bin nicht sicher. Weniger als einen Tag."

Scheiße. Scheiße. Scheiße. "Können Sie ihre Sicherheit garantieren?"

Er starrte mich an, wich aber nicht zurück.

"Ich sagte, können Sie ihre Sicherheit garantieren?"

"Quinn." Niobe legte ihre Hand auf meine Brust und stemmte sich sanft dagegen, damit ich von dem sehr viel größeren Prillonen wegging. Er war groß, aber er war auch langsam. Ich konnte ihm in einer Bruchsekunde den Garaus machen.

"Quinn!" Niobe rief meinen Namen und der rote Dunst meiner besitzergreifenden Rage klärte sich wieder. Das war nicht hinnehmbar.

Mein Mangel an Selbstbeherrschung war nicht hinnehmbar. Die tägliche Trennung zwischen mir und meiner Partnerin war nicht hinnehmbar. Nicht in der Lage zu sein meine Partnerin zu beschützen fraß sich wie ein Schmauchfeuer durch meine Psyche. Ein Funke, und der Elitejäger in mir würde in Flammen aufgehen. Meine Partnerin beschützen. Das war das einzige, woran ich denken konnte.

Ihre Unterwerfung war das Schönste überhaupt. Wie ein Geschenk hatte sie sich mir überreicht. Meine Dominanz über sie milderte die Herausforderung, die ihre Rolle als Vizeadmiralin für mich darstellte, aber nicht—*nichts*—würde meinen Beschützerdrang mildern können.

Doktor Helion wandte sich ab, er brach den Augenkontakt und distanzierte sich ein gutes Stück von ihr. Den Göttern sei Dank schien er eine vage Vorstellung von dem zu haben, was gerade in mir vorging, denn sobald er weit genug weg war und meine Instinkte mir sagten, dass er keine Bedrohung mehr darstellte, konnte ich wieder klar denken. Ich zog Niobe in meine Arme und vergrub mein Gesicht in ihrem Haar. Atmete sie ein. Beruhigte die tobende Kreatur in mir, die nur noch jagen wollte. Die alles und jeden töten wollte, der ihr zur Gefahr wurde. "Niobe. Nein. Ich kann dich nicht beschützen, wenn du gehst."

"Ich muss gehen. Ich werde sicher sein. Versprochen."

"Ich komme mit."

Sie schüttelte den Kopf und ihre Wange scheuerte gegen meine Brust, aber wenigstens ließ sie sich in der Öffentlichkeit von mir in die Arme nehmen. Ich musste ihre Nähe spüren und mich wieder beruhigen. Ich musste mich vergewissern, dass sie sicher war. Außer Gefahr. In meinen Armen. "Das geht nicht. Wir gehen in eine gesicherte Geheimdiensteinrichtung. Keine zwölf Leute wissen, dass dieser Ort überhaupt existiert. Du musst mich gehenlassen."

"Ich kann nicht." Ich war nicht dabei zu übertreiben oder sie anzulügen. Meine Elitejägerinstinkte hatten buchstäblich die Kontrolle über meinen Körper übernommen. Ich konnte sie nicht gehenlassen. Die *Kreatur* in mir wusste, dass sie mich verlassen würde, wenn sie gehen sollte und packte plötzlich zu wie ein Tier.

Scheiße. Langsam kam *ich* mir vor wie ein Tier. Eine Bestie. Ich hatte zwar kein Paarungsfieber, wie ein verfickter Atlanischer Kriegsfürst, aber genau wie der war ich dabei, die Kontrolle zu verlieren, und zwar weil ich meine Partnerin nicht beschützen konnte.

Ich konnte nicht nachvollziehen, wie Seth oder Dorian es fertigbrachten, Chloe auf Mission gehen zu lassen. Sie war eine Kommandantin und damit ranghöher als die beiden. Karters Partnerin war zwar nicht in der Koalition, aber sie kümmerte sich um die Zivilisten einer gesamten Kampfgruppe. Wie schafften sie es, das auszublenden? Wie schafften sie es nicht den Verstand verlieren? Aber keiner von ihnen hatte eine Vizeadmiralin als Frau. Ich war dabei verrückt zu werden. Meine zwanghaften Gedanken darüber, sie beschützen zu wollen waren der Beweis.

Niobe befreite sich aus meiner Umarmung und ich sammelte meine gesamte Willenskraft und über Jahre angehäufte Disziplin, um sie gehenzulassen.

Ich sah zu, wie sie auf die Transportplattform stieg, wo Doktor Helion und Kriegsfürst Gram sich an ihre Seite gesellten. Ich sah zu, wie sie dem Transporttechniker zunickte.

"Initiieren sie den Transport."

"Jawohl, Vizeadmiral." Der Techniker machte sich an die Arbeit.

Ich sah zu, wie meine Partnerin, mein Leben, mein Herz in meiner Brust verschwanden ... und ich hatte keine Ahnung, wohin sie unterwegs war.

Das war nicht hinnehmbar. Es wurde Zeit, dass ich aufhörte mich zu beschweren und rumzujammern. Schluss mit diesem Scheiß.

Es wurde Zeit aktiv zu werden und meine Partnerin zu beschützen.

13

Quinn, Prillon Prime, Privatbüro von Prime Nial

DIE SECURITY AUF PRILLON PRIME WAR eine Herausforderung. Ich musste mich an nicht weniger als sieben Wachleuten vorbeischleichen und zwei weitere außer Gefecht setzen, um dieses Zimmer zu erreichen. Die Wachleute würden später mit massiven Kopfschmerzen aufwachen, das war aber schon alles.

Ich war nicht nach Prillon Prime gekommen, um Ärger zu machen oder irgendjemandem wehzutun. Im Gegenteil.

Und ich würde mit Prime Nial reden, ob er nun einverstanden war oder nicht. Auf diplomatischem Wege hatte ich es bereits versucht, allerdings ohne Erfolg. Ein normaler Everianischer Jäger war für ein Treffen mit dem mächtigsten Mann in der Galaxie wohl nicht erlaucht genug. Mir war unmissverständlich mitgeteilt worden, dass er zu *beschäftigt* war.

Zum Teufel damit. Ich hatte keine Zeit für billige Ausreden. Meine Partnerin war mit diesem Doktor Helion da draußen und machte gerade Gott weiß was. Allein. Ohne ihren Partner, um auf sie aufzupassen.

Ohne mich.

Also hatte ich mir eines von Niobes mobilen Transportpflastern besorgt. Ein Transportpflaster der Vizeadmiralin.

Dafür könnten sie mich ebenfalls abstrafen.

Oder sie könnten es versuchen. Zuerst müssten sie mich allerdings schnappen und mit dem aktuellen Kriegerkontingent des Primes bräuchten sie drei Dutzend Männer mehr, um überhaupt eine Chance zu haben. Mindestens. Ich war nicht nur ein Elitejäger, nein, ich war hier um meine Partnerin zu beschützen.

Sie müssten mich schon töten, um mich davon abzuhalten.

Wie ein Schatten pirschte ich mich voran, als ich mich mit dem Domizil des Primes vertraut machte. Ich konnte die Männer im Haus riechen. Einer davon musste sich gerade bei ihrer Partnerin aufhalten, einer Frau namens Jessica, die von der Erde kam. Der andere? Wut und Frustration lagen in der Luft und die Stressreaktion seines Körpers war zumindest für mich deutlich wahrnehmbar. Der Geruch kam aus einem kleinen Zimmer, das sich neben einer Art Bibliothek befand, in der alte historische Bände und vererbte Militärdevotionalien die Wände säumten.

Die Panzerung seines Vaters. Die seines Großvaters. Im Kampf gezeichnet und angesengt. Die Familie Deston war unter dem Volk der Prillonen legendär und Prime Nial war ohne Zweifel ein nicht zu unterschätzender Krieger. Aber ich war mehr als bereit, es mit ihm aufzunehmen.

Ich näherte mich der Tür und schob sie langsam auf. Drinnen würde ich Prime Nial vorfinden. Allein.

Auf dem Boden schimmerte Prillonisches Holz. Große Fenster gewährten einen spektakulären Ausblick auf die Stadt und erinnerten den Anführer an all jene, deren Leben er von diesen vier Wänden aus regierte. Und der Mann selbst ... reichlich über zwei Meter groß, breitschultrig und imposant.

Ich war völlig lautlos, dennoch erstarrte seine Hand auf halbem Wege über einem Bericht und er blickte auf. Ansonsten blieb er regungslos. Er nahm sich Zeit mich von Kopf bis Fuß zu mustern und meine Absicht einzuschätzen. Er hatte einen guten Instinkt, denn er legte den Bericht beiseite und zog ungeduldig eine Augenbraue hoch. Er war mir vom ersten Moment an sympathisch.

"Wer zum Teufel sind Sie," grollte er leise.

"Elitejäger Quinn, Prime Nial. Ich entschuldige mich für den Zustand Ihrer Leibwächter." Vom Untergeschoss konnte ich hören, wie der andere Mann sich regte und ich fragte mich, was mich verraten hatte. Dann erinnerte ich mich an die Prillonischen Paarungshalsbänder. Ein Moment der Aufregung bei Prime Nial würde sofort seinen Sekundanten alarmieren und er würde ihm zur Hilfe eilen und ihre Partnerin verteidigen.

Prime Nial mochte zwar einen gemäßigten, vernünftigen Ruf genießen, sein Sekundant aber, eine Bestie von einem Mann namens Ander, wurde überall gefürchtet und ich hatte gehört, dass der Krieg bei ihm sprichwörtlich tiefe Narben hinterlassen hatte und er Prime Nials Feinden die Hölle heiß machte.

Ich fürchtete mich nicht vor Prillonischen Kriegern oder ihren Narben. Trotzdem, ich war kein Idiot. Ich musste mich beeilen. Prime Nial allein gegenüberzutreten war eine Sache. Ich hatte keine Lust, mein Anliegen noch jemand anderes vorzutragen. Ander war für meine Mission völlig irrelevant.

Ich blieb stehen und wartete, damit der Prillonische Anführer entschied, was er mit mir anfangen wollte; ich würde schließlich nicht vollkommen respektlos daherkommen. Unangekündigt in sein Haus einzubrechen war schon genug, um eine saftige Strafe zu verdienen.

Aber das würde mich nicht aufhalten. In der Basis auf Latiri 4 war ich bereits durch die schlimmste aller Höllen gegangen. Ein Koalitionsknast würde im Vergleich dazu wie ein Ferienhotel aussehen. Und Niobe war dieses Risiko wert.

Er stellte sich vor seinen Schreibtisch, und zwar nachdem er bereits beschlossen hatte, dass ich keine Gefahr für ihn darstellte. Ich war nicht sicher, ob ich beleidigt sein oder einfach davon ausgehen sollte, dass der Ruf der Elitejäger mir vorausgeeilt war und Prime Nial aus diesem Grund annahm, dass ich ihm nicht schaden wollte.

"Mir ist bekannt, dass Elitejäger schnell sind, aber an meinen Leibwächtern vorbeizukommen ..." Er schüttelte den Kopf und setzte sich auf die Kante des großen Schreibtischs. Sicherlich hatte er noch ein Kontingent Wachleute auf Abruf. Hätte ich aber die Absicht gehabt den Prime zu ermorden, dann hätte ich es bereits getan. "An wie vielen haben Sie es vorbeigeschafft?"

Ich rechnete nochmal nach. "Neun."

"Sie leben noch?"

"Natürlich."

Er nickte. "Beeindruckend."

Ich erwiderte nichts darauf, denn jetzt war irgendwie nicht der richtige Zeitpunkt, um auf Komplimente einzugehen.

"Sollte ich einfach nur beeindruckt sein oder soll ich mein Security-Team feuern?"

Seine Krieger waren nicht schuld daran, dass ich hier aufgetaucht war. "Bei allem Respekt, Prime Nial, aber ich bin ein Elitejäger mit fast zwanzig Jahren Erfahrung unter dem Gürtel. Ihre Männer waren bereits bewusstlos, ehe sie überhaupt mitbekommen haben, dass ich da war."

Sein intaktes Auge—das Linke war von den Hive-Integrationen komplett silber—weitete sich. "Warum sind Sie hier in meinem Haus, Elitejäger? Ich hoffe, Sie haben eine gute Erklärung dafür."

"Vizeadmiralin Niobe ist meine Partnerin."

Seine ernste Miene lockerte sich sogleich und ein Lächeln huschte über sein Gesicht. Er stand sofort auf und kam auf mich zu, um mir auf die Schulter zu klopfen: "Ich hatte noch nicht von dem Match gehört. Herzlichen Glückwunsch."

Ich nickte und erwiderte das Lächeln. *Ich* war überaus zufrieden und scheute mich nicht davor es zu zeigen.

"Aber das erklärt nicht ihren illegalen und unbefugten Zutritt in mein Zuhause, oder ihren nicht genehmigten Transport."

"Eigentlich erklärt es das schon, Sir."

Er ließ sich auf einen der beiden Stühle fallen, die für Besucher bestimmt waren. Die alles andere als formelle Position linderte meine Befürchtung, ich könnte abgeführt werden, ehe ich meine Bitte vortragen konnte.

"Dann schießen Sie los." Er deutete auf den anderen Stuhl.

Weil wir beide groß waren—und er noch viel größer als ich—, waren die Stühle zu nah beieinander. Also schob ich meinen ein Stück zurück. "Sie sind selber verpartnert." Ich blickte kurz auf sein rotes Halsband. "Sie würden Ihre Partnerin um alles in der Welt beschützen wollen."

Ich formulierte es nicht als Frage, denn hätte ich so getan, dann hätte ich nicht nur den Prime beleidigt, sondern jeden verpartnerten Prillonen. Nicht besonders clever.

"Absolut. Lady Deston ist mein Ein und Alles. Und Ander geht es genauso."

"Wie würde es ihnen ergehen, wenn ihre Partnerin ein Vizeadmiral wäre und außerdem beim Geheimdienst dienen würde?"

Er rieb sich den Kiefer und musterte mich. Ich konnte nachvollziehen, warum er Prime geworden war. Er war vernünftig und bedacht. Rücksichtsvoll, aber sehr wahrscheinlich auch skrupellos. Die Beschreibung klang verdammt stark nach Niobe.

"Sie ist sehr wichtig für mich, für die Koalition." Seine Lobeshymne auf meine Partnerin ließ mich hoffen, dass er auf meine Forderungen eingehen könnte.

"Sie ist beim Geheimdienst. Sie ist eine Beauftragte der Koalition. Mit Doktor Helion arbeitet sie an streng geheimen Programmen," erklärte ich, als ob er das nicht bereits wüsste.

"Ich verstehe." Der Prime stützte die Ellbogen auf die Knie und musterte mich: "Sie können sie nicht so beschützen, wie Sie gerne wollen."

Und clever war er auch noch.

"Ich nehme an, Sie wissen, was auf Latiri 4 geschehen ist, als die Vizeadmiralin eine Nexus-Einheit gefangengenommen und transportiert hat?"

"Ja. Das sind streng geheime Informationen, aber da Sie selber dabei waren, kann ich Ihnen wohl nicht übelnehmen, dass sie es ansprechen."

"Ich war dabei. Der Mistkerl hat mich über eine Woche lang gefoltert, er hat meine Einheit getötet und mich dabei zusehen lassen."

Er seufzte und mir wurde bewusst, dass ich abgeschweift war, wenn auch nur eine Sekunde lang.

"Ich bedaure den Verlust Ihrer Einheit."

Ich nickte. Dem war nichts hinzuzufügen. "Da ich als einziger überlebt habe, befinde ich mich ... zwischen zwei Einsätzen. Meine Einheit ist weg. Ich habe lange genug meinem Planeten und der Flotte gedient. Niobe —Vizeadmiralin Niobe—ist nicht nur meine Partnerin. Sie ist jetzt mein Job. Meine *Mission*."

"Quinn, sie sind ein Elitejäger. Sie unterstehen nicht meinem Befehl. Technisch betrachtet gehören sie nicht zur Koalition. Was wollen Sie von mir?"

"Ich möchte Vizeadmiralin Niobe

dauerhaft als ihr persönlicher Assistent zugewiesen werden. Ich möchte dorthin gehen, wo sie hingeht. Ins Hauptquartier des Geheimdiensts. In die Akademie. Auf jedes Meeting, jede Mission. Nur so kann ich sie beschützen."

"Sie sind den Everianern unterstellt. Und nicht mir."

"Dann erkennen sie mir den Elitejägerstatus ab. Weisen Sie mir eine Kommission in der Koalitionsflotte zu. Geben Sie mir die nötige Befugnis, damit ich meine Partnerin begleiten kann."

Er zog überrascht die Augenbrauen hoch: "Warum sollte ich das tun?"

"Wie gesagt, Niobe ist meine Mission, und zwar bis zu meinem letzten Atemzug. Machen sie mich zu ihrem persönlichen Leibwächter. Wo sie hingeht, gehe ich auch hin."

"Und wenn ich mich weigere?"

Jetzt war ich an der Reihe, ihn zu mustern und abzuschätzen, ob er eine Gefahr für meine Partnerin darstellte. Er war das Mittel zum Ziel, einer Lösung, die mich und meine Partnerin glücklich machen würde. Aber sollte er ablehnen? "Dann werde ich einen anderen Weg finden, aber ich werde sie begleiten. Ich werde sie beschützen. Ich habe keine andere Wahl. Die jetzige Situation kann ich nicht hinnehmen. Ich kann nicht einfach zusehen, wie sie sich allein und schutzlos in Gefahr begibt."

"Sie wird von der Koalition beschützt, von bestens qualifizierten Kriegern und ausgebildeten Geheimdienstmitarbeitern."

"Und keiner davon wird sie so beschützen wie ich, und das wissen Sie."

Darauf grinste er und ich entspannte mich leicht. Langsam glaubte ich sogar, dass ich mit meiner Forderung durchkommen würde.

"Sie würden nicht länger den Elitejägern angehören. Nie mehr. Sie würden nicht länger Everis antworten, sondern einem hochrangigen Koalitionsoffizier." Als ich bei diesem

Szenario nicht einmal mit der Wimper zuckte, führte er weiter aus: "Sie würden ein Koalitionskämpfer werden, im Rang eines Leutnants. Sind Sie nicht viel zu clever, zu qualifiziert und gut ausgebildet, um eine solche Herabstufung zu akzeptieren? Zum Teufel, Sie würden kaum besser sein als Kadett."

Ich zuckte die Achseln: "Titel bedeuten mir nichts. Sie können mich nennen, wie Sie wollen. Das ändert nichts an meinen Fähigkeiten oder meinem Training. Ich bin ein Elitejäger, und zwar auch ohne Titel. Niemand kann meine Partnerin besser beschützen als ich. Ich muss Niobe dienen. Aber um das zu tun, muss der Rest der Koalitionsflotte mich als ihren Beschützer anerkennen. Ich werde Niobes Befehlen Folge leisten ..."

"Und meinen." Seine Anfrage war klar und kompromisslos. Aber ich vertraute darauf, dass er nichts von mir verlangen würde, das ich nicht akzeptieren konnte. Er war ein vernünftiger Typ.

"Einverstanden."

Das Schweigen zog sich in die Länge und wir blickten uns an. Sein Silberauge war irgendwie unheimlich. Seltsam. Aber ich bezweifelte nicht, dass er alles sehen konnte. Vielleicht sogar noch mehr. "Sie brechen in mein Haus ein, setzen meine Wachleute außer Gefecht und verlangen mit mir zu sprechen und obendrein glauben Sie, dass ich Sie noch belohnen soll und Sie genau das bekommen, was Sie wollen?" konterte er.

"Ja." Ich hielt seinem Blick stand, damit er es auch verstand. "Hören Sie. Ich kann damit umgehen, dass sie eine Vizeadmiralin ist. Sie ist clever und geschickt. Ich zweifle nicht im geringsten an ihren Fähigkeiten oder ihrer Weisheit. Ich bin stolz, dass sie es so weit gebracht hat. Ich bin stolz auf sie, stolz, dass sie meine Partnerin ist." Ich seufzte und versuchte meine verkrampften

Schultern zu entspannen. "Aber ich kann nicht hinnehmen, dass sie sich in Gefahr begibt. Die Vorstellung, dass sie einfach ohne mich aufbricht, treibt mich in den Wahnsinn. Ich muss sie beschützen." Ich beugte mich vor und blickte unnachgiebig. Ich würde keinen Rückzieher machen, nicht in dieser Sache. Es ging um meine Zukunft. Um die Sicherheit meiner Partnerin. "Geben Sie mir den Auftrag. Machen Sie mich zum Koalitionsoffizier. Geben Sie mir die nötige Befugnis, um an ihrer Seite zu sein. Ich bin meiner Partnerin, der Koalition, dem Fortbestand und der Sicherheit aller Mitgliedswelten gegenüber loyal. Ich habe mich bereits mehr als bewährt. Ich werde weder sie noch die Flotte verraten. Ich würde niemals Niobe verraten. Machen Sie mich zu ihrem persönlichen Leibwächter. Ich wäre der am besten qualifizierte und gnadenloseste Leutnant, den die Koalition je gesehen hat."

"Wie gesagt, Sie würden ihren Status als Elitejäger verlieren." Die Bemerkung bedeutete, dass er es immer noch in Erwägung zog.

Ich zuckte die Achseln: "Bei allem Respekt, aber wie schon gesagt, das ist mir egal. Machen Sie mich zum Leutnant und weisen Sie mich der Akademie zu, als ihr persönlicher Leibwächter. Wo auch immer sie hingeht, ich folge ihr."

"Und wenn nicht?"

Ich lehnte mich zurück. "Was würden Sie an meiner Stelle tun, als ihr Partner?"

Er blickte mich eindringlich an, ehe er sein Handgelenk an sein Gesicht hob. "Sicherheitscode Nial, Prillon Prime ..." Er rasselte eine Anzahl Prillonischer Codewörter und Phrasen runter, bevor eine Art Computersystem seinen Anruf beantwortete.

"Prime Nial, hier spricht die Kommandozentrale. Wie kann ich ihnen behilflich sein?"

Er blickte zu mir: "Letzte Chance, um es sich anders zu überlegen."

"Auf keinen Fall. Sie gehört mir."

Er grinste tatsächlich, als er weiter sprach: "Elitejäger Quinn vom Planeten Everis wird hiermit als Leutnant in die Koalitionsflotte aufgenommen und wird bis auf Weiteres diese Funktion ausüben. Sein Freigabelevel wird ans Freigabelevel von Vizeadmiralin Niobe von der Koalitionsakademie auf Zioria angeglichen. Er fungiert bis auf Weiteres als ihr persönlicher Sicherheitsbeauftragter und untersteht allein der Vizeadmiralin oder mir persönlich."

Also doch kein rangniederer Offizier, um mich herumzukommandieren, wie ich ursprünglich angenommen hatte.

"Verstanden, Prime Nial. Der Leutnant wird umgehend kontaktiert, um die Freigabecodes und den Zugang zu den Koalitionsressourcen festzulegen. Kann ich sonst noch etwas für Sie tun?"

"Nein, das wäre alles."

"Jawohl, Prime. Guten Abend, Sir."

Sein Gerät verstummte und weniger als eine Sekunde später piepte mein Handgelenk. Ich blickte runter und stellte schockiert fest, dass die Zugangscodes und Links zu meiner neuen Position in der Koalitionsflotte bereits in meinem Kommunikationssystem waren. Ich war jetzt ein Leutnant. Ich würde dorthin gehen, wo meine Partnerin war. Sie beschützen. Für immer.

"Sie schulden mir einen Gefallen, Elitejäger Quinn. Einen vertraulichen Gefallen."

Ich nickte: "Was immer Sie wollen, Sie müssen es nur sagen."

Er schlug sich gerade zufrieden auf die Knie, als es auch schon lautstark an der Tür klopfte: "Nial? Was ist da drinnen los?"

Das musste Ander sein und er klang alles andere als amüsiert. Und dann hörte ich eine Frauenstimme und bemerkte den Duft einer Erdenfrau, der

Niobes Duft ähnelte. Ich war so sehr in mein Gespräch mit Prime Nial vertieft, dass ich meine Umgebung ganz vergessen hatte und mich hinter geschlossener Tür in Sicherheit gewähnt hatte.

"Nial? Alles in Ordnung? Wer ist da? Ich möchte ihn kennenlernen." Die Frau lachte und ihr Tonfall zauberte dem Prime ein sanftes Lächeln ins Gesicht, als sie weitersprach: "Wer auch immer er ist, er ist ein Teufelskerl. Er hat die gesamte Außenwache an der Nordseite und beide Wachen vor der Küche außer Gefecht gesetzt."

Die Tür öffnete sich und vor mir stand der grässlichste Prillonenkrieger, den ich je gesehen hatte. Eine riesige Narbe entstellte mehr als die Hälfte seines Gesichts und seines Halses. Seine Größe war, selbst für einen Prillonen, beeindruckend. Er war größer als Prime Nial und die Hand seiner Partnerin ruhte mit einer zarten Vertrautheit auf seinem Arm, die ich jetzt so sehr vermisste. Ich folgte der femininen Hand und erblickte eine umwerfende Frau neben ihm. Sie hatte langes seidiges Haar und ein verschlagenes Funkeln in den Augen, das mir in den letzten Tagen nur allzu vertraut geworden war.

Die Erde beherbergte scheinbar einen ordentlichen Vorrat an forschen, unabhängigen Frauen.

Ich blieb sitzen, als sie eintrat, damit ihre beiden überfürsorglichen Männer auch ja nicht nervös würden. Sie trat näher und Nial lehnte sich zurück und signalisierte seinem Zweiten, dass ich keine Bedrohung darstellte.

Als ihre reizende Partnerin herüberkam und sich auf Nials Stuhllehne setzte, nutzte sie natürlich die Gelegenheit, um mich zu begutachten.

Ich grinste sie an. Konnte nicht anders. Mit ihrer Unverschämtheit und ihrem Selbstvertrauen erinnerte sich mich an meine Partnerin Niobe. "Lady Deston, es ist mir ein Vergnügen."

"Oh, und er ist auch noch verdammt gutaussehend."

Ander knurrte. Nial schmunzelte: "Jessica, wenn du Ander mit deinen Komplimenten für diesen Jäger— Leutnant—noch weiter provozierst, dann wird er dir später den Arsch versohlen und dich daran erinnern, wo du hingehörst."

Sie lächelte ihrem Zweitpartner zu, der jetzt an meiner Seite stand und mich in Reichweite behielt … vorsichtshalber. Ihn konnte ich verstehen. Lady Deston allerdings war völlig ohne Reue und wandte sich weiter mir zu: "Also, wer sind Sie und warum sind Sie hier? Hier war schon ewig nicht mehr so viel los." Sie blickte zu Ander, dann zurück zu mir. "Wie viele Krieger haben Sie lahmgelegt?"

"Neun."

"Nicht schlecht." Über die Schulter blickte sie zu ihrem Primärpartner, dem

Chef der Koalition, dem Kommandanten, der für die gesamten Kriegsanstrengungen verantwortlich war. "Ich nehme an, du musst die Security hier nochmal überarbeiten." Sie gluckste: "Er hat Hart *und* Tarzan außer Gefecht gesetzt."

"Sein Name ist Torzon."

"Wie auch immer. Er sollte dringend seinen Namen ändern. Er sieht durch und durch aus wie Tarzan."

Wer zum Teufel war Tarzan und warum führte Lady Deston sich so seltsam auf? Als ob wir alte Bekannte waren. Vertraute.

"Liebling." Die Warnung des Primes stieß auf taube Ohren, denn seine liebevolle Hand auf ihrem Rücken musste sie ermutigt haben das Grollen zu ignorieren. Außerdem erkannte ich, dass sie sich drastisch anders verhalten würde, wenn ihre Partner nicht hier wären, um sie zu beschützen. Sie behandelte mich wie einen Freund, weil die Situation es erlaubte.

Und jedes Mal, wenn ich es wagte mich in meinem Stuhl zurechtzurücken, wurde ich von Anders massivem Rumpf neben mir an genau diese Tatsache erinnert.

Lady Deston blickte mich an: "Nun? Wer sind Sie? Was wollen Sie hier? Ich möchte alle Einzelheiten."

"Ich bin Leutnant Quinn von der Koalitionsflotte, ein persönlicher Attaché der Vizeadmiralin Niobe."

"Oh, sie ist ein Härtefall. Ich mag sie. Sie erinnert mich an Aufseherin Egara auf der Erde."

"Wen?" Keine Ahnung, wer diese Aufseherin Egara war, aber wenn sie Niobe in irgendeiner Weise ähneln sollte, dann musste sie eine erstaunliche, begehrenswerte Frau sein.

"Nicht so wichtig. Also, *Leutnant*, warum haben Sie sich hier eingeschlichen?"

"Weil Ihr Partner meine höfliche Anfrage auf eine Audienz bei ihm abgelehnt hat."

"Also haben Sie neun Wachleute überwältigt und ihn in seinem Haus überfallen?"

"Ja, so ist es."

Sie lächelte verständnisvoll: "Lassen Sie mich raten, es geht um Ihre Frau."

Als ich nickte, schmiegte sie sich Nials Berührung entgegen: "Ihr Alphatypen seid alle so berechenbar. Wer ist die Glückliche?"

Ich war nicht ganz sicher, ob sie mit ihrem Schicksal glücklich war, aber sie würde geliebt werden. Behütet werden. "Vizeadmiralin Niobe."

Sie erstarrte glatt: "Gütiger Gott. Na endlich! Ich muss sie anrufen." Sie sprang von der Stuhllehne auf und kam auf mich zu, beugte sich runter und küsste mich tatsächlich auf die Wange. Noch bevor Ander Einwände vorbringen konnte, trat sie an seine Seite und wiegte sich dort wie ein Schatz ... der sie auch war. "Ich freue mich so. Ich hab' sie so gerne. Wir werden euch besuchen kommen. Oder, Nial? Wir können zur

Akademie gehen und sie besuchen, richtig?"

"Natürlich, Liebling. Alles, was dich glücklich macht."

Dann führte Ander sie nach draußen. Ich blickte ihnen nach und musste grinsen. Als ich mich wieder Prime Nial zuwandte, warf er mir einen eindeutigen Blick zu: "Die Vizeadmiralin ist auf der Erde aufgewachsen," sprach er, aber ich wusste, was er nicht dabei nicht sagte. Seine Partnerin kam von der Erde. Sie war leidenschaftlich. Intelligent. Willensstark.

"Ja, und ihr Vater war ein Elitejäger. Sie ist schnell. Stark. Wild."

Er schmunzelte: "Los. Sehen Sie, dass Sie hier rauskommen, bevor ich es mir nochmal anders überlege." Er rutschte ungeduldig auf seinem Sitz herum und rückte sich bereits den Schwanz in der Hose zurecht. "Gehen Sie, Jäger. Ander ist bereits damit beschäftigt, unserer Partnerin ein paar

Manieren beizubringen und ich möchte mich gerne dazugesellen."

Diesmal war ich der Lachende, als ich das Transportpflaster an meine Brust heftete und den Knopf aktivierte, der mich nach Hause bringen würde. *Nach Hause.* Zu ihr.

Niobe.

14

Niobe, Koalitionsakademie, in den Wäldern von Zioria

DU MUSST MICH JAGEN.

Quinn musste die knappe Notiz mittlerweile bekommen haben. Das Transportsystem hatte mich im selben Moment alarmiert, als er Prillon Prime verlassen hatte.

Ich wusste, was er vollbracht hatte. Das Computersystem der Koalition hatte mich über Quinns neuen Status als Leutnant der Koalitionsflotte informiert, über sein unsagbar hohes Freigabelevel für Geheimdienstangelegenheiten und seinen Status als mein persönlicher Bodyguard.

Er würde jetzt meinem Befehl unterstehen. Mir und dem von Prime Nial. Niemandem sonst. Was bedeutete, dass er mich von jetzt an immer begleiten würde. Auf jede Mission. Jedes Meeting. Er würde an meiner Seite sein, mich behüten und beschützen. Und wenn die Meetings vorbei waren?

Dann würde ich ihm die Uniform ausziehen und ihm hörig werden. Er würde das Sagen haben.

Der Gedanke ließ mich vor Vorfreude erschaudern. Vor Verlangen. Irgendwie hatte er einen Weg gefunden, damit es zwischen uns klappte, und zwar ohne von mir zu verlangen mich selbst aufzugeben.

Dafür liebte ich ihn umso mehr.

Ich war mehrere Meilen von der Akademie entfernt. Mehrere Meilen von jeder Seele hier. Ich wusste, dass ich allein im Wald war. Sollte sich irgendjemand nähern, dann würde ich ihn hören. Ihn riechen. Mit Quinn zusammen zu sein hatte mich ermutigt, die wilde Seite an mir auszuleben, die Everianische Seite. Und es fühlte sich ganz normal an. *Gut.*

Außerdem wusste ich, dass niemand diese Wälder betreten würde, immerhin hatte ich die strenge Anweisung gegeben, dass dieser Teil des Waldes bis auf Weiteres tabu war.

Was bedeutete, dass der Wald bis morgen abgeriegelt war, *nachdem* Quinn und ich die Nachtluft und den frischen Geruch von Dreck und Laub und Sex genossen hatten.

Ich setzte mich auf einen Baumstamm und wartete. Der Transporttechniker würde Quinn meine Notiz überreichen. Die vier Worte würden den Jäger in ihm wecken. Er würde mich suchen und meine Lust auflodern lassen.

Quinn fehlte mir. Ich sehnte mich

nach ihm. Allerdings war unsere Verpartnerung bis jetzt alles andere als reibungslos verlaufen. Hatten Kira und Angh auch so viele Probleme? Mussten sie sich auch mit den Hive und mit Machtkämpfen und Eifersucht auseinandersetzen?

Was Quinn anbelangte, so war ich ziemlich besitzergreifend. Er gehörte mir. Die Vorstellung, irgendeine andere Frau könnte ihn haben—nachdem ich Quinns dunkelsten und perversesten Befehlen gehorcht hatte—ließ mich die Hände zu Fäusten ballen. Ich würde ihr eins auf die Nase geben und sie in die äußersten Bereiche der Galaxie verbannen. Ich würde sie auf einen Minenasteroiden schicken oder in die Antarktis.

Ich lachte und das Geräusch wurde vom umliegenden Wald regelrecht aufgesaugt. Ich machte mir keine Sorgen, was Quinns zukünftige Mission betraf. Okay, ein bisschen beunruhigt war ich schon. Aber er war wirklich gut und egal, wo er auch hinging, er würde immer von einem Team bestens ausgebildeter Krieger umgeben sein. Unglücke konnten immer passieren. Verdammt, ich hatte ihn halb assimiliert in einer Zelle gefunden. Aber vielleicht half mir mein Rang dabei, die Möglichkeit zu akzeptieren, dass ihm etwas zustoßen könnte. Natürlich hasste ich den Gedanken, aber ich akzeptierte ihn, genau wie Quinn mich und meine Rolle in diesem Krieg akzeptiert hatte.

Mit dem Fingernagel pulte ich an der rauen Rinde des Baumstamms herum. Ich schälte ein Stück davon ab und schleuderte es irritiert ins Weite. Sicher, er hatte sich damit abgefunden, aber das musste nicht bedeuten, dass er es befürwortete. Im Gegenteil, er hasste die Tatsache, dass ich mich in Gefahr begab. Sein Beschützerdrang ärgerte mich, denn er bezweifelte, dass ich auf mich selbst aufpassen konnte und kratzte damit an meiner sehr menschlichen, sehr feministischen Sensibilität. Dachte er, ich hätte es bloß mit einem hübschen Gesicht und purem Glück bis zur Vizeadmiralin geschafft? Oh nein. Ich konnte kämpfen. Ich konnte Strategien entwickeln. Ich konnte führen. Wenn es um meine Verantwortung ging, so konnte ich einfach keine Kompromisse eingehen, denn nicht wirklich ich würde dabei zurückstecken, sondern es wären die Koalitionsflotte und Prime Nial, die Kadetten und Krieger da draußen auf den Schlachtschiffen, die diesen Krieg führten. Ich machte meinen Job, um das zu schützen, was mir am Herzen lag. Die Erde. Everis. Das Leben selbst.

Und Prime Nial war kein Neandertaler. Seine Partnerin stammte ebenfalls von der Erde. Sie hatte, wie ich, ihren eigenen Kopf und der Prime und sein narbiger Kumpel Ander respektierten das. Prime Nial konnte— *und würde*—nicht einfach einen seiner ranghöchsten Offiziere herabstufen, egal ob Männlein oder Weiblein.

Was bedeutete, dass Quinn sich

entweder verbiegen oder daran zerbrechen müsste. Ich würde nicht zurückstecken; nicht, sobald es um meinen Job ging.

Ich bezweifelte, dass Quinn meine Fähigkeiten infrage stellte. Er hatte sie mit eigenen Augen gesehen, und zwar noch bevor er erfahren hatte, dass ich seine Partnerin bin. Aber er war ein waschechter Alphatyp. Es lag in seiner Natur, ja in seinen Genen, die Führung zu übernehmen. Die Kontrolle zu haben. Zu beschützen. Zu vereinnahmen. Dass ich verletzt werden könnte, war für ihn unerträglich, denn er würde sich selber die Schuld geben und es als Beweis seiner eigenen Schwäche ansehen, wenn mir etwas zustoßen sollte. *Ich* war *sein* Job. Was uns ein bisschen in eine Zwickmühle gebracht hatte. Bis heute.

Ich pflückte eine kleine gelbe Blume und fing an die Blütenblätter auszurupfen. *Er liebt mich. Er liebt mich nicht.*

Er liebt mich. Ich wusste es, auch

wenn er so verdammt stur war. Aber direkt bei Prime Nial vorzusprechen? Seine Autonomie aufzugeben und einen Rang in der Koalitionsflotte zu akzeptieren, nur, um mit mir zusammen zu sein? Das war etwas, was ich nie erwartet hätte, was ich niemals von ihm verlangt hätte. Er hatte seine Zukunft und seine Freiheit geopfert, um mit mir zusammen zu sein. Er hatte sich für mich entschieden. Er liebte mich. Eine andere Erklärung gab es nicht.

Und ich liebte ihn.

"Liebling."

Ich zuckte zusammen und fast wäre ich vor Schreck vom Baumstamm gefallen. Da, genau vor mir, stand auf einmal Quinn. Er war groß und bullig, hatte die Arme verschränkt und trug seine brandneue Uniform. Der neue Look überraschte mich in der Tat.

Gott, wie ich Männer in Uniform liebte.

Ich hob eine Hand an meine Brust

und versuchte meinen rasanten Herzschlag zu beruhigen.

"Muss ich mir Sorgen darüber machen, dass ich so nahe an dich herangekommen bin und du es nicht bemerkt hast?"

Ich biss mir auf die Lippen und musste mir ein Lächeln verkneifen. Dann blickte ich zu ihm auf. Der Wald war feucht und die Hitze blieb unter dem dichten Blätterdach hängen. Es war fast schon ... schwül. Oder vielleicht kam es mir nur so vor, weil mein überaus viriler, scharfer Partner vor mir stand. Ich wusste, was sich unter der Uniform so alles verbarg. Nichts als feste Muskeln und andere *harte* Sachen.

Er war hier. Ich mochte ihn zwar herausgefordert haben, aber er hatte mich aufgespürt. Hier. Und überall woanders auch. Und obwohl er zu mir gekommen war, würde ich die letzten paar Schritte auf ihn zugehen.

Ich stand auf, zog den Saum meines Hemdes hoch und streifte es über meinen Kopf. Noch ehe ich bei ihm angekommen war, hatte ich meine Hose geöffnet.

"Ich habe an dich gedacht," sprach ich.

"Oh? Und was hast du so gedacht?" Sein Mundwinkel zog sich nach oben; es war der einzige Wandel seiner ernsten Miene. Seine Haltung war immer noch starr, sein Kinn war nach oben geneigt.

"An was du getan hast."

Seine blasse Augenbraue flog nach oben: "Und das wäre was?"

"Meinetwegen hast du deinen Job aufgegeben."

Sein Blick erweichte sich und ich erblickte etwas, was ich dort noch nie gesehen hatte; etwas, worauf ich kaum zu hoffen gewagt hätte. "Niobe, du bist mein Job. Nur du."

Ich hielt den Atem an, denn er hatte genau dasselbe ausgesprochen, was ich vorher gedacht hatte.

Besonders sexy war es zwar nicht, aber ich langte runter und streifte erst einen, dann den anderen Stiefel ab. Als ich mich wieder aufrichtete, blickte ich ihm in die Augen: "Und wie du gesagt hast; ohne meine Uniform, wenn ich nicht länger Vizeadmiralin bin, gehöre ich dir." Mitsamt Unterhöschen zog ich meine Hosen runter. Er sah zu, während ich sie abstreifte.

"Stimmt." Er rührte sich immer noch nicht, sondern hob das Kinn höher, um mich von Kopf bis Fuß zu inspizieren: "Alles davon."

Ich hatte immer noch meinen BH an. Binnen Sekunden zog ich ihn ebenfalls aus und warf ihn auf den weichen Waldboden.

Ich beobachtete, wie seine Pupillen sich weiteten und jeden Zentimeter meines Körpers in sich aufnahmen. Ich blieb stehen. Wartete. Er hatte jetzt das Kommando. Gott, ihm die Macht zu überlassen und zusammen mit meiner Uniform meine Verantwortung abzustreifen, war ein berauschendes Gefühl. Endlich durfte ich mehr als nur die Vizeadmiralin sein. Ich konnte ich selbst sein, oder, viel wichtiger noch, Quinns Partnerin.

Und was er da für mich getan hatte … mein Herz schlug höher und ich konnte nicht länger stillhalten. Ich musste weglaufen, denn mein gesamtes Wesen platzte regelrecht vor Freude.

Mit Jägertempo, einer Gabe meines Vaters, stürmte ich nackt durch den Wald. Ich war so schnell, dass die Bäume verschwommen an mir vorbeiflogen.

Er rief meinen Namen, der Klang war eine Qual der Erregung. Des Verlangens.

Des Hungers.

Er hatte mir bereits nachgestellt und mich im Wald aufgespürt. Dennoch forderte ich ihn noch einmal heraus, stachelte ich seine Paarungsinstinkte an, drängte den Elitejäger in ihm dazu seine Partnerin aufzuspüren und zu erobern.

Ich rannte mit voller Kraft, wollte nicht allzu früh gefangen werden. Ich musste rennen und den Nervenkitzel der

Verfolgungsjagd auskosten. Es war Spaß. Ein Spiel, auch wenn ich nackt war. Und so sehr ich auch Quinns starke Arme um mich herum brauchte, zusammen mit seinem Schwanz, der mich ausdehnte und erfüllte, brauchte ich auch das hier. Ich brauchte es so sehr.

Aller Anstrengung zum Trotz konnte ich spüren, wie er mich einholte und seine Nähe war wie ein elektrisches Kribbeln auf meiner Haut. Er war jetzt dabei mit mir zu spielen. Er ließ mich knapp außer Reichweite, neckte mich. Damit ich in Flammen aufging.

Sein Geruch erfüllte jetzt den Wald und ich machte einen weiten Bogen zurück zu meinem ursprünglichen Weg, damit ich seiner Duftspur nachspüren konnte, ihn gemeinsam mit der Nacht, dem Gehölz und den schrillenden Insekten einatmen konnte. Hier, mit ihm, war ich genauso wild wie die Tiere, genauso frei wie der Wind, der mein Haar in langen Strähnen hinter mir durch die Nacht wehen ließ.

Ich spürte ihn; ehe er mich überwältigte und uns beide auf den Boden rollte und dabei geschickt meinen Fall abfederte.

Er war ebenfalls nackt und ich hatte die Eingebung, dass er sich Zeit gelassen hatte, um seine sexy Leutnantsuniform auszuziehen und mir einen Vorsprung zu verschaffen.

Ich warf mich an ihn ran, schlang die Arme um seinen Hals und küsste ihn.

Nach einer Sekunde der Verblüffung über meine enthusiastische Begrüßung landeten seine Hände auf meinem Arsch und hielten mich an ihn gepresst, während wir uns im weichen Laub wälzten und sein Schwanz in meine feuchte Mitte stieß.

Sein Schwanz drang in mich ein, vereinnahmte mich und ich vereinnahmte ihn und er gab sich dem Kuss, dem Verlangen hin.

Er schmeckte nach ... Quinn. Hitzig, herbe, gefährlich. Er war *mein*. Wir beide waren unersättlich. Wild. Ich erinnerte mich nicht mehr daran, wie ich die Beine gehoben und sie um seine Lenden geschlungen hatte. Sein Schwanz drückte tief in meine Pussy. Ich wollte winseln und unter ihm buckeln, meinen Kitzler anfassen und es mir besorgen. Es wäre auch nicht schwierig gewesen, aber ich hielt mich zurück. Quinn sollte entscheiden, wann und wie ich auf meine Kosten kam. Die bloße Vorstellung bewirkte, dass ich mich sogar noch mehr nach ihm verzehrte.

Unser Gewälze verlangsamte sich zu etwas Sanftem, Zärtlichem und wir blickten uns in die Augen.

"Warum?" flüsterte ich, als ich sein Gesicht betrachtete. "Warum bist du zu Prime Nial gegangen?"

"Weil wohl ein bisschen Atlane in mir steckt." Er rammte die Hüften vorwärts und traf eine düstere, unersättliche Stelle in meiner Pussy und ich keuchte. Stöhnte. Klammerte mich an ihm fest.

Ich runzelte die Stirn. Atlane? Das

ergab keinen Sinn und mit seinem dicken Schwanz in mir drin konnte ich kaum einen klaren Gedanken fassen. Ich war so voll. "Was?"

Er rieb seine steinharten Bauchmuskeln über mein Abdomen und verlagerte seine Position, damit er bei jedem seiner Stöße meinen Kitzler stimulierte. "Ich schwöre, wenn es um dich geht, dann habe ich eine Bestie in mir. Ich habe nie an deinem Können gezweifelt. *Niemals.* Ich bin stolz auf dich, Liebling. Stolz darauf, dass du mir gehörst."

Er konnte gar nicht mehr aufhören und sein lustvolles Stöhnen verschmolz mit meinem, als meine Pussy sich wie eine Faust um seinen Schwanz zusammenballte. Ich hob die Hände über den Kopf und ließ sie dort liegen, dann drückte ich den Rücken durch und lieferte mich aus.

"Bei den Göttern, Niobe." Er vergrub sein Gesicht an meinem Halsansatz und hob meine Hüften vom Boden, damit er noch tiefer in mich dringen konnte. Ich vergaß alles andere um mich herum und brüllte nur noch. Mir war völlig egal, ob er Everianer oder Atlane oder ein Monster war; er gehörte mir und ich brauchte ihn.

"Quinn." Meine Stimme war kaum ein Flüstern, aber er hörte mich; das scharfe Knabbern an meinem Hals war der Beweis dafür, als ich zu betteln anfing: "Bitte, Quinn. Ich brauche dich. Ich ..."

Er hörte auf sich zu bewegen und ich musste schluchzen, allerdings hörte ich weiter zu; genau wie er es verlangte: "Ich bin stolz auf dich, aber ich bin ein Elitejäger in Leutnantsuniform. Ich bin alles andere als brav, Liebling. Du hast Instinkte in mir geweckt, von denen ich gar nicht geahnt hatte, dass ich sie besaß. Ich musste dich einfach beschützen. Prime Nial zu bitten, als dein Bodyguard zu dienen, war der einzige Weg, um dich zu schützen und dich in meiner Nähe zu haben."

"Aber deine Freiheit? Was ist mit deiner Familie auf Everis? Deinem Job?" Er war ein Elitejäger und selbst ich wusste, dass ihre Qualifikationen sehr begehrt waren, und das nicht nur bei Militärkommandanten. Private Herrscher vieler Welten heuerten sie für verschiedenste Missionen an. Sie waren rar. Wertvoll. Ihre Dienste kosteten ein Vermögen und sie bestimmten selber für wen sie arbeiten wollten und für wen nicht.

Indem er einen Offiziersposten in der Koalitionsflotte akzeptierte, stand er jetzt unter Prime Nials Kommando. Der Prime konnte ihn auf Missionen entsenden und ihm Befehle erteilen. Und wenn Quinn sich ihm widersetzen sollte? Dann würde er in den Knast kommen. Man würde ihn einsperren.

Langsam schüttelte er den Kopf: "Ich habe mit Prime Nial geredet. Seine Partnerin ist auch ein Mensch, genau wie du. Er weiß, womit ich es zu tun habe."

Ich schnappte nach Luft und war bereit, alle Frauen auf der Erde zu verteidigen, er aber kuschelte sich nur an meinen Hals, zog heraus und stieß wieder in mich hinein. Mein Aufbegehren wandelte sich in einen Schauer des Vergnügens, als meine Pussy sich um ihn herum nur so kräuselte. Er war riesengroß. Er dehnte mich. Füllte mich aus, bis mir die Luft wegblieb, bis mein Verstand aussetzte. "Können wir das bitte später klären?"

"Nein. Niobe, hör zu. Du musst es verstehen. Ich werde dich von jetzt an beschützen. Für dich sorgen. Bei dir bleiben. Mein Rang ist mir dabei scheißegal. Prime Nial und ich haben eine Einigung gefunden. Ich unterstehe deinem Kommando, Liebling. In der Öffentlichkeit werde ich deine Befehle ausführen. Ich gehorche dir und sonst niemandem."

"Mir?"

"Dir." Er knabberte sich bis an meine Lippen heran und jeder Kuss ließ mein Herz etwas mehr dahinschmelzen. "Prime Nial hat mir ein top Freigabelevel gegeben, einschließlich für den Geheimdienst. Wo auch immer du hingehst, ich komme mit. Keine Fragen, keine Diskussionen."

Ich hob meine Hände und vergrub meine Finger in seinem langen, goldenen Haar. Es war seidig. Dermaßen weich an etwas so Hartem. Starkem. Oh, und er gehörte mir. "Okay."

Er musste schmunzeln: "Okay? Keine Widerworte?"

"Nein. Ich bin immerhin nackt. Solange ich nackig bin, streite ich nicht mit meinem Partner."

"Richtig." Er hob meinen Arsch hoch und öffnete mich. Dann stieß er tief in mich hinein. Noch tiefer. "Solange du nackt bist, gehörst du mir."

Ich lächelte, strich ihm übers Haar und umfasste seinen Kiefer. Ich spürte das sanfte Kratzen seiner Bartstoppeln. Und in diesem Moment gestand ich ihm die Wahrheit: "Ich werde immer dir gehören, Quinn. Für immer."

Er erstarrte eine Sekunde lang, als ob mein Eingeständnis ihn überrascht hatte und sein Körper wurde stocksteif. Rigide. Mein dominanter Liebhaber kam heraus zum Spielen und ich brauchte ihn, damit er mir den Kopf frei machte und mich fühlen ließ. Ich ... brauchte es einfach.

"Liebling, leg die Hände über den Kopf und lass sie dort." Sein scharfer Ton bewirkte nur, dass ich im umso mehr gehorchen wollte. Wie ein frischer Kadett musste ich nur noch Befehle befolgen.

Ich hob die Hände und er regte sich nicht, sondern betrachtete mich wie ein Kommandant, der seine Soldaten studierte. Der nur darauf wartete, dass jemand seine Befehle missachtete. Ich wand mich und wusste, dass er mir bei Befehlsverweigerung den Arsch versohlen würde. Und das war nun wirklich keine Strafe.

Als ich meine Hände über den Kopf hob und auf den Boden legte, konnte ich im Schatten des Waldes seinen Gesichtsausdruck erkennen. Seine Züge waren angespannt, die Adern an seinem Hals und an seinen Schläfen traten hervor. Er war alles andere als immun. Tatsächlich war er wohl genauso verzweifelt wie ich. Instinktiv machte ich die Beine auf und versuchte ihn tiefer zu nehmen.

"Weiter."

Ich schluckte und winkelte die Knie ab. Weiter, dann noch ein bisschen weiter. Gott sei Dank war ich in Form. Nie war ich dankbarer für meine flexiblen Hüften gewesen.

Meine Haut glühte überall da, wo er mich berührte. Die Luftfeuchtigkeit bewirkte, dass mir der Schweiß auf der Haut stand. Sein Blick aber war es, der mich endgültig konsumierte. Er konnte mich sehen, alles von mir, und zwar trotz der Dunkelheit.

"Liebling, du bist wunderschön."

Ich *fühlte* mich tatsächlich schön.

Seine Hände umpackten meine Sprunggelenke und er zog seinen Schwanz raus, dann küsste er sich an meinem Körper entlang nach unten und senkte den Kopf auf meine sehnsüchtige Mitte. Er hob meine Beine und schob meine Knie gegen meine Brust.

"Ai!" Ich schrie, als seine Zunge über meinen Schlitz fuhr, als er meinen Kitzler fand und den Mund auf ihn legte. Ihn küsste. Ihn *beherrschte*. Meine Hüften schossen nach oben und wiegten sich dem köstlichen Gefühl entgegen.

"Quinn," keuchte ich.

Er ließ mich nicht kommen, sondern hörte lange vorher auf und neckte mich zärtlich, um meine Lust in die Länge zu ziehen. Er beherrschte meinen Körper wie ein Meister. Dann blickte er zu mir auf. Gott, meine Erregung bedeckte seine Lippen, haftete an seinem Kinn ... es war sündig.

"Bitte," flehte ich. Ich verzehrte mich nach ihm, wollte von ihm erfüllt werden, wollte den festen Druck seines Körpers auf mir spüren. Ich wollte mit seinem Schwanz in mir drin zerspringen. Ich wollte die Gewissheit, dass ich von ihm beschützt wurde. Besessen wurde.

Vielleicht wollte er, dass ich bettelte, denn er ließ meine Knöchel wieder los und ging an meinem Eingang in Stellung. Die stumpfe Eichel presste hinein und ich blickte zu ihm auf. Er stützte sich auf dem Unterarm ab und als er anfing sich zu bewegen, blickte er mir in die Augen. Ein Stück weit nahm ich ihn in mich auf, dann hielt er still.

"Liebling. *Du gehörst mir.*"

Dann glitt er in mich hinein. Er eroberte mich hart und schnell. Beanspruchte mich noch einmal.

Ich warf den Kopf nach hinten und dieses Gefühl vollkommen von ihm umgeben zu werden, ausgefüllt zu werden ... war einfach zu viel.

Sein Stöhnen vibrierte aus den Tiefen seiner Brust bis in meine hinein.

"Ja!" brüllte ich. Ich war nicht länger

Vizeadmiralin. Ich war nicht länger für die Akademie verantwortlich. Ich war nicht auf einer Geheimmission. Aber ich war genau da, wo ich hingehörte. In diesem Moment war ich wichtig. Ich gab mich meinem Partner hin. Ich *gab* meinem Partner genau das, was er brauchte und im Gegenzug vervollständigte er mich.

Eine Hand an meiner Hüfte wälzte uns nochmal herum, bis Quinn auf dem Rücken und ich auf ihm drauf lag. Ich umklammerte seine schmalen Hüften und sein Schwanz steckte weiterhin tief in mir drin, dann richtete ich mich auf und blickte zu ihm herunter.

"Quinn?" hauchte ich.

Seine Hände umpackten meine Hüften und hoben mich ein kleines Stückchen hoch, dann ließ er mich wieder runterfallen. Ich keuchte. Er stöhnte.

"Reite mich, Liebling. Pump mir die Wichse aus den Eiern."

Ich saß oben und konnte mich nach

Laune bewegen. Sein Schwanz gehörte jetzt mir und ich konnte mit ihm machen, was immer ich wollte. Und ihm gefiel es. Ich spannte mein Becken an und er umklammerte stöhnend meine Hüften.

Ich kreiste, drückte mich hoch und ließ mich wieder nach unten fallen. Ich fickte ihn. Benutzte ihn zu meinem Vergnügen. Und je mehr für mich dabei heraussprang, desto aktiver wurde er, bis ich mich ganz der Lust hingab und immer mehr wollte. Ich musste kommen, mein Schrei hallte durch den Wald und als ich dabei war seinen Schwanz zu melken, spürte ich, wie er anschwoll und ebenfalls kommen musste.

Wir beide waren einer seligen Wonne erlegen, die wir wohl nur miteinander finden konnten. Es war klar; Quinn und ich gehörten zusammen.

Wir waren eins.

EPILOG

Quinn, ein Monat später, unbekannter Aufenthaltsort

"Wo sind wir?" sprach ich und blickte mich um. Die Transportplattform war genauso unscheinbar und familiär wie jede andere im Universum.

Fünf Minuten zuvor war ich in Niobes Büro eingetreten, um sie nach Hause zu eskortieren. Das musste ich nicht, sie konnte sehr wohl ohne meine Begleitung das Gelände der Akademie durchqueren. Aber ich wollte in ihrer Nähe sein. Mit ihr zusammen war ich glücklich, und zwar auf eine nie gekannte Art. Meine lebenslange Rastlosigkeit hatte sich sofort gelegt, nachdem ich *sie* zu meinem Fokus gemacht hatte. Sie war mein Daseinsgrund.

Und in dem Moment, als ich Prime Nial dazu gedrängt hatte seine Protokolle und Vorschriften zu lockern, damit ich meine Partnerin beschützen konnte.

Anstatt wie immer ihre Sachen zusammenzuräumen, war sie diesmal um den Schreibtisch herumgekommen, hatte mir ein Transportpflaster an die Brust geheftet und meine Hand ergriffen. Und weg waren wir.

Transportiert ... an diesen Ort.

Der Techniker hinter der Konsole stand stramm und salutierte. "Vizeadmiral," sprach er. Unsere Ankunft schien ihn zu überraschen, ansonsten aber entgegnete er nichts.

Niobe ließ meine Hand los und stieg die Stufen der Plattform runter. Sie erwartete, dass ich ihr folgen würde. Und verdammt nochmal, das würde ich. Überall hin.

Ohne ein Wort mit dem Techniker zu wechseln, ging sie aus dem Raum und bog nach rechts in einen langen Flur ab. Alles war unscheinbar und ich hatte keinerlei Anhaltspunkte, wo wir waren. Und sie war nicht auf meine Frage eingegangen.

Ihr Tempo war flott und sie schien genau zu wissen, wohin sie wollte. Mehrere Krieger kamen an uns vorbei und salutierten.

Nachdem wir einige Gänge durchquert hatten, legte sie ihre Hand auf ein Panel neben einer Tür. Das Licht wechselte zu Grün und die Tür glitt lautlos auf. Wir betraten einen anderen Korridor, die Temperatur war um mehrere Grad kühler. Beide Seiten waren mit Türen gesäumt und vor der dritten von rechts blieb sie stehen.

Zum ersten Mal seit unserer Ankunft blickte sie mich an und entfernte dabei das Transportpflaster von meiner Brust. "Du hast fünf Minuten, Elitejäger Quinn."

Stirnrunzelnd betrachtete ich die Tür. Ich wurde nicht länger als Elitejäger angesprochen. Ich war jetzt Leutnant Quinn von der Koalitionsflotte. Was für ein Spielchen trieb sie nur?

"Fünf Minuten? Wofür?"

Sie hob ihr Kinn und ließ einen düsteren Blick über mich streifen. "Gerechtigkeit."

Mit der Hand aktivierte sie das Sicherheitspanel. Die Tür piepte, leuchtete Grün und schob sich schließlich auf.

Ich spähte hinein und erstarrte.

Der Nexus.

Ich blickte nochmal zu Niobe, um mich zu vergewissern, was das bedeutete.

"Sie sind seit über einem Monat an

ihm dran. Das ist lange genug. Er gehört dir."

Heilige. Verdammte. Scheiße. Das hier war eine Geheimdienstbasis. Und das hier war der Zellenbereich tief im Inneren der Basis, in dem der Nexus untergebracht wurde. Mit Sicherheit musste sich irgendwo in der Nähe ein Labor befinden. Ich hasste das beklemmende Gefühl des Raumes, die Enge und die Gewissheit, dass es kein Entkommen gab außer durch diese eine Tür. Vor nicht allzu langer Zeit hatte ich selber in einer ganz ähnlichen Zelle wie dieser eingesessen, nämlich als ich Gast des blauen Mistkerls war und schockiert stellte ich fest, dass ich nicht gerne hier war, ganz gleich, was meine Partnerin mir angeboten hatte. Damals hatte ich versucht aus meiner Zelle zu entkommen und war gescheitert. Es gab keinen Ausweg. Nicht für mich damals und für den blauen Mistkerl hier auch nicht.

Ich betrachtete ihn. Er war überall

mit Schnitten übersät, sein Schädel aber hatte tausend winzigste Ritze, als ob die Wissenschaftler sich für diese Region ganz besonders interessiert hatten; ohne Zweifel hatten sie versucht herauszufinden, wie die Hive den Geist der Kämpfer und Zivilisten steuerten, sobald sie sie integriert hatten. Er war dünner als zuvor, sofern das überhaupt möglich war. Ich hatte angenommen, dass er durch und durch Maschine war, aber vielleicht waren die organischen Anteile seines Körpers ausgehungert. Er war nackt und ich konnte mich einfach nicht davon abhalten auf das Patchwork aus Blau und Silber zu starren. Er hatte Rippen, Arme und Beine. Sein dunkelblauer Torso aber war mit schlängelnden Silberstreifen überzogen und sein Penis war ein eigenartiges, sich windendes Ding, das ein Eigenleben zu führen schien. Und seine schwarzen Augen waren trotz seines geschwächten Zustands eindeutig auf mich gerichtet.

"Hier um mich zu erledigen, Jäger?"

Der Nexus lächelte nicht, noch schien er meine Antwort zu fürchten. Und wie lautete meine Antwort?

Ich sah ihn mir an und fühlte ... nichts. Ich hatte keinerlei Interesse, das hier in die Länge zu ziehen. Ich dachte an den Wald auf Zioria, daran, wie ich meine Partnerin durch die offene Landschaft dort gejagt hatte, an die feuchte Luft, den zerklüfteten Untergrund. Die *Freiheit*.

Ich blickte zu Niobe zurück, sie aber war jetzt ganz Vizeadmiralin. Ohne jede Regung. Vollkommen in Kontrolle. Das hier war ihre Entscheidung. Ihr Rang verschaffte ihr einfachen Zugang. Sie hatte sogar Zugang zu persönlichen Transportpflastern.

Scheiße.

Sie hatte mich zum Nexus gebracht, damit ich ihn auslöschen konnte. Um ihn zu erledigen, genau wie ich es gewollt hatte, als wir ihn auf Latiri 4 geschnappt hatten. Damals hatte sie sich geweigert nachzugeben, hatte sie sich behauptet, als nicht nur einer, sondern zahlreiche Krieger ihrem Befehl zum Trotz den Nexus töten wollten. Damals hatte sie nicht nachgegeben. Warum also jetzt?

Weil ich nachgegeben hatte. Weil ich mich ihr genauso umfassend unterworfen hatte, wie sie es mir gegenüber getan hatte. Und zwar nicht beim Sex, sondern im echten Leben. Weil ich sie und die Koalition über meine Freiheit als Elitejäger gestellt hatte.

Ich fühlte mich verletzlich. Roh. Mein Herz schlug außerhalb meiner Brust. Für diese Frau. Was für ein Glück ich nur hatte. Sie brauchte mich nicht. Götter, sie war klug, versiert, skrupellos, gerissen und hatte volle Kontrolle über sich und ihre Umgebung. Sie war tapfer und hatte mehr Mumm als die meisten Männer.

Und sie gehörte mir.

Am liebsten wollte ich meine Partnerin in die Arme ziehen und sie drücken. Sie bis zur Besinnungslosigkeit abküssen. Sie gegen die Wand nageln und sie ordentlich durchficken. Sie ermöglichte mir genau das, was ich mir gewünscht hatte. Was mir die ganze Zeit über gefehlt hatte. Rache für meine toten Freunde. Um damit abzuschließen.

"Fünf Minuten," wiederholte sie und blickte auf ihr Handgelenk.

Ich würde die Zeit nutzen. Ich drehte ab und betrat den Raum. Die Tür hinter mir schob sich zu. Auch ohne mich umzudrehen, wusste ich, dass Niobe draußen geblieben war. Sie wartete im Korridor, damit ich dem Nexus unter vier Augen gegenübertreten konnte. Um ihn zu töten, wenn ich so wollte.

Der Nexus war wie ich damals in Ketten gelegt. Er konnte nicht an mich heran.

Wir starrten uns an und das Rauschen in meinem Kopf ging wieder los. Seine Gegenwart hatte einen Effekt auf die mikroskopischen Integrationen in meinem Körper. Ich würde nie mehr völlig frei von ihm sein. Nicht einmal, wenn ich ihn tötete. Aber er hatte keine Macht mehr über mich.

Unsere Blicke trafen sich und obwohl ich einen seltsamen Pull verspürte, genügte ein einziger Gedanke an Niobe und ich hatte keine Mühe, seinem telepathischen Einfluss zu widerstehen.

"Nichts zu sagen, Jäger?"

"Tut mir leid."

Er war der einzige Nexus, der mir je über den Weg gelaufen war und während meiner Gefangenschaft hatte ich keinerlei Emotionen an ihm wahrgenommen. Jetzt aber sah ich, dass er überrascht war. "Du entschuldigst dich? Warum?"

Ich musterte rasch seine Fesseln, seine Abschürfungen und seine magere Gestalt und ich wusste, dass er genau wie ich damals durch die Hölle gegangen war: "Weil ich nicht so bin wie du. Ich bin nicht böse. Es macht mir keine Freude, andere leiden zu sehen, selbst wenn es sich um meine Feinde handelt."

Er blinzelte und die langsame Bewegung seiner Augenlider über die großen, undurchsichtigen Scheiben dort war befremdlich. "Ich bin nicht böse. Das Böse existiert nicht. Das Gute existiert nicht. Gut. Böse. Beides sind nichts weiter als Konzepte für begrenzte Gemüter."

Was verdammt nochmal faselte dieses Ding da? Und warum redete ich überhaupt mit ihm?

Nein. Ich wusste, warum ich es tat. Aus Neugierde. Aus einem Bedürfnis, den Feind zu verstehen. "Warum also dieser Krieg? Warum müssen so viele Leute sterben?"

Der Nexus blickte mich schief an; als ob er verwirrt war: "Krieg? Wir befinden uns nicht im Krieg. Wir wollen lernen und ihr sträubt euch dagegen."

Lernen? Das war es, was er es nannte? Gute Krieger zu entführen und sie in Roboter zu verwandeln? Ihren

Verstand zu kontrollieren? Sie zu zwingen ihre Freunde zu töten? Ihre Familien? Manchmal sogar ihre eigenen Kinder?

"Warum widersetzt ihr euch?"

"Weil wir Individuen sind. Weil wir uns für die Freiheit entscheiden."

"Freiheit ist eine Illusion. Individualität ist eine Illusion. Mein Körper, dein Körper, beides eine Illusion. Ihr seid längst Teil von uns."

"Nein. Sind wir nicht. Und wir werden es nie sein." Er würde es nie kapieren. Mein Kopf hatte das verstanden, mein Herz allerdings verstand es nicht. Auf wie viele summende Hirne hatte er Zugriff? Wie viele Gedanken integrierter Kämpfer konnte er hören? War er je allein in seinem Kopf? War er *je zuvor allein gewesen?*

"Die Zukunft ist unausweichlich, Jäger. Du wirst sehen. Am Ende sind wir alle eins."

Scheiß auf diesen Schwachsinn.

Während ich auf den Drang wartete, ihm den Kopf von den Schultern zu reißen oder meine Ionenpistole auf die höchste Stufe zu stellen und ihn zu erledigen, wurde mir klar, dass ich es gar nicht wollte. Nicht mehr.

Mein Bedürfnis ihn zu töten hatte mich geblendet, und zwar selbst als Niobe es mir erklärt hatte, als sie die Wahrheit ausgesprochen hatte. Der Nexus wurde lebend gebraucht. Meine Rache war nicht wichtig genug, jedenfalls nicht wichtiger als der Sieg, den wir erringen würden, wenn wir den Feind studieren würden. Unzählige Leben könnten gerettet werden, wenn die Koalition die Nexus-Einheit enträtseln konnte. Wenn sie verstehen konnte, wie er funktionierte. Wie er *dachte*. Indem ich ihn tötete, würden diese Daten, diese Einsichten verloren gehen.

Und wozu? Für mein persönliches, engstirniges Bedürfnis, jenes winzige

Stück Hive zu zerstören, das mir Schaden zugefügt hatte.

Wir waren im Krieg. Einem Krieg, der seit Jahrhunderten tobte. Ich hatte ihn überlebt. Andere nicht. Und mehr Lebewesen würden ihn nicht überleben, wenn wir nicht die bewusste Entscheidung trafen das zu erforschen, was wir hassten.

Wäre ich nicht gefangengenommen worden, dann wäre Niobe auch nicht nach Latiri 4 transportiert. Sie hätte mich nicht gerettet und sie hätte auch nicht die unterirdische Basis abgeriegelt. Wir wären nicht in der Lage gewesen die vielen anderen zu retten oder dem Geheimdienst eine Nexus-Einheit zu liefern. Lebendig.

Nur weil ich gefangengenommen und integriert worden war, hatte sich alles andere ergeben. War ich nur Elitejäger geworden, um letzten Endes gefangen zu werden? Um der Folter ausgesetzt und verpartnert und gerettet zu werden und schließlich diesen

Moment zu erleben, sodass Millionen anderer vor einem ähnlichen Schicksal bewahrt werden konnten?

Sollte ich den Mistkerl umbringen, dann wäre meine Gefangenschaft umsonst gewesen. Das Leid der anderen, ihr *Tod*, wäre umsonst gewesen.

Nein, er musste am Leben bleiben, genau wie Niobe es gesagt hatte. Die Gefangennahme und Erforschung des Nexus' musste für die Koalition ein Sieg werden, ein Grund zur Hoffnung in diesem Krieg.

Es ging hier nicht um mich. Es ging auch nicht um sie.

Es ging um Gut gegen Böse. Es ging darum, Leben zu retten.

Ich trat zurück, schlug meine Hand gegen die Wand und warf einen letzten Blick auf die blaue Kreatur, die mir jetzt nichts mehr bedeutete.

Er konnte es nicht lassen mich zu verhöhnen: "Du wirst sehen, Jäger. Am Ende wirst du es schon verstehen."

Seine stoische Finalität war wie ein

Ionenschuss, der aber von meiner mentalen Panzerung einfach abprallte.

Er erzielte keinen Treffer. Konnte mir nicht wehtun. Niobe hatte mich geheilt, sie hatte mich stärker gemacht. Stärker als der Nexus in dieser Zelle. Stärker als meine Fehler der Vergangenheit. Stärker als ich es je hätte sein dürfen, aber ich würde nie aufhören zu kämpfen. Niemals nachgeben. Niemals aufhören das zu beschützen, was mir gehörte. Mein Leben. Meine Welt. Meine Partnerin. Sie war jetzt mein Universum. Und wenn Doktor Helion diese Nexus-Einheit quälen und sezieren musste, um sie zu beschützen, dann sei es so.

Ich drehte ab und trat aus der Zelle heraus. Niobe runzelte die Stirn, als sie mich herauskommen sah und der Feind hinter mir immer noch atmete.

Die Tür glitt wieder zu und sie trat an mich heran und blickte mir in die Augen. "Warum?"

Der Tiefgang ihrer Frage war mir bewusst.

Ich trat näher an sie heran, sodass unsere Körper sich berührten. Die Zellentür verriegelte sich und das Schloss gab ein unverkennbares Geräusch von sich, das aus der Vergangenheit zu mir herüberhallen zu schien und das jetzt den Nexus drinnen einschloss, damit er getestet und analysiert werden konnte. *Benutzt* werden konnte.

"Weil er der Vergangenheit angehört. Du, Liebling, bist meine Zukunft."

Ich beugte mich vor und strich meine Lippen über ihre.

Sie erwiderte meinen Kuss nicht und blieb ganz still. Vielleicht hatte ich sie überrumpelt. Vielleicht hatte meine neue Meinung über den blauen Mistkerl sie durcheinander gebracht.

"Bist du sicher?"

Ich nickte und ergriff ihre Hand.

"Sicher. Ich bin froh, dass ich dir gehören darf. Dass ich dich beschützen darf. Dein Partner sein darf. Ich gehöre nur dir, Niobe."

Sie musterte mich mir hochgezogener Augenbraue; vielleicht wollte sie sichergehen, dass ich die Wahrheit sprach, dass meine Worte ernst gemeint waren. Sie nickte, scheinbar zufrieden.

Dann führte sie mich zum Transportraum zurück und funkelte kurz zu mir rüber.

"Ich liebe dich, ist dir das klar?"

Mit einem Lächeln auf den Lippen ergriff ich ihren Arm und küsste sie erneut; weil ich es konnte, weil sie mir gehörte. "Ich weiß. Ich liebe dich sogar noch mehr."

Sie zog eine Augenbraue hoch und die kühle, kalkulierende Einschätzung der Vizeadmiralin stand ihr ins Gesicht geschrieben ... bis sie mich angrinste wie eine Göttin, der gerade eine Gabe dargebracht wurde—und mir wurde klar, dass ich diese *Gabe* war. Ich würde mich um sie kümmern, sie beschützen, lieben und den Rest meines Lebens darauf verwenden sie glücklich zu machen und ich konnte es kaum erwarten damit anzufangen.

Danach gingen wir schweigend weiter, bis wir uns auf der Transportfläche wiederfanden. "Rücktransport. Koordinaten umkehren," wies sie den Techniker an.

"Startklar, Liebster?" wollte sie wissen, als die Hitze und das Geknister des bevorstehenden Transports mir die Haare auf den Armen zu Berge stehen ließ.

"Mit dir? Aber immer."

WILLKOMMENSGESCHENK!

TRAGE DICH FÜR MEINEN NEWSLETTER EIN, UM LESEPROBEN, VORSCHAUEN UND EIN WILLKOMMENSGESCHENK ZU ERHALTEN!

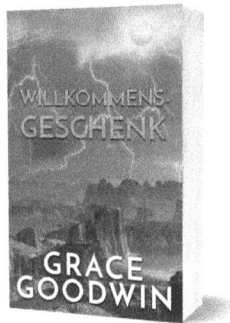

http://kostenlosescifiromantik.com

INTERSTELLARE BRÄUTE®
PROGRAMM

*D*EIN Partner ist irgendwo da draußen. Mach noch heute den Test und finde deinen perfekten Partner. Bist du bereit für einen sexy Alienpartner (oder zwei)?

Melde dich jetzt freiwillig!
interstellarebraut.com

BÜCHER VON GRACE GOODWIN

Ihr perfektes Match

ALSO BY GRACE GOODWIN

Hunted

Viken Command

Other Books

.

HOLE DIR JETZT DEUTSCHE BÜCHER VON GRACE GOODWIN!

Du kannst sie bei folgenden Händlern kaufen:

Amazon.de
iBooks
Weltbild.de
Thalia.de
Bücher.de
eBook.de
Hugendubel.de
Mayersche.de
Buch.de
Bol.de

Hole dir jetzt deutsche Bücher von Grace Goodwin!

Osiander.de
Kobo
Google
Barnes & Noble

GRACE GOODWIN LINKS

Du kannst mit Grace Goodwin über ihre Website, ihrer Facebook-Seite, ihren Twitter-Account und ihr Goodreads-Profil mit den folgenden Links in Kontakt bleiben:

Web:
https://gracegoodwin.com

Facebook:
https://www.facebook.com/profile.php?
id=100011365683986

Twitter:
https://twitter.com/luvgracegoodwin

ÜBER DIE AUTORIN

Hier kannst Du Dich auf meiner Liste für deutsche VIP-Leser anmelden: **https://goo.gl/6Btjpy**

Möchtest Du Mitglied meines nicht ganz so geheimen Sci-Fi-Squads werden? Du erhältst exklusive Leseproben, Buchcover und erste Einblicke in meine neuesten Werke. In unserer geschlossenen Facebook-Gruppe teilen wir Bilder und interessante News (auf Englisch). Hier kannst Du Dich anmelden: http://bit.ly/SciFiSquad

Alle Bücher von Grace können als eigenständige Romane gelesen werden. Die Liebesgeschichten kommen ganz ohne Fremdgehen aus, denn Grace schreibt über Alpha-Männer und nicht

Alpha-Arschlöcher. (Du verstehst sicher, was damit gemeint ist.) Aber Vorsicht! Ihre Helden sind heiße Typen und ihre Liebesszenen sind noch heißer. Du bist also gewarnt...

Über Grace:

Grace Goodwin ist eine internationale Bestsellerautorin von Science-Fiction und paranormalen Liebesromanen. Grace ist davon überzeugt, dass jede Frau, egal ob im Schlafzimmer oder anderswo wie eine Prinzessin behandelt werden sollte. Am liebsten schreibt sie Romane, in denen Männer ihre Partnerinnen zu verwöhnen wissen, sie umsorgen und beschützen. Grace hasst den Winter und liebt die Berge (ja, das ist problematisch) und sie wünscht sich, sie könnte ihre Geschichten einfach downloaden, anstatt sie zwanghaft niederzuschreiben. Grace lebt im Westen der USA und ist professionelle Autorin, eifrige Leserin und bekennender Koffein-Junkie.

https://gracegoodwin.com

www.ingramcontent.com/pod-product-compliance
Ingram Content Group UK Ltd.
Pitfield, Milton Keynes, MK11 3LW, UK
UKHW020844180325
456407UK00008B/227